# 冷也好 热也好 活着就好

池莉——著

*The Life Show*

江苏凤凰文艺出版社
JIANGSU PHOENIX LITERATURE AND ART PUBLISHING, LTD

图书在版编目（CIP）数据

冷也好热也好活着就好 / 池莉著 . — 南京：江苏凤凰文艺出版社，2018.7（2020.4 重印）
ISBN 978-7-5594-2190-6

Ⅰ . ①冷… Ⅱ . ①池… Ⅲ . ①中篇小说 – 小说集 – 中国 – 当代②短篇小说 – 小说集 – 中国 – 当代 Ⅳ . ① I247.7

中国版本图书馆 CIP 数据核字 (2018) 第 100771 号

| | |
|---|---|
| 书　　名 | 冷也好热也好活着就好 |
| 著　　者 | 池　莉 |
| 责任编辑 | 孙　茜 |
| 出版发行 | 江苏凤凰文艺出版社 |
| 出版社地址 | 南京市中央路 165 号，邮编：210009 |
| 出版社网址 | http://www.jswenyi.com |
| 印　　刷 | 安徽新华印刷股份有限公司 |
| 开　　本 | 890 毫米 ×1240 毫米 1/32 |
| 印　　张 | 9.25 |
| 字　　数 | 180 千字 |
| 版　　次 | 2018 年 7 月第 1 版　2020 年 4 月第 3 次印刷 |
| 标准书号 | ISBN 978 - 7 - 5594 - 2190 - 6 |
| 定　　价 | 45.00 元 |

# 出版再印说明

作家池莉是公认的书写市民生活的高手，创作背景多为她最熟悉的城市——武汉。上世纪 90 年代以来，她的多部反映武汉、武汉人生活图景及生活状态的小说成为脍炙人口的名篇。正因如此，由此衍生出来的热播影视剧也接踵而来，譬如《生活秀》《来来往往》《小姐你好》《不谈爱情》等等，又让更多人为这些小人物的故事着迷，为“大武汉”着迷。很多国内外读者正是捧着池莉的小说来到武汉，去寻找池莉文字里的地名和美食，寻找吉庆街，寻找正宗的热干面和武汉鸭脖，寻找真人版的“来双扬”。

即使在十年二十年之后，我们再读池莉的这些文字，扑面而来的依然是浓郁而正宗的武汉气息——这或许就是“池莉”这个名字永远都和武汉休戚与共的原因。作为武汉作家，池莉是当之无愧的“武汉代言人”，我们出版的这部池莉自选集《冷也好热也好活着就好》，不断重印，已成为不同年代、不同身份的读者共同喜爱的常销作品。

这次再印的图书于 2020 年 3 月推出。2020 年 1 月以来，医生出身的作家池莉在各大媒体上持续发声，“这个时刻，理性冷静是我们的力量，勇敢顽强是我们的必须，咬牙挺住是我们的本分。”号召大家克服畏惧，呼吁“将隔离进行到底”，为守卫湖北、守卫武汉发出有力的呐喊。选择这个时间节点加印，是想让全国读者在关心湖北、关心武汉和武汉人民的同时，借由这些生动可亲的文字再次走进武汉的市井小巷，从这些永不中断的精彩“生活秀”当中，感受到武汉人的乐观、韧性与真性情，携手共渡难关。这也是文学的力量和永恒魅力。

# 目录

冷也好热也好活着就好

这天。大约是下午四点钟光景。有个赤膊男子骑辆破自行车，“嗤”地刹在小初开堂门前的马路牙子边，不下车，脚尖蹭在地上，将汗湿透的一张钱揉成一坨，两手指一弹，准确地弹到小初开堂的柜台上。

“喂。猫子。给支体温表。”

猫子愉快地应声“呃”，去拿体温表。

收费的汉珍找了零钱，说：“谁呀？”

猫子说：“不晓得谁。”

汉珍说：“不晓得他叫你猫子？”

猫子说：“江汉路一条街人人都晓得我叫猫子。”

江珍说：“哟，像蛮大名气一样。”

猫子说：“我实事求是。”

汉珍张了张嘴，没想出什么恰当的话来，也就闭了口，将摇头的电扇定向自己的脸，眼光从吹得东倒西歪的睫毛丛中模糊地投向大街。

猫子走到马路牙子边递体温表给顾客，顷刻间两人都晒得汗滚油流。突然，他们被吓了一大跳，接着他们哈哈大笑，都说："这个婊子养的！"

猫子又取出一支体温表给了顾客。汉珍说："出么事了？"

猫子只顾津津有味地笑，扔过又一支体温表的钱。

汉珍说："出么事了吵？"

猫子说："你猜猜？"

汉珍说："这么热的天让我猜？你这个人！"

猫子说："猜猜有趣些。你死也猜不着。"

汉珍说："我真是要劝燕华别嫁你。个巴妈一点都不男子汉。"

猫子说："么事男子汉？浅薄！告诉你吧，砰——体温表爆了，水银飙出去了！"

汉珍猛地睁大眼睛，说："我不信！"

"不信？这样——砰。"猫子做动作，动作很传神。

汉珍说："世界真奇妙。"

猫子白汉珍一眼，摹仿《正大综艺》节目主持人姜昆的普通话："世界真奇妙。"

他们捂着肚皮笑了。这天余下的钟点过得很快。他们没打瞌睡，谈论了许多奇奇怪怪的话题，很有意思。

下班了。猫子本来是准备回自己家的，现在他改变决定还是去燕华家。今天体温表都爆了，多热的天，他要帮帮燕华。既然他们是在谈恋爱，他就要表现体贴一点儿。

## 四

出了小初开堂，顺着大街直走三分钟，燕华家就到了。旧社会过来的老房子，门面小，里头博大精深，地道战一样复杂，不知住了多少家。进门就是陡峭狭窄的木质楼梯，燕华家住二楼，住二楼其中的两间房。燕华一间，她父亲一间，都有十五个平方米，这种住房条件在武汉市的江汉路一带那是好得没说的了。所以燕华就更有俏皮的资本啦。猫子认为：燕华不俏皮谁俏皮？要长相有长相，要房子有房子，要技术有技术，要钱是个独生女。燕华不俏皮谁俏皮？人嘛。不过，话该这么说，燕华只管俏她的，猫子有猫子的把握。

住一楼的王老太在楼梯口坐只小板凳剥毛豆。王老太像钟点，每天下午六点钟准坐这儿择菜。

猫子说："太。热啊。"

王老太说："热啊猫子。"

猫子给王老太一盒仁丹，说："太。热不过了就吃点仁丹。"

王老太说："咳呀吃么仁丹，这大把年纪了活着害人，只唯愿一口气上不来去了才好。"

猫子说："看太说到哪里去了。"

王老太倒出几粒银光闪烁的仁丹丸子含在舌头上，含糊地说："猫子啊，燕华今天轮早班了，你小点心。"

用不着王老太提醒，猫子心中有数。燕华是公共汽车司机，一周一轮班，早班凌晨四点发车，最是睡不好的班次。燕华一轮到上早班就寻着猫子发火。所以猫子今天本来是要回自己家的。

燕华在厨房里洗菜，穿了件相当于男式背心的女背心，下面是花布裤头，整个背部包括裤头的腰全汗湿得贴在身上。厨房几家共用，几家的女人都在忙碌饭菜，自然都汗湿得不比燕华少。猫子想这里好比游泳池了。

猫子说："热啊嫂子们。"

女人们说："猫子好甜的嘴。"

猫子说："燕华。"

燕华哗啦啦洗菜，不理他。

猫子说："燕华我来洗吧。"

燕华继续洗菜不理人。

猫子朝女人们做了个求助的手势，女人们就说："燕华死丫头，有福不会享。"

猫子说："就是。"

燕华竖起一根手指，将脸面上的汗珠刮得飞溅。说："去去。说不来呢做么事又来了？说你妈病了呢你妈这么快就好了？"

猫子说："你不晓得今天出了什么事呢，我特意来告诉你的。"

燕华横了他一眼。

女人们都问："么事呀么事呀？"

猫子说："我卖一支体温表，拿到街上给顾客。只晒了一会太阳，砰——水银飙出来了，体温表爆了。"

女人们说："啧啧啧啧，你看这武汉婊子养的热！多少度哇！"

燕华说："吹！"

猫子说："我吹吗？我是吹的人吗？"

燕华说："你以为你不吹？十男九吹。"

猫子说："那让嫂子们说句公道话。"

女人们说："猫子真不是吹的人。燕华别冤枉他了。"

燕华说："你们干什么干什么？八国联军打中国呀。"说完忍不住笑，扭身跑了。

猫子脱了T恤衫，赤膊上阵洗菜。接着切菜。接着炒菜。叮叮当当。做得大汗淋漓，热火朝天。

女人们说：“猫子啊，一个怕老婆的毛坯子。”

猫子说：“怕就怕。怕老婆有么事丑的。当代大趋势。其实呢，是心疼她，上早班多辛苦。”

女人们说：“猫子真是个好男将哦，又体贴人又勤快，又不赌不嫖。”

猫子说：“你们又不接客，么样晓得我不嫖啊？”

一个女人跑上来拧了猫子的嘴。其他几个咬牙切齿笑，说：“这个小狗日的！”

猫子大笑。

菜饭刚做好，燕华的父亲回来了。老师傅白发白眉，老寿星模样。老通城餐馆退休的豆皮师傅，没休一天又被高薪返聘回去了。据说他是当年给毛泽东做豆皮的厨师之一。这一带街坊邻居无不因此典故而敬慕他。

一厨房的人都一迭声打招呼。

“许师傅您家回来了。”

许师傅说：“回了回了。今天好热啊。”

人都应：“热啊热啊。”

许师傅说：“猫子你热死了，快到房里吹吹电扇。”

猫子说：“无所谓，吹也是热风。”

燕华冲了凉水澡出来。黑色背心白色短裤裙，乳房大腿都坦率地鼓着，英姿飒爽。猫子冲她打了个响指。她扭了扭腰要走。

许师傅说："燕华莫走！！帮猫子摆饭菜。"

太阳这时正在一点一点沉进大街西头的楼房后边，余晖依然红亮得灼人眼睛。洒水车响着洒水音乐过来过去，马路上腾腾起了一片白雾，紧接着干了。黄昏还没来呢，白天的风就息了。这个死武汉的夏天！

燕华拎了两桶水，一遍又一遍洒在自家门口的马路上，终于将马路洒出了湿湿的黑颜色。待她直起腰的时候，许多人家已经搬出竹床了。

燕华叫："猫子。"

猫子在楼上回答："来了。"

过了一会儿猫子还没下楼。

燕华不满意了。高叫："猫子——"

猫子搬了张竹床下来了。

燕华说："老不下来老不下来，地方都给人家占了。"

猫子说："哎你小点声好不好？你这人啦，谁家的竹床自有谁家的老地方。大家都要睡，挤紧点就挤紧点呗。"

燕华声音低了下来，却没服气，说："就你懂事，就你会做人，就你讨街坊喜欢，德性！"

猫子说："我实事求是嘛。"

猫子和燕华一边斗嘴一边忙活。他们摆好了一张竹床两只躺椅，鸿运扇搁竹床一头，电视机搁竹床另一头。几个晒得黑鱼一样的半大男孩窜来窜去碰得电线荡来荡去，燕华就说："咄，咄。"赶小动物似的。猫子觉得怪有趣，说："这些儿子们。"

许师傅摇把折扇下楼来了。他已经冲了个澡，腰间穿条老蓝的棉绸大裤衩，坐进躺椅里，望着燕华和猫子，一种十分受用的样子。

竹床中央摆的是四菜一汤。别以为家常小菜上不了谱，这可是最当令的武汉市人最爱的菜了：一是鲜红的辣椒凉拌雪白的藕片，二是细细的瘦肉丝炒翠绿的苦瓜，三是筷子长的鲦鱼煎得两面金黄又烹了葱姜酱醋，四是卤出了花骨朵的猪耳朵薄薄切一小碟子。汤呢，清淡，丝瓜蛋花汤。汤上飘一层小磨麻香油。

燕华给父亲倒了一杯酒，给猫子也倒了一杯酒。“黄鹤楼”的酒香和着菜香就笼罩了一大片马路。隔壁左右的邻居说：“许师傅，好菜呀。”

许师傅用筷子直点自家的菜，说：“来来喝一口。”

邻居说：“您家莫客气。”

许师傅说：“那就有偏了。”

燕华冷笑着自言自语：“恶心。”

猫子说：“咳，老人嘛。”

马路对面也是成片的竹床。有人扯着嗓子叫道：“许师傅，好福气呀。”

许师傅说：“福气好福气好。”

燕华开了电视，正好雄壮的国歌升起。大街两旁的竹床上都开饭了。举目四顾，全是吃东西的嘴脸。许师傅吃喝得很香。猫子也香。一条湿毛巾搭在肩上，吃得勇猛，一会儿就得擦去滚滚的汗。燕华盛了一小碗绿豆稀饭，有一口没一口地喝，筷子在菜盘子里拨来拨去，百无聊赖。

猫子说：“燕华，我的菜是不是做得呱呱叫？”

燕华说：“你自我感觉良好。”

猫子说："嗤！许伯伯你说？"

许师傅说："是呱呱叫。猫子不简单呐。"

燕华说："我吃不香。这么热的天还吃得下东西？"

猫子说："这是没睡好的原因，上早班太辛苦了。所以我不回家，来给你做菜。"

许师傅听完就嗬嗬地乐。燕华说："他油嘴滑舌。先头说是因为出了体温表的事。"

猫子猛拍大腿。他怎么居然还没告诉未来老丈人今天的大新闻呢！他说："许伯伯，今天出了件稀奇事。一支体温表在街上砰地爆了，水银柱飙出玻璃管了。"

许师傅歪着头想象了好半天，惊叹道："真是世界之大无奇不有哇！猫子，体温表最高多少度？"

猫子说："摄氏42度。"

许师傅说："这个婊子养的！好热啊！"

燕华放下碗，说："热死了。不吃了。"

猫子说："热是热，吃归吃呀。"

燕华说："像个苕。"

猫子说："不吃晚上又饿。"

燕华说："像个苕。人是活的吵，就叫饿死了？满街的宵夜不晓得吃。"

猫子说："好吧好吧，十二点钟去吃宵夜。"

燕华说："你美哩，谁要你陪，我早和人家约好了。"

猫子说："谁？和谁？"

燕华说："你是太平洋的警察？——管得真宽。"

许师傅说："猫子别理她！燕华像放多了胡椒粉，口口呛人。还是个姑娘伢吵。"

燕华说："姑娘伢么样？姑娘伢么样？"

许师傅说："姑娘伢要文静本分温顺。"

燕华说："怕又是旧社会了吧？"

猫子说："许伯伯您家莫和她怄气。"

许师傅说："都不理她。"

一老一少两个男人去看电视。燕华从鼻子里哼哼两声，转过身望街去坐；眼睛怔怔变幻着各种情绪。一般姑娘家只背了人才有这种神态的。所以贴街行走的外地人冷不丁瞧见了燕华便吓了一跳。

街上行人稀了一些，却也稀不到哪儿去。武汉市城区每平方公里平均将近四千人，江汉路又是城区最繁华的商业区，行人又能稀到哪儿去？照旧是车水马龙。不过日暮黄昏了，竹床全出来了，车马就被挤到马路中间去了。本市人不觉得有什么异常，与公共汽车、自行车等等一块儿走在大街中间。外地人就惊讶得不得了。他们侧身慢慢地走，长长一条街，一条街的胳膊大腿，男女区别不大，明晃晃全是肉。武汉市这风景呵！

电视播放国际新闻了。

猫子大声宣布："嗨，国际啦国际啦。"

在伊拉克侵占科威特之后，猫子主动负起了提醒街坊看国际新闻的责任。几家男人端着饭碗跑了过来。

伊拉克吞并了科威特又想搞沙特阿拉伯。

猫子说："个婊子养的伊拉克，吃饱了撑的。"

男人们都感慨："这个婊子养的！"

有人说："这婊子破坏我们亚运会。等开完亚运再打不迟嘛。"

许师傅说："毛主席说过，侵略者决无好下场。你们信不信？"

猫子说："我信。有钱的国家都出动了，收拾它是迟早的事。"

男人们说："那难说。阿盟其实不喜欢美国佬。咱们出兵算了，赚点外汇，减少点人口，又主持了正义，刀切豆腐两面光。不知江书记想到了这点没有？"

许师傅说："你们怎么这种思想呢？现在的年轻人？"

大家说："许师傅啊，我们哪有什么思想，比不得您家，毛泽东思想武装的。"

许师傅知道这是玩笑话，和气地笑了。

臭了一顿伊拉克，接着又臭武汉的持续高温。再接下来是广告，又臭广告。臭广告的时候人就渐渐散了。

猫子一放下碗，许师傅就说："燕华，收碗。"

燕华说："我要等汉珍。"

猫子说："哦，汉珍。你们好紧的口，都不告诉我。"

燕华说："你是个么事大人物，要告诉你？"

许师傅说："收碗，燕华！"

猫子说："我来收。我来收。"

许师傅说："不行猫子。街坊邻居都看着，我家这点家教还是有的。燕华收碗！"

燕华不情不愿起身收拾碗筷，猫子给她打下手。

王老太和女人们看着燕华猫子上了楼，就对许师傅说："您家做得对，燕华脾气娇躁了一些。猫子是个几好的伢，换个人燕华要吃亏的。"

三

许师傅说："是的咧，像猫子这忠厚的男伢现在哪里去找？现在的女伢们时兴找洋毛子，洋毛子会给他丈人炒苦瓜吃么？燕华要是不跟猫子，看我不捶断她的腿。"

燕华满以为猫子会主动洗碗的，谁知他在厨房放下饭锅就走人。燕华说："猫子啊。"

猫子说："干什么呀？"

燕华说："好好！我算看透你了！"

猫子说："今儿都没给个好脸色嘛。"

燕华说："么样脸色是好？"说着就露出了笑。

猫子说："这就对了。谈朋友嘛要有具体行动。"

猫子一把拉过燕华拥进怀里。燕华说："太热了。"胳膊却不由自主揽住了猫子的腰。两人扭扭绊绊进了房间。房间完全是个蒸笼，墙壁，地板，家具，摸哪儿都是烫的。等他们出房间时都有点儿中暑了。

汉珍是晚上八点半来的。燕华又换了一件新潮太阳裙和她走了。她们嘻嘻哈哈对猫子说"拜拜"。

这个时候，住人的房子空了。男女老少全睡在马路两旁。竹床密密麻麻连成一片，站在大街上一望无际。各式各样的娱乐班子很快组合起来。

许师傅本来是要摸两把麻将的。新近相识的王厨师来了。王厨师是武汉人，在远洋轮上工作了三十年，最近退休回了老家。着了迷寻着许师傅讲究武汉小吃。他们还有一个忠实的听众王老太。王老太在许师傅谈论的武汉小吃中度过了大半生。

一个嫂子约猫子打麻将。

许师傅说："猫子去玩吧。"

猫子说："我不玩麻将。"

嫂子说："那玩么事呢？总要玩点么事啊。"

猫子说："我和他们去聊天。"

嫂子说："天有么事聊头？二百五！没听人说的么：十一亿人民八亿赌，还有两亿在跳舞，剩下的都是二百五。"

猫子说："二百五就二百五。现在的人不怕戴帽子。"

嫂子膝下的小男孩爬竹床一下子摔跤了，哇地大哭。她丈夫远远叫道："你这个婊子养的聋了！伢跌了！"

嫂子拎起小男孩，说："你这个婊子养的么样搞的吵！"

猫子说："个巴妈苕货，你儿子是婊子养的你是么事？"

嫂子笑着拍了猫子一巴掌，说："哪个骂人了不成？不过说了句口头语。个巴妈装得像不是武汉人一样。"

猫子抱起小男孩，送到他家竹床上。这家男人递了猫子一支烟。

猫子说："王师傅我说个新闻吓你一跳。"

男人说："个巴妈。"

猫子说："今天，就是今天，下午四点，我们店一支体温表在太阳下呆了两分钟，水银就冲破了玻璃管。"

男人扬起眉毛，半天才说："真的？"

猫子很高兴，吐出一串烟圈。

男人说："你说吓人不吓人，多热！还要不要人活嘛！"

猫子豪迈地笑，说："个婊子养的，我们不活了！"

前边有人叫了："猫子，过来坐。"

猫子前边去了。一大群人在说话看电视。猫子将电视机揿灭了，有声有色讲了今天体温表的事。人们听了十分激动。有人建议给武汉晚报写篇通讯。有人建议给市长专线打电话：多热的天，你还让我们全天上班吗？由此受到启发，有人怀疑是否气象台在搞鬼，没有给广播电视台真实的天气预报，以免人心浮动。立即有人出来反驳，说测气象不是测的大马路，科学有科学的讲究，搞科学的人不会撒谎。猫子参加了争论，与他争论的小伙子说体温表事件很有可能不是气温的问题而是体温表的质量问题。猫子极为气愤，因为体温表是他进的货，全是一等品。

许师傅这时也成了谈话的中心人物。围绕着他的除了王老太全是剃着青皮光头的老头子。

许师傅显然有几分得意忘形，他说毛主席吃完豆皮，到厨房来和厨师一一握手，最后拍着他的肩说：你的豆皮味道好极了！

老人们乐得跟小孩一样。许师傅自嘲说：“啊，是有点像雀巢咖啡的广告。”

王老太说：“再讲讲朝鲜国吃四季美的故事。”

许师傅就又讲朝鲜领袖金日成某年某月某日到武汉访问吃四季美的小笼汤包。吃完就走，去北京了。十多天后金日成启程回国，上车前突然对送行的中央首长说：“我还有一个小问题始终没想通。”中央首长请他讲，金日成说：“那武汉市四季美的汤包，汤是么样进包子的？”

老人们更乐得不知怎么才好，捧着茶杯咕咕喝茶，过那痛快的瘾。

王厨师说：“个杂种，我漂洋过海不晓得跑了多少国家和城市，个杂种，他们的油条都是软皮隆咚的，只有我们武汉的油条是酥酥的。”

许师傅说：“咳，提不得喽。说那上海吧，十里洋场，过早吃泡饭；头天的剩饭用开水一泡，就根咸菜，还是上海！北京首都哩，过早就是火烧面条，面条火烧。广州深圳，开放城市，老鼠蛇虫，什么恶心人他们吃什么。哪个城市比得上武汉？光是过早，来，我们只数有点名堂的——”

王老太扳起指头就数开了：老通城的豆皮，一品香的一品大包，蔡林记的热干面，谈炎记的水饺，田恒启的糊汤米粉，厚生里的什锦豆腐脑，老谦记的牛肉枯炒豆丝，民生食堂的小小汤圆，五芳斋的麻蓉汤圆，同兴里的油香，顺香居的重油烧梅，民众甜食的伏汁酒，福庆和的牛肉米粉。王老太的牙齿不关风，气一急潽出了一挂口水。她难为情地用手遮住了嘴巴，说：“丢丑了丢丑了，老不死的涎都馋出来了。”

老人们鼓掌。

王厨师说：“不愧老汉口！会吃！我这个人喜欢满街瞎吃。过个早，面窝，糍粑，欢喜坨，酥饺，油核糍，糯米鸡，一样吃一个，好吃啊！”

许师傅说：“那不是吹的，全世界全中国谁也比不过武汉的过早。”

老人们自豪极了，说：“就是就是。”

夜就这样渐渐深了。

公共汽车不再像白天那样呼呼猛开。它嗤嗤喘着气，载着半车乘客，过去了好久才过来。推麻将的声音变得清晰起来。竹床上睡的人因为热得睡不着不住地翻来覆去。女人家耳朵上，颈脖上和手腕手指上的金首饰在路灯的照射下一闪一闪地发亮。竹床的竹子在汗水的浸润下使人不易觉察地慢慢变红着……

燕华正在回家的路上。

燕华和汉珍又约了两个高中女同学。四个姑娘穿得时髦之极。摩丝定型发胶将刘海高高耸在前额，脸上是浓妆艳抹。她们的步态是时装模特儿的猫步，走在大街上十分引人注目，没玩什么她们就开心极了。

她们没去跳舞也没看电影。就是逛大街。从江汉路逛到六渡桥，又从六渡桥逛回江汉路。吃冰淇淋，吃什锦豆腐脑，你出钱请一次，她出钱请一次。

汉珍说了今天体温表的新闻。

燕华说了今天她车上售票员小乜和乘客相骂的事。说是两个北方男人坐过了站，小乜要罚款。北方人不肯掏钱，还诉了一通委屈。小乜就说："赖儿叭叽的，亏了裆里还长了一坨肉。"

北方人看着小乜是个年轻姑娘，不敢相信自己的耳朵，大声问：嘛？

小乜也大声告诉他们：鸡巴。不懂吗？

北方人面红耳赤，赶快掏出了钱。

四个姑娘笑得一塌糊涂。燕华顶快活。说："个婊子养的，家里一个老头子，一个男朋友，想讲给人听又讲不出口，憋死我了。"

汉珍说："那你就结婚当嫂子嘛。我看猫子已经等不得了。"

另外两个女同学说："燕华只怕都是嫂子喽，猫子能那么老实？"

燕华扑过去撕女同学的嘴，闹得一团锦簇在霓虹灯下乱滚。

她们又议论了影星歌星，议论了黄金首饰的价格与款式，议论了各自的男朋友，议论了被歹徒杀害的“娟兰”和“两兰”，为这四个女孩子叹息了一番。

汉珍说：“要是你们遇上了歹徒怎么办？”

燕华说：“老子不怕！凭么事让他搞钱？我们公司赚几个钱容易？全是老子们没日没夜开车赚的。邪不压正，你越怕越出鬼。”

姑娘们说：“是这个话，怕他他一样杀你。”

走着说着，实在走不动了，她们才分了手。

燕华买了宵夜拎回家来。

许师傅在躺椅上闭目养神。

燕华说：“爸爸吃点伏汁酒吧。猫子呢？”

许师傅说：“前边玩。”

燕华踮脚往前望，望见一片又一片竹床，没见猫子。

猫子这时其实在燕华的视线内，但他躺在四的竹床上。四的竹床都与众不同，脚矮，所以被遮挡住了。

四是个有点年纪的单身汉。街坊传说他是个作家，他本人则不置可否。四是他的小名。许多人讨厌他酸文假醋，猫子却有点喜欢他。因为和四说话可以胡说八道。

猫子说：“四，我给你提供一点写作素材好不好？”

四说：“好哇。”

猫子说：“我们店一支体温表今天爆炸了。你看邪乎不邪乎？”

四说：“哦。”

猫子说：“怎么样？想抒情了吧？”

四说：“他妈的。”

猫子说：“他妈的四，你发表作品用什么笔名？”

四唱起来："不要问我从哪里来，我的故乡在远方，为什么流浪，流浪远方，流浪。"

猫子说："你真过瘾，四。"

四将大背头往天一甩，高深莫测仰望星空，说："你就叫猫子吗？"

猫子说："我有学名，郑志恒。"

四说："不，你的名字叫人！"

猫子说："当然。"

然后，四给猫子聊他的一个构思，四说准把猫子聊得痛哭流涕。四讲到一半的时候，猫子睡着了。四就放低了声音，坚持讲完。

燕华又冲了一个澡，穿汗衫短裤拖鞋，沿着街低低叫唤："猫子。猫子。"

四听见了却没回答。他想的是：让男人们自由一些吧。

凌晨一点钟了。燕华回到自家竹床上想睡上一会儿。王老太在她耳朵边说："伢，猫子是个好男将啊。"

燕华说："晓得。"

王老太又说："男怕干错行，女怕找错郎啊！"

燕华说："晓得晓得。"

王老太深深叹了一口气，不出声了。

燕华迷迷糊糊地睡了一觉，一身汗，热醒了。三点半，该去上班了。

燕华的第一趟车四点钟准时发出。售票员依然是小乜。车过江汉路时，她们发现了猫子。猫子睡在四的竹床上，毫不客气摊成了个大字。燕华最恨四，说："这个混账东西，哪儿不好睡。"

小乜说："猫子搭帐篷了。"

燕华说："呸，流氓。"

小乜说："个巴妈，他在大街上'搭帐篷'，我把眼睛剜瞎它？"

燕华说："个婊子养的！"

小乜说："结婚吧。莫丢人了。"

小乜纵情大笑。

燕华说："小点声伙计，武汉市就现在能睡一会。"

小乜掩住口，吃吃笑个不住。

燕华驾驶着两节车厢的公共汽车，轻轻在竹床的走廊里穿行，她尽量不踩油门，让车像人一样悄悄走路。

写于1990年秋天的汉口常码头

发表于1991年1-2期合刊《小说林》

# 你以為你是誰

# 一

大礼拜对陆武桥来说无所谓，对于陆武桥的朋友王一川、白伟华、王继平来说很有意义。他们三人都在政府的局级机关工作且都是独当一面的小头目，平日工作简直太忙太忙了！哪有什么八小时不八小时？晚上不过十点还想回家？这个大礼拜是绝对要放松放松的。三人一进门，陆武桥就让他们关掉了BP机。陆武桥当着他们的面关掉了自己的BP机，关掉了电话，关上了房门，打开了激光音响，室内的一切飘浮在轻柔的音乐声中。陆武桥准备的烟是红塔山和三五，他知道白伟华抽三五；准备的茶叶是上好的碧螺春；准备的麻将牌是骨质的，沉甸甸的手感极好；还准备了几盒有点颜色但不太过分的录像带。最好的还有陆武桥早已离婚，这二十平米有地板的高空间的从前的英租界的老房子完全是男人的天地。只有这些已婚十年左右的男人才真正懂得，女人并不任何时候都必需。

陆武桥说：哥们，今天你们要暂时忘掉科长处长的身份，彻底放松，回到大家同学时候的少年时代。大江东去浪淘尽千古风流人物。人生如梦转眼就是百年啦。

王、白、王三人叫道：好！

王一川叫“好”的时候不当心挣出了一个响屁，大伙笑着又叫了一声好，说到底是处长，最能领会今天的放松精神。

在充满了男人那种粗俗的愉快的气氛中，麻将牌哗啦一声倾泄在麻将桌上。就在这个时候，房门被怯怯地敲了两下。

陆武桥问：谁？

房外的人说：是我，邋遢。

陆武桥说：滚。

老板，门外的声音低三下四：老板，是是是急事。

陆武桥说：邋遢，我不是告诉过你们今明两天谁都不要来找我吗？你下去给我一字一句告诉武丽，就说这两天皇帝老子下驾，餐馆里起火都不要来找我！

门外一丝动静也没有。

陆武桥喝道：邋遢！

门外立刻响起一串急急忙忙下楼的声音。

大家都笑起来，说：还是当老板威风啊，完全过的是旧社会的瘾。

陆武桥说：什么老板？值几斤几两？别人笑话我也就让他去，

你们也来笑话我？

说笑着刚刚码好牌，窗户底下响起陆武丽清脆但冒着火气的叫声：大哥！陆武桥！

陆武桥说：别理她。

白伟华说：哪能不理她呢？我来我来。

白伟华起身到窗前，探出头去的时候下意识地捋了捋头发。陆武桥说：告诉她我死了。

白伟华从二楼居高临下看见了陆武丽。陆武丽一身黑紧身大开胸T恤，下面是黑色超短羊皮裙，一头黄发烫得波浪汹涌，嘴唇艳若桃花，一只红玛瑙坠子晃荡在雪白双乳的沟壑之间。白伟华说：武丽，怎么不上来？上来吧。

陆武桥说：告诉她我死了！

陆武丽说：白科长，我大哥呢？我真的有急事！

陆武丽朝白伟华举了举手里的汉字显示BP机，气急败坏地叫起来：陆武桥！妈死了！

陆武丽叫得嗓子变了调，接着“哇”地大哭起来。

王一川和王继平都来到窗口，叫道：武丽武丽，有事上来说，别着急。

陆武丽哽咽着抬脸说：王处长。王处长。

两王都答应了，然后吩咐白伟华下楼叫陆武丽上来。

陆武桥一动不动坐在桌边，若无其事地抽烟，心里却是恼火极了。他想：怎么我不死啊！里里外外都是我撑着，我他妈算什么人？怎么没人肯说陆武桥死了啊！

白伟华扶着陆武丽的胳膊进来时，陆武丽抽抽搭搭将BP机拍在桌面上，让所有的人看里头显示的字：桥桥，妈死了，在同济急诊室抢救，快快来！掌珠。掌珠是陆掌珠，陆武桥的姐姐。陆武桥一把握住BP机站了起来。他原以为打Call机的是他那无事生非的爹呢。

王一川王继平白伟华都说：武桥，你快赶到医院去吧。

王一川已经在找自己的领带。

陆武桥抢步过去把王一川的领带又扔回床上。陆武桥说：我姐肯定急糊涂了，人死了还抢救什么？人是肯定没死的，我也立刻就赶去。但有一条：你们不要走！今天你们谁走谁就是看不起我！

白伟华说：下回吧下回吧下回再聚也一样。

陆武桥说：别！

陆武桥说：人生有几次下回？这次能凑一桌，轻松一番不知道是多少年修来的缘分。还是那句话，谁走谁就是不给我陆武桥面子！我呢，去看看我妈；你们呢，玩你们的。听音乐，看录像，抽烟，喝茶，打麻将，随便玩。一天三餐带夜宵，我早准备好了，到时候下面餐厅会送上来的。我没搞大肉大鱼，知道那东西你们见了就怕，搞的是清淡可口的时令小菜，酸甜苦辣，保证吃得开胃吃得舒服吃了不长胖。麻将缺只角，不要紧，马上上来一只角，湖北大学李老师，大知识分子，和你们档次更般配，牌也玩得好。武丽呢在下面当坐堂老板，大礼拜，生意多，没坐堂的不行，各位多包涵，有事就随时叫她。

陆武桥对陆武丽说：丽丽，记住，生意再忙也要当好这里的后勤。那些人吃饭给钱，人走茶凉，关哥什么事？不过为了糊口罢了。这三位可是哥小时候撒尿和泥巴的朋友，没有他们的友谊，哥活着白活。懂了？

陆武丽频频点头：嗯，懂了。

陆武丽很乖的模样。陆武丽转向王一川等三人，乖巧地一笑，说：各位大哥就别走了，给我一个机会在我大哥面前表现一下，好让他给我涨工资。

三个人都笑了，坐了下来。白伟华说：好，今天我们就绅士一次，帮帮小姐。如果回头我们一致认为武丽工作得不错，武桥，你可一定要给她涨工资。

陆武桥说：一定。大丈夫一言出口，驷马难追。

陆武丽对王一川王继平白伟华一人道了一声谢。她每弯腰一次就闪现一次乳壕。陆武桥在拿他的摩托车钥匙和头盔，装出一副浑然不觉的样子。

## 二

湖北大学李老师住在一楼。二十平米大的房间用五夹板拦腰一隔，也就成了两间。儿子大了儿子住一间，他们夫妻住一间，厨房设在外面的楼梯下面，书房和卧室合二为一，起了床往前一趴就可以在书桌上做学问。实事求是地说，这种住房条件在中国的大城市里真不能算差。日子一长，习惯成了自然，后来湖北大学两次分给李老师两室一厅单元房他都没要。作为一个大学教师，一个知识分子竟不愿意居住校园环境，李老师自己都觉得有点心虚：他感到有必要对同事们解释一番。在进行解释之前，李老师首先问老婆：尤汉荣，你到底愿意不愿意住到武昌我们学校去？

不愿意！就是不愿意！他老婆干脆利落地回答。在回答了李老师之后，他老婆意味深长地挑了挑眉梢，说：难道你愿意？

他老婆尤汉荣尽管是个工人，可智商显然高于他。尤汉荣不依不饶地接着说：李老师，其实你不用问我也可以在你们学校放风，就说是因为我不同意住那边。凡你脸面上过不去的事情尽可以往我身上推，反正我是个工人，反正现在工人在社会最底层，虱子多了不痒。你嘛，认为什么说法放在自己身上有光彩就怎么说好了。任你在外面一张嘴巴再能干，实质上还是和我一样住惯了汉口洞庭里的地板房，吃惯了江汉路滋美和冠生园的新鲜点心，坐惯了十分方便的公共汽车，和我一样吃喝拉撒，吃相还不如我斯文，得，就行了。

李老师哑口无言。

李老师毕竟还是个凡人，囿于凡俗的局限，没法正视自己的灵魂深处，果真在学校对同事们说：我老婆住惯了汉口，上班方便，生活也方便，加上孩子上学的问题，没办法，只好依她，牺牲我自己了。

李老师给人造成了一种印象：由于有个粗俗的老婆而导致他长期沦陷在汉口小市民的生活环境之中。

那么，李老师自己对自己又如何解释自己现行的生活方式呢？李老师这个人是个自认为很深刻很高尚的人，如果他找不到凌驾于这种世俗生活之上的精神生活，很难想象他会正常地吃饭和排泄。也许他会精神分裂也许会闹离婚，总之尤汉荣一直有这种担心，也曾悄悄对陆武桥倾吐过。尤汉荣的话很简洁很有穿透力，她说：我们老李人不错，他只有一个毛病，这就是需要找到崇高的借口才能进行实际生活。尤汉荣对陆武桥交心谈心是希望陆武桥作为邻居能够善待自己的丈夫，有机会就带他一把。

尤汉荣说：带他玩的时候也要说一些那个的好话给他听。那个，明白了吗？

陆武桥说：明白。无非是酸一些的。

尤汉荣说：对了。

其实，尤汉荣的担心根据不足。李老师到底是有知识的人，许多书不是白读的。关于自己现行的生活方式，李老师早已形成两种解释。一种是彻底否定洞庭里十六号的生活是汉口小市民之生活。从历史上来看，洞庭里十六号的原始主人是洋行高级职员，继而是中国共产党领导下的中国工人阶级，是陆武桥的父亲陆尼古，一个江岸机务段的铁路工人及其师兄师弟们，现在是陆武桥。陆武桥原本也是工人，变压器厂的车间主任，留职停薪承包居委会的餐馆是这五六年的事。即便不再是工人做了老板也不能因此定性为小市民，像他们这些人现在应当称为历史的弄潮儿。洞庭里十六号除了一个大学教师之外，其他五户人家全是工人或出身于工人。工人阶级是中国的先锋阶级和领导阶级，陆尼古就是一个典型的以天下为己任的慷慨激昂的工人。于是，李老师认为完全可以为洞庭里十六号人们的生活属性重新定性。前几年，国家曾一度提出知识分子也是工人阶级的一员，李老师非常兴奋，他跃跃欲试地写了许多文章，投稿报社，论证自己住在洞庭里十六号正是适得其所，不知为什么终于没看到文章见诸报端。

既然某一种观点覆盖不了社会，李老师便建立了第二种解释。

他把自己在洞庭里十六号的所有生活不当做真实的生活，而当做自己对生活的体验。李老师就是这么看的，如果说他津津乐道地住在拥挤破败的洞庭里十六号，在这里吃饭拉屎和老婆睡觉，在这里看书写字与邻居议论物价飞涨，那么他无疑是个委琐的庸人；如果他大大睁着高于生活的纯精神世界的一只眼睛，尽管他的实际生活较之前面并无二致，那么他无疑就不再是委琐的庸人了。事实上李老师正是在体验生活收集素材，他自己装订了一个巴掌大小但却很厚的笔记本，无时无刻不带在身边，随时记录武汉民间生动的语言，准备撰写一部关于武汉方言的长篇巨著。

由于有了高级的精神生活，李老师的内心获得了平衡。他安心安意地居住在洞庭里十六号，既学跳舞也学打牌，既敢喝高度白酒也敢唱它一嗓子卡拉OK，既愤世嫉俗也同流合污，比如不时接受陆武桥的邀请，去参加一些公款吃喝的饭局。李老师明知陆武桥这小子是利用他，把他当陪客，用他大学教师的地位往自己脸上贴金，但李老师又想：我不去我怎么深入了解社会生活及流行语言？怎么会认识海参加鱿鱼？鱼翅和燕窝？

李老师从世俗的场面上应酬回来之后必定有个思索问题的阶段。这阶段他噙着牙签，双腿跷在书桌上，神态十分冷峻和傲然，他的思绪穿行在人类的进步，哲学与生活的关系，中国吃文化的美学品格和精神深度以及形而上内涵等重大的问题上。这种思索使李老师拥有了博大而洁净的胸怀，他感到自己对这世上的芸芸众生有一种深刻的怜悯和痛心，尤其对陆武桥。如果恰巧这个时候陆武桥精神抖擞地经过他家窗前，他就会鄙视地低沉地说：不就是为了几个臭钱不就是有几个臭钱吗？除此之外，小子，你还有什么？

这位李老师正是陆武桥要请上楼为自己的贵客凑角的那位李老师。

## 三

陆武桥下楼下到拐弯处就闻到了由底下冲上来的浓烈的鱼腥味，他知道这又是李老师尤汉荣两口子在挤小鱼。菜市场时不时有缺钱花的乡下老汉卖一堆河沟里撮起来的小鱼，这种鱼小得没办法动刀剪，只好一条条用手工挤出肚肠。一般人买几毛钱的小鱼是作猫食用的，李老师家却是人吃。

如果是往日，陆武桥就会赶紧退回家，让他们挤完小鱼再出门，陆武桥实在不愿意领教李老师的诸如挤小鱼之类的琐事上的宏论。但今天不行，今天他事情紧急，没有退路。

陆武桥一边下楼一边打招呼：李老师，挤小鱼啊。

尤汉荣抢着打招呼：是啊挤小鱼。刚才武丽哭叫什么你妈死了，这丫头又犯倔脾气了？

陆武桥说：不是，我妈恐怕真出了点毛病，掌珠打来的Call机。我正为这事要求嫂子和李老师帮点忙呢。

尤汉荣一听赶紧抓过抹布擦手，说：是不是去医院？

陆武桥说：嫂子你别急，没你的事，你挤小鱼挤小鱼，一边挤一边听我说。

李老师说：武桥啊，一口一个挤小鱼，生怕别人听不到吧？

李老师根本不给时间让陆武桥回答，紧接着说：是的我们的确在挤小鱼，准备用油炸酥了吃。你可能只看到了这种小鱼很便宜，便把便宜与贫穷联系在一起了，你却没想到小鱼大鱼本质上都一样，都含有丰富的蛋白质，而且有人偏爱吃油炸小酥鱼，比如这位尤汉荣同志，即便你让她当了女王她也喜欢买小鱼挤小鱼的。

陆武桥用头盔击了一下被烟熏得漆黑的楼梯扶手，说：我操！

尤汉荣暗中踹了李老师一脚，李老师哈哈笑起来，李老师说：我说了什么？我没说什么嘛。我只是由此引申一个道理，与武桥探讨探讨。武桥不会介意的，是不是？

倒是。陆武桥说：我一点不介意。

尤汉荣飞快递给陆武桥一个眼神，陆武桥接受了这女人替丈夫表达出的歉意，也用眼睛飞快地笑了一笑。尤汉荣虽年已四十五却风韵不减，可想而知年轻的时候肯定如花似玉。这么一个秀外慧中的女人怎么能够忍受李老师这种夹生不熟的知识分子呢？俗话说得真不错：好汉无好妻，癞蛤蟆娶仙女。人生有什么道理可讲啊！陆武桥心中暗自感叹着，嘴上却一点不耽误地讲了请李老师上楼凑角的事。

李老师说：哎呀今天我忙极了，一篇论文人家等着翻译成英、法两种文字，要到联合国去宣读，我这儿还只写了一半呢。

陆武桥又和尤汉荣交换了一个眼神。如果不是因为尤汉荣这个女人心明眼亮通情达理，陆武桥凑角或者陪饭局哪会找李老师，受他这种装腔作势的酸臭气？天涯何处无芳草？只不过有个通达的女人在李老师身后，陆武桥懂得比找一个背后赘着傻婆娘的通达的男人要强得多。况且李老师好歹身份不俗，上了场面倒也会玩会喝会讲几段男人的荤故事，进入了状态与大多数人没什么区别。再说了，带上李老师玩玩也出于一部分怜香惜玉的心理，让李老师得些实惠，尤汉荣的负担也就轻多了。

李老师嚷忙，陆武桥没急着接话，递了一根香烟过去，送火点燃了，这才说：李老师你别给我说什么论文不论文，我们没文化，不懂。你忙我知道，楼上楼下住了几十年，还不知道你忙。今天我是来请求帮助的。你曾讲过人家美国人与人之间的关系很富于人道主义精神，一般都问别人：你需要帮助吗？需要就别客气，说Yes。不需要就直截了当地说No，我现在已经对你说了Yes了。

尤汉荣忍不住笑出了声，说：行，我们李老师马上上楼帮助你。

李老师说：可是，但是，这个这个……

陆武桥掏出一叠钞票放在灶台上：这是一千块钱，输了是我的，赢了是你的。输多了我高兴，输少了我也高兴。就这样吧，拜托！

李老师说：钱倒是小事，会不会有人来抓赌？

陆武桥说：你一千个放心。我这三个朋友是什么人？在武汉市，只有他们抓别人，没有别人抓他们的。再说了，杀杀家麻雀属正常娱乐范围。

李老师望望尤汉荣，说：这么说恭敬不如从命了？好吧，我就再牺牲一天时间。

尤汉荣催陆武桥：快去医院吧。

陆武桥骑上摩托，还没有出里弄就看见妹妹陆武丽在马路对面的餐厅门口坐着，六神无主的样子傻瞧着大街。陆武桥把陆武丽带进餐厅的库房，摇了摇她的脑袋，说：妈不一定死了，你知道不知道啊！打起精神来，像个小老板的样子。

陆武丽说：我知道妈不一定死了。可是你一不在，我就没精神。

陆武桥阴沉着脸，剜了陆武丽一眼，扔过一条油渍麻花的围裙让她穿上。围裙穿上之后陆武丽的酥胸不见了，活像个伙计。

陆武桥说：这两天都不准脱掉围裙。去烤羊肉串。楼上的饭菜让邋遢送上去。如果他们叫你，你就上去一下，就这样穿着围裙，憨傻地爹着两只沾满了孜然的巴掌，对他们说：羊肉串生意真好啊，你们喜欢吃羊肉串还是田螺串？

陆武丽定定地盯着陆武桥。

陆武桥说：就这么做。听大哥的话好吗？

陆武丽的眼泪一骨碌滚了出来，说：好。

## 四

同济医院急诊室门口新修的花坛上一般不准坐人，但此刻坐了人。退休于著名的江岸车辆厂的老工人陆尼古大模大样地坐在花坛上。几个老人其中包括戴着红袖章管理花坛的老人，也都坐在陆尼古身边，全神贯注地听他谈天说地。医院外喧闹的解放大道和医院内痛苦深重的呻吟哭叫好像不与他们生存在同一空间。

陆尼古精瘦，白发，黄脸，中气十足。在等候大儿子陆武桥的一个多小时里，他已经向老人们回顾了江岸车辆厂的历史和“二七”大罢工的概况。他从张之洞、李鸿章的洋务运动讲到京汉铁路的诞生，从江岸机厂讲到江岸铁路地区的形成以及共产党人包惠僧、项英、施洋在这里搞的地下活动，从京汉铁路总工会的成立讲到林祥谦之死。中国工人阶级就是由此走上世界政治舞台的，当年共产国际还发表了支持和赞扬的宣言。陆尼古沉浸在国家主人翁的自豪和骄傲之情中。

有老人问："二七"那天的情景和《红灯记》里李奶奶说的一样吗？

陆尼古说：《红灯记》？那是戏。实际上更惨，死了四十多人，伤了几百人，抓了四十多人，还吓跑了千把人，吴佩孚，那个狗日的军阀，真下得了手哇！端着机枪，哒哒地扫射——陆尼古说到这里感觉不对劲，他侧头一看，大儿子陆武桥站在一边瞪着他，他顿时就泄了气。他赶紧对老人们补充说他是在"二七"惨案发生后十年出生的，但是他的父亲和叔叔都亲自经历了大罢工和一万多工人的大游行。为了保持自尊，已经无心再讲的陆尼古最后强调了一句：我完全好像身临其境，我现在都还记得当年的口号——为自由而战，为人权而战。

老人们却不介意陆尼古是在什么时候出生的，他们感叹说：这口号多好！

陆武桥始终不表态。陆尼古梗起脖子吼道：别把眼睛瞪得像个牛卵子盯着我！

陆武桥说：敢情我妈没事？

陆武桥说：你知不知道我有多忙？

陆武桥说：走吧！干干地过嘴巴瘾，现在什么世道了！

汉口古田路有一大片工人阶层的住宅区，叫做简易宿舍。所有经过该区的电车公共汽车在这里都设有一站，站牌上就写着"简易宿舍"。武汉市自五十年代末期开始绘制的市区地图，就有简易宿舍这个地名。尽管简易宿舍比较简易，作为天花板的预制板裸露在外，等等，但简易宿舍的社会地位算是很高的了，这一点显而易见，毋庸置疑，地图不仅仅是给全中国人民看的，外宾一样也看。再说，像这一大片整齐划一的楼房确实能够体现出中国工人阶级高度的组织性、纪律性和坚决性。不管历史发展到九十年代的今天别人拿什么眼光来看待简易宿舍，也不管有多少住户千方百计地搬离简易宿舍，陆尼古吴桂芬夫妇对这里是有着深厚的无产阶级感情的。他们喜欢这里。他们喜欢住宅区里弥漫的机油味柴油味和汽油味，喜欢下班时候鱼群一般游进住宅区的老中青工人；青工们经常是下班后冲了澡回来的，姑娘们披着湿漉漉的头发，小伙子们神采奕奕，老工人仍穿着他们喜爱的蓝色帆布工装和大头鞋。所有的人从同样的房间里出门，奔向工厂的机器，然后忽喇喇一块儿下班回到同样的楼房里，这其中有一股子团结的力量叫人激动和信赖。陆尼古吴桂芬夫妇已经对他们的四个孩子，尤其是对长子陆武桥再三申明，他们将乐意死在这里。

除了陆武丽之外，陆家一家五口人终于聚齐坐在简易宿舍三楼，一间被炊烟熏黑了的房子里了。

吴桂芬半卧在床上，身后靠着大女儿陆掌珠。谁也没有撒谎，今天吴桂芬的确闭过气了几分钟。一到仲秋，吴桂芬的枯叶性哮喘就要发作。本来哮喘也不至于那么厉害，主要是吴桂芬的肺不行了。她十二岁进武汉裕华纺纱厂，做过择花、弹花、挡车等工种一直做到五十岁才退休，在漫长的三十八年里，棉花纤维完全浸润了她的双肺。近年来年岁逼人，吴桂芬的呼吸越来越困难。今天主要是听了陆掌珠哭诉她丈夫要抛弃她的事情，吴桂芬气忿不过，咳喘得一口气接不上来，死过去了小半会儿。不过及时地送到医院急诊室，挂了一瓶吊针，人也就恢复过来了。事实上当陆尼古和陆掌珠抬她下楼的时候她就苏醒了，在苏醒的那一刻她认为这个家无论如何要开个会了。吴桂芬知道现在要想召回大儿子，除非自己有生命之虞。所以她让大女儿赶快去打Call机。她命令大女儿说：要桥桥赶快来医院，就说我死了！

陆掌珠觉得这么说不合适，她迟迟疑疑地说：妈……

吴桂芬掐了她大女儿一把，说：你要不这么说我就真死给你们看！桥桥不回来，谁能管你的事？你吃多了糊米酒蒙了心了！

糊米酒是武汉市历史悠久家喻户晓老少咸宜的一种甜食，由精细的糯米粉和醪糟做成的糊汤，晶莹濡滑，上面撒着几粒糖桂花。因为价廉物美，它成为了大众食品。因此大众也就把这种食品吃成了语言。

陆尼古今天是无辜的。他并没有一定要召回陆武桥的意思。他对吴桂芬说：人家是老板，人家生意忙，叫他做什么？掌珠的事我们商量就行了。现在离婚算什么大事？报纸上说现在北京人在街上见面了不再问吃了没有，而是问离了没有。

放他妈臭屁！吴桂芬说：写这种事的肯定是流氓小报，党报写了没有？人民日报长江日报写了没有？桥桥不管掌珠，我们商量能行？你行？你搞得过刘板眼？反正我是不行的。我有自知之明，一个工人大老粗，又没钱又没权现在在哪儿吃得开叫得响？老头子，放清醒一点，不是五十年代六十年代了！

陆尼古犟着说：刘板眼还不是个工人。尽管当了个小科长，也没转干还不是工人，十几年都撅着屁股翻砂，工人味还跑得掉？

在去医院途中的争论几乎使吴桂芬再度昏厥。

陆尼古怎么如此不开窍！居然还拿转干不转干来衡量一个人的深浅。也难怪如今工人阶级的地位一落千丈，工人素质不行，感觉不敏锐，陆尼古就是典型的一例。

刘板眼之所以被取绰号板眼，就是因为他有能耐有本事，心眼活眼睛亮嘴巴甜啊！他的命好，根子落在了国家大型钢铁企业。一搞改革开放，他就承包了工厂附属企业又参加竞选受聘担任了供销业务科科长。他家里的罐装青岛啤酒喝不完，微波炉都有四只多得没办法用，小轿车换代了两次。刘板眼他这是什么意义上的工人啊！他那架式，如日中天，老工人管得住他？吴桂芬毫不动摇地吩咐：就说我死了！让桥桥来！

无辜的陆尼古坦然地面对着大儿子陆武桥，剥着带壳的花生喝小黄鹤楼酒。酒抿得嗞儿嗞儿响，花生也剥得咔嚓咔嚓响，房间里的人一时间都无话，都呆呆听着这声音。近年来陆尼古和吴桂芬在对待儿女的问题上发生了原则性的分歧，陆尼古认为儿孙自有儿孙福，他们爱怎么着怎么着，自己拿点退休工资，喝点革命小酒，打点居委会组织的麻将，交点老工人朋友，如此安度晚年就行了。而吴桂芬认为全家一条心，黄土变成金。认为幸福不会从天降。要想陆家人人过得好，必须父母护儿女，儿女敬父母，大家拧成一股绳。

寂静中鸽子飞回来了，在阳台上咕咕地叫。陆建设拿一只掉了漆的搪瓷碗装了半碗玉米粒去喂鸽子，陆武桥说：我来。

陆武桥推开阳台门，鸽群扑扑地飞了起来。陆武桥愣了下，他不相信家里的鸽子会生疏他。鸽子包括这用角铁钢筋焊成的鸽子笼都是当年他亲手抱来亲手做成的，结婚后他把它们都移交给了弟弟陆建设。当年的青工少年郎有一只钟爱的鸽子叫点点，点点带着鸽哨在武汉的上空飞呵飞呵，它寄托了少年郎的多少痴情和幻想。

喂完鸽子，陆武桥将那只印有“江岸车辆厂第三食堂”的搪瓷碗哐啷扔在装玉米的塑料桶里。陆建设阴阳怪气地笑起来，用摹仿崔健的嗓音唱道：啊朋友怎能忘记过去的好时光——

吴桂芬用力拍了拍床沿，说：嚎丧啊小工贼！

陆建设的歌声顿时转变为无声的但节奏感极强的摇晃。

吴桂芬望着陆武桥，目光灼灼，说：给一句话吧，你到底管不管掌珠的事还有建设的事？

陆武桥笑笑，说：妈说让我管我敢说不吗？

气氛缓和过来之后，陆武桥去上厕所。他把自己关在厕所里静静坐了一会儿。他惦记着自己那边的三个贵客和餐厅的情况，惦记着生得太漂亮的妹妹陆武丽，还惦记着几笔别的生意，还惦记着前妻身边的女儿陆苇。他想他如果熬到敢说不的那一天就好了。要说四十周岁的陆武桥还有什么不切实际的理想的话，这就是。

## 五

在富有革命斗争经验的老纺织女工吴桂芬的主持下，家庭会议开得和工厂的会议一样正规，郑重和有程序。程序是先易后难。先讨论陆建设的问题。

陆建设一九七〇年出生，是陆尼古夫妇计划外的孩子。像他这种没有计划没有来由的孩子，中国有一茬人。那时候“文化大革命”搞得停工停产，没什么事做。一般工人，也不是革命的焦点所在。工资照发，不愁吃喝，社会地位又比较高，精神上极舒坦。正所谓：饥寒起盗心，饱暖思淫欲。陆尼古夫妇经常在家耳鬓厮磨，一不当心，便有了小儿子陆建设。

也是冥冥之中，上天有灵。这个意外的孩子长得与其他的孩子就是不一样。女的不比，比比陆武桥就不难看出蹊跷来。哥俩同一父母，陆武桥生得身材颀长，五官端正，气宇轩昂；陆建设却生得委琐矮小，脸色苍白，一双三角眼坏坏地乱转。陆建设初中没毕业就虚报年龄顶了吴桂芬的职。纺织厂的修理工，蛮好的职业，身边都是纺织女工，就像贾宝玉的生活环境一样，上班也如同休息。开初有两年，陆建设还不错，厂里反映说他除了爱占年轻女工的小便宜之外其他都挺好。但后来经常开假病休单，上班三天打鱼两天晒网，到处赌博抹牌，还被派出所抓赌拘留过两次，罚款五百元。最近的问题更严重，有人看见陆建设在汉口宝丰路一带民工聚集的地方设地摊用猜牌的方式诈骗群众的钱财。

陆武桥问弟弟：是不是？

陆建设说：不是。

陆尼古说：这小杂种！有人亲眼看见的，说得出时间地点，你还鸭子死了嘴巴硬！

陆建设说：他妈个×！谁看见的？你们说是谁看见的？我倒希望三人对六面，让他好好看看我。

陆尼古说：什么？你还想报复别人？休想！你休想知道告诉我们的是谁！

陆建设说：那就是造谣！是诬陷！

父子俩隔着饭桌向对方伸直脖子，两人都是怒目喷火的样子。

吴桂芬说：算了算了，这样解决不了问题。

吴桂芬从陆掌珠手里接过茶，喝了一口，又递回去，说：死老头子，你住嘴。一点方式方法都不懂，你又不是这小工贼的同学同事，这样和他说话？建设，你实话告诉生你养你的妈，做过那事没有？

陆建设立刻说：没有。

陆建设用阴鸷的目光久久地盯着他的母亲。"小工贼"是他平生刻骨痛恨的一个名词，她可想过？

陆武桥说：没有就好。我希望以前没有，更希望往后没有。

陆建设又阴阳怪气地嘎嘎笑，说：桥老板说话像知识分子。

一直没开腔的陆掌珠突然说话了，她说：建设，别做犯法的事，犯法了要坐牢的，人一坐牢一切都完了。方丹丹肯定就不会和你结婚了。

陆建设说他姐姐：陆掌珠，你不说话没人会把你当哑巴的，苕里苕气的，一边去吧。

陆掌珠气得结结巴巴，说：你看你这个人……你看你这个人……

吴桂芬抄起床上挠痒的竹制痒抓，劈头朝陆建设打去。陆武桥在半空中擎住了母亲的手，夺下了痒抓。吴桂芬一句话欲说说不出来，捂住胸口一阵狠咳。

陆武桥在陆建设离开之前对他说了一段话。

建设，陆武桥说：建设，你是我骨肉相连的亲弟弟，我总是巴望你好。我挖着脑袋撅着屁股拼命做生意，决不是为了我自己一个人。老头老娘退休老工人，没几个钱的工资；姐姐厂里效益不好，已经内退在家，每月生活费五十元；武丽的厂倒闭，在家待业；这一家老小妇孺，只有我俩是大男人了。

陆建设插了一句嘴说：陆老板请你别把我当个大男人。

陆武桥像没听见弟弟的话一样继续说：你们厂效益不行这谁都知道，但这年头有句话也谁都知道，叫做：遍地是黄金，就看你舍得不舍得吃苦玩命地干。平时大家都忙难得有闲坐在一起，说这种动感情的话也不大好意思，一家人谁不明白谁？还用说什么？但今天我要硬着头皮说一通。建设，我把丑话说在前面，以前的事，我们一笔抹去：就算没有！但从今以后，如果让我抓到了证据，我就对不起你了。

陆武桥的话越说越狠，声音冰凉似铁，房内鸦雀无声，都盯着他的脸。

陆武桥说：你做什么事都可以，就是不能做那下三滥的犯法的事。不管怎么样，老头老娘生你养你二十四年，你不能打他们的脸。他们虽然只是工人，但在中国的历史上，在社会上，在这简易宿舍一大片地方，在亲戚朋友中，他们是光荣的是体面的，走哪儿都是清清白白昂首挺胸的，从来都只有他们说别人没有别人指他们后背的。所以，对你要求只有一个：不要丢他们的脸，让他们体体面面过完这一生。

吴桂芬挺直了背脊，叫了一声：好！这就是孝心！

陆尼古却泪眼婆娑，背转身扯起袖子揩眼角。他激动地说：我们陆家四代工人阶级呵！

陆建设用轻松而客气的语调说：好吧。我可以走了吗？

他说：我很忙啊，我的一寸光阴一寸金啊。拜！

陆建设说完就走，把门带得轰隆一响。

半晌，吴桂芬才说：我要是有枪，我就给这小工贼一粒花生米！我真后悔当年怎么要了这个小孽障！

四代堂堂正正的工人！陆尼古说：四代堂堂正正的工人！我爹的名字在“二七”大罢工的史册上永垂不朽，我们为党为人民开了一辈子的机器，我自豪啊！毛主席都说工人阶级是领导阶级，我们应该自豪啊！现在倒好——

得了！陆武桥给父亲陆尼古当头泼了一瓢冷水：给你点颜色就开染坊，工人就是工人，穷自豪个什么？

陆尼古对吴桂芬说：你看你看，你看这小狗日的怎么对他老头讲话。

吴桂芬把脸车到墙壁那边。

陆武桥说：老头老娘，我也要劝你们一句：对建设好一点。你们当工人的时候神气，他现在的处境却是非常糟糕，真的。

这时门外仿佛有响动，陆武桥敏捷地过去贴着房门听了听，是陆建设在偷听。他又赶紧跑到阳台上，看见了弟弟陆建设穿过简易宿舍的背影。在陈旧的蒙满了岁月灰尘的千篇一律的枯燥的工人住宅区，他的处境糟糕，不受父母疼爱的工人弟弟在踽踽独行，他将去哪儿呢？一种钝钝的疼痛细细密密地绗过陆武桥的心。

## 六

轮到谈陆掌珠问题的时候，陆掌珠从她母亲背后抽出了身，在房间光线明亮的地方，陆掌珠的模样让陆武桥大吃一惊。

距离现在最近的对于陆掌珠比较深刻的印象是今年的春节。正月初二的那天陆掌珠带着儿子刘帅回家拜年，说刘帅他爸作为领导给厂里职工拜年去了不能一同前来。陆掌珠说话和颜悦色，接着脱掉羽绒大衣光穿着毛衣下厨房做菜。她的毛衣是大红的颜色，穿一条将军呢的全毛西裤，头发做成大花披在肩上，两腮椭圆，椭圆处闪着粉红的光泽。她和武丽在厨房边做活边说话，不时听到她嘹亮爽朗的一串串笑声。

从春节到现在，时间无非只过去了七八个月。现在的陆掌珠枯瘦得像一块门板，前前后后都是平的，骨骼显得异常粗大僵硬。她肤色晦暗干涩，嘴唇瘪了下去，唇周的皱纹深刻而仇恨地放射出来。她的耳朵、颈脖、手指和手腕上全都戴着赤金的首饰，但首饰已经十分肮脏。她的羊毛衫上面缀着大朵的玻璃珠花，下面穿着一条黑色踩脚裤。这种踩脚裤不知是谁发明的，裤腰那儿就是一道橡皮筋，裤脚那儿有一条带子让人踩在脚下，质地是纯粹的粗糙的化纤，动辄便有静电吸附许多的灰尘。即便质地好这种款式也让人生厌，将一条带子套在脚上是什么意思？不过，奇怪的是这种踩脚裤居然由武汉开始流行继而风靡全中国，在大街上森林般的人腿中，踩脚裤的比例之高让人难以置信，好像全中国的妇女们开过会似的。陆武丽在前两年率先穿踩脚裤，当效仿的人一多，她马上就扔掉了并且非常赞成陆武桥的观点。陆武丽仅是个连高中都没读完的赶时髦的女孩，倒还有一点觉悟。而陆掌珠高中毕业时已经熟读了唐诗三百首，可她竟然被卷入已经发展到俗不可耐的连引车卖浆者流都起哄的市井时髦当中去了。陆掌珠还纹了眉毛和眼线，没有了质感的两撇模式化的蓝眉毛使她活像动画片里头的妖精。

陆武桥感到了深深的悲哀。失业像个魔法，很快就把一个大方开朗，感觉准确，精神饱满的织袜女工变成了一个丧魂失魄，求助于美容化妆及首饰和时髦来表示自己存在的俗妇。

尽管是自己的一母同胞，陆武桥心里还是公正地承认现在这个模样的陆掌珠比较可怕。

陆掌珠似乎意识到了什么，不好意思地用手遮了遮眉毛。她的第一句话便是说：你刚才还说我有五十元的生活费，你真是贵人多忘事，我们厂和我们早就两不靠了。

陆武桥说：什么叫两不靠？

陆掌珠说：你呀，现在工人都知道什么是两不靠。就是工人保留厂籍和工龄，但不上班，厂里也不给工人钱，互相不依靠，这就叫两不靠。

陆武桥说：两不靠了工人吃什么？

陆掌珠说：你问我我问谁？下海呗，做小生意呗，偷呀抢呗。

陆尼古一听很不高兴，说：别把工人说得那么没觉悟。我经常看法院的布告，一批批枪毙的大多数是乡下人或者民工。民工不能算产业工人。

吴桂芬下地了，扶着膝盖在挪动。她果断地制止了一家人漫无边际的聊天，说：掌珠，抓紧时间讲刘板眼变修的事！

刘板眼与陆掌珠的故事是一个新时代的老故事，古老得和宋朝的陈世美秦香莲大同小异。当年刘板眼陆掌珠一同下放当知识青年，两人并肩战斗，情投意合。由于陆掌珠出身好，根子红，又年轻活泼，在两人的关系上，刘板眼十分主动。后来在招工招生的人生关键时刻，刘板眼屡次受挫，痛不欲生。是陆掌珠陪伴他安慰他，又是陆掌珠把自己到武汉钢铁公司当工人的名额让给了他。刘板眼感激涕零，曾跪在陆掌珠面前对天发誓，要一辈子热爱和忠于陆掌珠，海枯石烂不变心。再后来陆掌珠也顺利招工回到武汉。两个人每个星期六都逛中山公园，两个人共同使用一个存款折子每月攒钱。当钱攒到了他们预定的数目后，他们就结了婚。头年结婚，第二年生子刘帅，不幸刘帅是个先天弱智。恰在此时，电视大学业余大学成人大学风起云涌，刘板眼陆掌珠都想读书。一番磋商，结果是陆掌珠牺牲自己，上班带孩子做家务，支持刘板眼读完电大。此时，刘板眼对陆掌珠更是铭感于心，枕边激动之时差点敬陆掌珠为母，亲吻她的脚尖，言称她对自己有再造之恩。从此，夫妻感情弥笃，生活和美，刘板眼处处依从陆掌珠。不料八十年代后期刘板眼搞承包，当经理，又搞竞选，当科长，家庭生活逐渐发生变化。变化是家里一天比一天富有，高档家用电器一件件地增加，而刘板眼在家露面的时间一天比一天少。陆掌珠在刘板眼崛起的开初满心欢喜，准备再次全力以赴支持丈夫。谁知刘板眼业已变心，在外面勾搭上一个年轻漂亮的女子。最近正式向陆掌珠提出离婚要求。男人一阔脸就变，可是陆掌珠现在连个组织都没有，没人帮她讨公道，没人维护她的正当权益。

目前刘板眼下了最后通牒，如果陆掌珠还不在离婚协议书上签字，从下个月起，刘板眼既不给他们母子的生活费也不回家。

陆尼古一拳擂在饭桌上，说：他妈个×，真是欺人太甚！

陆掌珠早伏在吴桂芬怀里哭得直抽冷气。吴桂芬抚摸着大女儿的后背，面色铁青，说：桥桥，你看这事怎么办？

陆武桥沉默着，一手支着头，一手玩弄陆尼古的青花小酒杯。

他将杯子这么转一通那么转一通，这么转一通那么转一通。怎么办？其实他的答案他们知道，那就是：离婚就离婚呗。他自己不就是离了吗？都说男人一阔脸就变，女人何尝不是一阔脸就变？谁又不是一阔脸就变？应该这么理解问题：阔了变脸是正常，阔了不变脸才是不正常的。一个富翁还像个小瘪三合适吗？显然不合适。过去大寨大队的陈永贵大叔穿着老棉袄扎着白羊肚毛巾当副总理接见外宾，合适吗？显然很滑稽。现在中央领导人一个个都西装革履，头发光滑，与哪国首脑站在一起都不显寒酸，这就合适了。我们不能责怪任何人的变化。我们可以理睬他可以不理睬他，可以绝交可以离婚，但责怪别人毫无道理也毫无意义。以上这些话，陆武桥不愿意说。老工人接受不了，遭到时代和男人双重抛弃的织袜女工更接受不了。他们今天不想听他讲新观念新道理。他们要他拿出阻止离婚的具体办法。他是陆家的头男长子，又当着老板骑着日本进口的摩托，他们要求他显示陆家的气魄。

这样这样，陆武桥说：姐你别哭了，老头老娘你们也放松点，别为刘板眼这小子生气，不值得。

陆尼古赞成，说：是啊，为一个小流氓生气确实不值得。

陆武桥说：我们就事论事吧，姐姐刚才你光说如果你不离的话他就下恶法，如果你离呢？

陆掌珠鼻涕眼泪糊了一脸，说：他说我同意离他什么也不要，穿裤衩背心走人。每月给六百块钱生活费，刘帅的学杂费教育费和医疗费实报实销。

陆尼古说：至少每月一千块钱生活费。一般还应该给一笔青春赔偿费，至少五万块。

陆武桥赶紧接着父亲的话问：姐，你看这条件行吗？

陆掌珠木呆呆傻子一般反应不过来，但吴桂芬立刻觉察出来了这种说法的偏离原则。她厉声喝道：桥桥！她更严厉地说：死老头子！亏你有脸自称“二七”烈士后代，好没工人阶级的志气！

吴桂芬感慨地摇了摇头，说：我知道现在时代不同了什么都讲钱。但是我们家的姑娘不卖钱。青春是用多少钱也买不来的，后半辈子的孤独也是用钱打发不了的。不能让那些忘恩负义的东西以为用钱就能买到他良心的平坦。人争一口气，佛争一炷香，我们就是不离婚，拖也拖死他，这才是我们的主要意思。掌珠，你说呢？

陆掌珠连连点头，妈说得是。谁稀罕那狗杂种的臭钱。

陆武桥不愿意在谈离婚不离婚的问题上钻死胡同。九十年代中期了，谁把离婚还当作天大的事？要办的大事多着呢。陆武桥只得转过来先捧吴桂芬，让她高兴了松口了事情也就好办了。

陆武桥说：嘿，看我老娘这番话说得多好！妈，难怪你的名字和吴桂贤只差一个字，中国的纺织女工真是了不起。照说吴桂贤能当副总理，你怎么着也可以当个国务院发言人之类的。看来只是机遇不好罢了。

吴桂芬果然给逗笑了，她拍了大儿子一巴掌，说：你还别取笑老娘，还真是个机遇问题。要毛主席活着，工人阶级照样红。

这种谈话陆尼古最喜欢。他积极地参与进来。说：咳，还谈毛主席活着的话干什么？他老人家活着，谁敢搞腐败？天津的张子善刘青山才贪污了几个钱？而且人家还是揣着免死证的红小鬼，怎么样？还不是挥泪斩马谡了。群众运动是个法宝，共产党的什么病它都治得好。像现在三令五申不准公款吃喝，不准买豪华轿车，那大街上不照样豪华轿车一分钟比一分钟多？高级餐厅不照样顾客盈门？搞群众运动嘛，群众一起来，看不整死他们那些狗日的！

吴桂芬说：行了行了别来劲，一个厨师一个口味，只要把我们中国搞得国富民强，咱们工人阶级也能识大体顾大局，今天不提昨天的话。

机会来了。

陆武桥说：老娘啊老娘，真是觉悟高！明白事理！识时务者为俊杰嘛。这么说，我倒开了窍，姐的事我看我们也应该放在现在的历史背景下冷静地分析分析。

不离！吴桂芬说：就是不离！国家大事现在没咱的份。家里的事还是能够说了算的。刘板眼做我女婿十五年，我陆家待他不薄。掌珠如花似玉一个黄花闺女嫁给他为他奉献了一切，让他得逞，天道不公！他两口子好好的十几年脸都没红过，去年年初还怀了孕打过胎。就是那狗杂种有钱了烧得慌，想再做一次如意新郎。做他的黄粱梦去吧！他以为男人四十一朵花，女人四十豆腐渣，那就拖住他，让他过十年二十年再看看自己是不是一朵花？

陆掌珠又呜呜地哭起来。

吴桂芬说：哭什么哭？把你的要求一五一十告诉桥桥，让他去找刘板眼。他妈个×，现在世人都看不起工人，那狗杂种也墙倒众人推，落井下石，好！我的乖乖儿，那咱娘俩就走着瞧吧。

在离开简易宿舍各回各家的路上，陆武桥带陆掌珠到一家饭店的酒吧坐了一会儿。

陆武桥说：刘板眼这个人我们都知道，他脑子灵光得很，你拖着他，我担心他会给你苦头吃的。老头老娘和我们这些兄弟姊妹毕竟不能够和你们住在一起，这一点你想过吗？

陆掌珠泪又泉涌，一边拿手绢擦泪擤鼻涕，一边小声说，我想过。

停了停，陆掌珠不吭声。

陆武桥说：还有一点不知你想过没有？他现在是先礼后兵。以后他是可以单方面向法院起诉的。你知道现在有钱，法院的事也好办；即便他买不通法院，他坚持起诉下去，恐怕最终还是一个“离”字，可你不知要被白耗多少年。

陆掌珠说：这我也想过。他现在神通广大。有钱嘛，有钱能使鬼推磨，法院他迟早能搞定。

陆掌珠说完闭紧了嘴，光抹泪。陆武桥抽了一支烟，陆掌珠还是不开腔。

陆武桥说：我的姑奶奶你说话呀，你既然这也想过那也想过。那么一旦结果是离，你怎么办？

陆掌珠眼中闪出强烈的光芒，说：我死！反正刘帅和傻子差不多，活着今后也受罪。我们一家三口同归于尽。毒药我都准备好了。

陆武桥张着嘴，半天说不出话来。他一点也不怀疑陆掌珠说话的真实性。

可是可是——陆武桥说：姐你这是何苦呢？像我和苏素梅，好说好散不也挺好吗？活着更重要。留得青山在，不怕没柴烧。你这么死心眼到底是为了什么嘛！

陆掌珠说出了“死”字之后反而不哭了，泪也干了，人也沉静下来，忽儿说话很有顿挫。

说呢有点说不出口，不说呢你又不明白——陆掌珠说：凭你和苏素梅那么玩笑似的闹闹，你自然是不懂的。我没有你们潇洒。我为什么愿意与他一同死而不愿意离？因为我非常、非常爱他。

陆掌珠居然脸红了一下，飞快接着说：你以为我这穿金戴银纹眉毛抹胭脂地赶时髦我自己不受罪？这不也是为了他！

陆掌珠说完最后一句，站起来转身就走。陆武桥目送着姐姐陆掌珠，一时间头脑一片空白。

## 七

陆建设和李浩淼一人骑一辆山地车从简易路出来，拐上了解放大道。李浩淼紧跟在陆建设后面，提醒陆建设说：嗨，嗨，过马路！

按交通规则，他们不过马路是对，过了马路是反方向行驶。他们故意反方向骑车，猫着腰，骑飞快，逼得自行车道上其他自行车纷纷躲闪，有人因此撞到了马路的护栏上。他们希望有穿着体面车牌比较响亮的人撞上他们。他们唯恐世界不乱。

李浩淼是李老师的儿子，其长相综合了李老师尤汉荣夫妇的缺点：尖嘴猴腮，鬼头鬼脑，苍白发青的脸上拥有一双总是充血的小眼睛。李浩淼没考取大学，上了职业中等专科学校，学的是园林专业，毕业后参与修剪汉口市中心的马路绿化带和花坛。李浩淼对自己的工作有个蔑称：城市农民。

城市农民李浩淼长期不上班，因工资福利待遇菲薄而愤世嫉俗。他衣着时髦，骑一辆来历不明的山地车，在武汉三镇转悠，一心渴望着遇上发财的机会。

李浩淼比陆建设小四五岁，他称陆建设为“拐子”。用普通话解释，“拐子”与“哥们”相近，但武汉市所谓的“拐子”含有老大的意思，匪气十足。李浩淼自己并不想被人称为拐子，他认为这种称呼江湖气太重，有辱他书香子弟的斯文。再说，他更乐意做一些幕后的工作，想些点子出些主意之类的。陆建设正好喜欢出风头，喜欢从形式上主宰别人，干起事来一往无前，宁折不弯，却寡言少语，没什么话说。他们两人是一对很好的搭档。

解放大道从同济医院开始，进入繁华的市中心地带。陆建设李浩淼两人在同济医院外面宽敞的人行道上停下了车，望着马路对面高耸的亚洲大酒店。

李浩淼说：我认为我们有必要进去在二楼安静的水手吧议一议我们今天的打算。

陆建设没有表情。

李浩淼说：议一议很有必要！不能打无准备之战——最近我在看一本毛泽东写的书，他老人家就是这么说的。

陆建设白了李浩淼一眼，说：好。进去吧。问题的关键所在是这一回该你掏钱了。

拐子！拐子！李浩淼媚笑着连呼拐子，他说：最近我确实没钱，月底了，手头紧得很，下回你点饭店我买单。

陆建设说：那就不要看见豪华地方就犯瘾好不好！

李浩淼说：拐子，这个道理你就有所不知了。我们到现阶段是必须开会了。如果不找个比较好的场所开会，我们就不可能平心静气不受干扰地商议问题。如果我们不能平心静气，作出的决定就有可能——少扯淡了！陆建设豪迈地说：想进去就进去吧！

陆建设李浩淼一前一后，挺胸腆肚，旁若无人地进了亚洲大酒店。

他们在水手吧一个比较隐蔽的角落落座。刚一坐下，便有身着制服的酒吧服务小姐过来问先生们用点什么。

李浩淼说：陆总，热咖啡行吗？

陆建设点点头。

李浩淼对服务小姐发号施令：两杯热咖啡，两份汉堡包，希望也是热的。

服务小姐说：好的。请问汉堡包是要牛肉馅的还是土豆馅的？

李浩淼说：小姐，我们是食肉动物。

服务小姐并不欣赏李浩淼的幽默，毫无反应地转身离去。李浩淼装作与陆建设对话，大声说：陆总，我看这酒店的软环境不行啊！咱们的美国商务考察团不能住这里吧？

陆建设一把逮住李浩淼，将他扯到自己眼前，说：你这小狗日的刚吃过早点又要汉堡包，不是吃你自己的钱是不是？

李浩淼说：快松手！拐子，咱们这是在什么地方啊！下回不点汉堡包了行不行？

陆建设松了手，说：李浩淼，你哪像大学教师的儿子啊，见便宜就上，一点知识分子的傲骨都没有。

李浩淼说：时代不同了，衡量知识分子的标准也应该有所不同。李老师他老人家都经常挑选待遇好的会议去开，何况他的儿子？现在我们的原则是：宁弯不折。明白吗？宁弯不折——一个生命力多强的新成语！

陆建设李浩淼笑起来。

他们用一杯咖啡和一只汉堡包使用了水手吧整整一个上午。他们细嚼慢咽，享受着楼下大厅钢琴的弹奏声。他们一致认为这种生活应该是他们的日常生活。他们对简易宿舍这种灰不溜秋的工人住宅区烦透了，也对租界房子洞庭里十六号烦透了。到处是被风雨剥蚀的墙面，到处是被炊烟熏黑流油的天花板和楼梯，到处是生活垃圾，到处尘土飞扬。这里是多么明丽啊！女人个个轻言细语，男人们全都衣冠楚楚。晶亮的大门里时不时进来一个或者出去一个高挑的豪华的打扮十分别致的粉面丽人，有时还是洋人相伴。她们给了陆建设李浩淼一个恍若资本主义国家的生活背景。在这种背景下李浩淼几乎只费了吹灰之力，就驳倒了陆武桥苦口婆心施加给陆建设的道德观念和生活原则。

李浩淼这个刚从少年步入青年，嘴唇周围还是孩子的茸毛的苍白发青的城市农民，没有正形地极舒服地盘踞在软椅上，一手端着热咖啡，一手夹着香烟，长篇大论夸夸其谈。他说：在今天这个历史时期，工人阶级全面溃败，已经没落，重新坠入社会的最底层。你，你老头老娘，你姐，我老娘，还有大街上许多摆地摊做小生意的，登麻木的士的，等等，都是活生生的例子。企业效益普遍不好，在一部分人都已经别墅小车三妻四妾的时候了，我们却发不出工资，闹什么破产啦合并啦留职停薪啦两不靠啦。我们一日三餐都受到威胁了，还有什么体面？还有什么光荣？还有什么必要让我们去维护一个阶级的光荣、体面和清白？

陆建设一直在和着钢琴的演奏打拍子。他似乎一直没听，但李浩淼知道他一直在听。

李浩淼说：不错，也有搞得很不错的企业和工人。但那都是些什么企业？要么国家支柱企业，要么合资企业，要么私营企业，和大部分工人不相干呢。至少和你不相干。刘板眼是工人，很有钱，你哥曾经是工人，现在也干得不错，他们这样的人有一批，可他们还算工人阶级吗？他们的钱是做工赚来的吗？否！他们已经蜕化成了新兴的资产阶级！因为他们长得比咱们漂亮，讨人喜欢——李浩淼说到这里尖声尖气地咯咯发笑。

陆建设横了李浩淼一眼，李浩淼表示服从他的管理，便立刻不笑了。

李浩淼严肃地下了最后的结论，说：我们已经是彻头彻尾的无产阶级，要创造人类的幸福全靠我们自己。我认为我们不必忌讳陆武桥之流，完全可以采取巧妙的手段把分配不公的钱赚一点儿过来，一点儿——够我们与时代同步就成了。

陆建设问：说完了？

李浩淼说：暂时告一段落。

陆建设说：你可真有学问哪，真是人小鬼大，比起你老头，我看是青出于蓝而胜于蓝了。

李浩淼说：那是你十年不见我老头了。人家长进大大的，现在人家一点不耽误形而下的生活，一刻都不离形而上的话题，在他那个领域活跃得很呢！作为他的儿子，我还只学了一点皮毛。

陆建设说：住嘴，我不爱听你谈这些废话。我对李老师毫无兴趣。我要的是开始行动。

李浩淼一听兴奋得睁大了眼睛：现在吗？

陆建设点头。陆建设朝柜台打了一个响指，说：小姐买单。

李浩淼说：陆总，按刚才商量的一号方案还是二号方案？

陆建设说：一号。

英明！李浩淼说：英明呵！

服务小姐过来买单，李浩淼没放过恶作剧的机会，他煞有介事地说：小姐，我给你提个醒，好让你到时候不至于太伤心。我们陆总是美国商务司驻中国办事处总经理，有个商务洽谈会准备住这里，陆总今儿特来微服私访，看看软环境。谁知你以外貌取人，对我们的服务并不像对上帝那样。我们已决定通知你们的老总王宏涛。

服务小姐窘迫地叫了陆建设一声：先生。

陆建设理也不理，大步下了楼。李浩淼紧紧跟随着陆建设，但也没忘记给服务小姐一句警告。他说：顾客就是上帝。请接受这次人生的教训。

半个小时之后，陆建设李浩淼从同济医院门诊部的厕所里出来已经是另一副模样：陆建设肋下拄着双拐，穿着非常破旧的西装，一看而知是个有残疾的又还有点斯文的城市青年。李浩淼穿了一套从建筑工地偷来的服装，脸上抹了灰，夹一只旧公文包，活像一个发了小财的民工小工头。

他们骑车向市中心最繁华地段的交通路进发。

交通路与著名的商业街江汉路毗邻，旧社会是条文化图书街，有古籍书店，有翰墨林，过去许多进步知识分子在这儿从事文化文学活动，如邹韬奋等人开的生活书店，胡风、曹白、萧军、萧红他们编的杂志《七月》，等等。现在除了交通路口还保留着古籍书店和翰墨林之外，实际上这里已是一个极专业化的大型鲜鱼海货山珍禽蛋市场。书店门口经常有卖蛇人在为顾客宰蛇，小蛇溜进翰墨林的文房用品中也是常有的事。由于交通路与花楼街相连又与江边武汉港客运码头相通，这里外来人员流量非常大，而且大多是没什么文化，怀里揣了几个钱，还想碰运气挣更多钱的鱼肉贩子、民工、县城乡村级的小老板等人。陆建设李浩淼对交通路格外属意，将它列为一号目标。唯一使陆建设担心的是，他哥哥陆武桥的餐厅与这里只隔一个街道。不过他知道陆武桥一向是清晨采购并且在花楼街有固定的供货人。李浩淼则认为眼皮底下恰恰是盲点。他们对今天的行动充满了信心。

## 八

宜欣走过来了。

宜欣的面容白白净净，披一头光滑的短发，穿一身鼠灰色全棉休闲装，背一只牛仔背包，胸口挂着只七星瓢虫形状的彩色电子表。她从轮渡码头下来，绕过英国建筑海关钟楼，精神抖擞，步履轻盈地走在江汉路上。路上不时有人看她，她一副浑然不觉的模样。实际上宜欣当然知道不断地有人为她回头。宜欣还清楚地知道自己并不属于千娇百媚天生丽质的绝代佳人之列，但她知道自己的整体精神面貌比较怡人。她洁净整齐，衣着素净而质地优良，她的双腿修长，步态漂亮，胸部丰满度适中。她知道她健康的乳房在随着她漂亮的步态活泼地有节有奏地弹动。女人走路绝对是需要技巧的，可惜这个问题只能意会不能言传。宜欣庆幸自己有很强的领悟力。

这是宜欣无数个星期天之中的一个。在武昌读大学读研究生又读博士的八年来，宜欣度过星期天的方式其中有一种，这就是：独自逛汉口。

宜欣在天气晴好的周日清晨便起床，照例学一个小时英语，之后背上牛仔背包跑步出校园，坐轮渡过长江，从江汉路步行进入闹市区。当她走到鄱阳街口的时候，她在“标新立异”早点铺吃一碗牛肉米粉。在逛完了商店服装店和书店之后，一般时间已是下午三点多钟。归途中她乐意在“标新立异”烧烤铺吃一两串烤羊肉或烤别的什么。“标新立异”还有一个装修豪华的餐厅，宜欣没进去过。

宜欣站在烤箱旁边吃羊肉串或者坐在铺子里头吃，观察那些从餐厅进出的人。这些人身上几乎都是西装，但也有脚下穿旅游鞋的。他们进去时是理所当然、踌躇满志的神情，出来时红光满面，意满志得，一副穷人乍富、挺脸凸肚的模样。宜欣有时候会兀自发笑。有时候会与炸羊肉串的伙计议论一两句。宜欣成了“标新立异”早点铺和烧烤铺的常客。一来二去与伙计邋遢混得很熟。

第一次吸引宜欣停下来吃早点的是“标新立异”这个店名。作为餐厅的店名无疑它很文化很别具一格。吃了牛肉米粉之后又发现这里的牛肉米粉绝对正宗地保留着老汉口的风味。后来又发现“标新立异”烧烤店的确在标新立异，它不仅将新疆的烤羊肉串演变成油炸羊肉串，还将猪肉鸡肉演变为佐以孜然的烤肉串。它一只电烤箱一只电油锅，可供油炸或烧烤的原料一般人难以想象，除了羊肉猪肉鸡肉之外，还有田螺肉、火腿肠、牛蛙腿、臭豆腐干、鹌鹑，等等，它随季节的变化而永远标新立异。

执掌烧烤油炸的伙计邋遢是个面相和善的乡下小青年，脸上总会有一到两块乌云般的油烟灰，他一开口就笑，很惹人喜欢。宜欣吃过几次烧烤之后问他：你叫什么名字？

邋遢腼腆地答：邋遢。

宜欣说：什么？

邋遢。邋遢说：就这名字，爹起的。来武汉后，我们老板也喜欢这名字，说有趣。

宜欣大笑，说：对，非常有趣。

在两年多的许多个星期天里，宜欣通过邋遢看见了“标新立异”的老板陆武桥。陆武桥经常送宾客出餐厅的大门，是个帅气的男人，很善于应酬，但从不让人看上去肉麻。餐厅及两个连锁店的名字就是他起的。许多吃的花样也是他创造的。邋遢一说到老板陆武桥钦佩之情溢于言表。邋遢有一句话永远挂在嘴边：我们老板，那才了不起呐！

宜欣还认识了陆武丽。陆武丽偶尔过来帮邋遢的忙。对宜欣非常客气，每次都要说“好走”和“再来”。宜欣仅凭陆武丽的几次表情就觉察出她对她哥哥陆武桥的感情非同一般。当然她不敢往深处乱想，她也毫无必要往深处乱想。不过，宜欣认为，这样了解和深入社会生活很有意思。“标新立异”是她学生生涯中的一道别开生面的风景线。

今天，宜欣与往常一样过了汉口，在“标新立异”早点铺吃了牛肉米粉，逛服装城两小时一无所获，在中心百货商场买了一支洗杯子的棕刷，顺路进“东方快车”吃了一份快餐作为午饭，然后一家家逛书店，最后到了交通路口的古籍书店。宜欣非常喜欢古籍书店，喜欢它的幽深和清静，还喜欢二楼的特价书室，她每次都要坐在地板上细致地淘取自己喜爱的旧书。

宜欣今天在淘取旧书的时候一点儿也没有想到再过半小时，她的生活之船将会冲撞出一条巨大的浪花。

伪装残疾青年的陆建设悄悄地来到了交通路口，他四下侦察一番之后，熟练地选了一处路边空地坐下来，将双拐垫在屁股底下。

陆建设悠悠吸着烟，瞅准时机在自己面前铺开一张报纸，在报纸上摆了三张扑克牌，其中有一张红桃K。他开始专心地玩起三张牌来。他将三张反着的牌不停地调换位置。不一会儿，就有行人驻足看他。也有人不懂，问：这是干吗呢？

陆建设头都不抬，不睬这不懂的人。旁边就有好事的人解释，说：这都不懂？猜牌吵，赚钱的事啊。

听说是赚钱的事，外地人又凑上来了几个，问这如何是赚钱的事？

武汉人就说三张牌反着都一样，是不是？

外地人就说是呀。

武汉人说：庄家翻其中一张让你看清楚，一般是红桃K，醒目得很。你看过之后庄家将牌反过来，然后与其他两张调换位置，如果调换之后你能猜出红桃K，钱就归你，猜错了，钱就归庄家。

外地人说：就这三张牌？庄家会不会搞假？

武汉人很内行，说：怎么会搞假？大家都睁大眼睛看着。只有一条，就是怕碰上调牌调得飞快的高手，你猜不准。

有人脾气梗，大声说：不就三张牌么？我就不信我看不清楚他怎么玩法！来！咱试它一烙铁，碰碰运气。

众人乐了，都朝此人看去，一看是个民工小工头模样的人，就怂恿：试试！试试！

此人就是李浩淼。

## 九

李浩淼的眼睛像农村人那样直着，操一口黄陂话，黄陂是武汉市的郊县，黄陂有很多人在武汉打工，其语言的腔调比较滑稽。李浩淼左右晃动他那比陆建设大一倍的块头，似乎他是强有力的。他向众人友好地讨主意：试试？

众人都开心，说：试试嘛？

围观者愈发多了起来。陆建设依然低头玩牌，手法好像不那么熟练，人也不那么理直气壮，不敢抬头邀战。

大家都叫起来：喂，庄家，试一试嘛！

李浩淼脚一跺，拍出一张十元的钞票，但他紧接着又把钞票捏回手心，与众人说：我是个乡里人，他是城里人，我要是赢了他赖账呢？城里人不管本事大不大可都有本事欺负我们乡里人。

众人急了，纷纷给他打气和担保，说：不会的不会的。赌场无大小，人人平等。这又不是别的场合。他万一赖账还有我们呢。我们保证替你主持公道。大街上呢，青天白日，又是自己出来摆的场子，他哪会赖，只怕你赖呢。

有人朝陆建设说话了：喂，跛子，你到底敢不敢玩真的？莫丢武汉人的脸好不好？

千呼万唤，陆建设这才抬起头来，眼神比羊羔还懦弱和迷惘，说：哪个要真玩？

众人都推李浩淼，说：他。他。工头老板。

陆建设打量一眼李浩淼，稍露怯色但口里却说：那就玩的试一试？

李浩淼说：好！玩！但是我把丑话说在前头，既然你摆了场子，就会有输赢，生死由命，富贵在天。我们都是男人，好歹算条汉子。不管输赢怎样，赌钱给钱，赌命给命，一句啰嗦都不要！怎么样？

众人喝彩，说：好！

陆建设咕噜说：什么怎么样？玩就玩。

于是，在众目睽睽之下，李浩淼蹲了下来，与陆建设面对面瞪着。陆建设翻出一张红桃K示意众人，李浩淼说：看清了，红桃K，翻过去吧。

陆建设翻转了红桃K，然后与并排的其他两张牌调换位置。李浩淼和围观者的目光都死死盯着那张红桃K。

陆建设的动作越来越快，但显然还是无法混淆众人所盯好的红桃K。陆建设努力地操作了一通，停了下来，说：猜吧。

李浩淼笑了，拿十元钱毫不迟疑地拍在他一直盯着的那张牌上。

陆建设将这张牌一翻：果然是红桃K！

陆建设似乎不敢相信这种结局，他发呆地看着牌，李浩淼说：喂，庄家，拿钱来呀！

陆建设再次向众人抬起他装出的羊羔般的眼神，众人笑着说：跛子你输了！

陆建设不太情愿地从怀里掏出了一张十元钱，一眨眼，这十元钱就与李浩淼的那十元钱叠在一起装进了李浩淼的公文包。这时候，李浩淼拨开人群要走，陆建设说了话：喂喂，伙计，再来一把怎么样？

李浩淼收住脚，说：来就来！赢了一把就走也不好意思。但你要明白，这是你要来的，我是就你的意思，输了赢了都要干脆利索一点。

陆建设有点愤怒了，说：你怎么那么多话？未必我刚才没给你钱！

李浩淼又蹲下来。这次在陆建设进行的过程中，许多人都蹲下来细细看着，围观者基本已经水泄不通。这一次陆建设更努力，调换牌的次数简直多得超出了常规，最后他抱了肩，很有把握地对李浩淼说：猜吧。

众人几乎齐声叹息，说：完了跛子！

因为几乎所有人都没有盯丢那张红桃K。果然，李浩淼喜不自禁，他拿出一张百元的钞票拍在那张牌上，众人震惊，都望着陆建设，只见陆建设不慌不忙也抽出一张百元大钞压在李浩淼的钱上面。结果一翻开：还是红桃K！

陆建设仿佛挨了意外的一击，垂下头揉太阳穴。众人大哗，说：这民工今天走运了！他家祖坟冒青烟了！说：跛子啊跛子，你还远远没学熟呢！就算交了学费吧，赶快回家关起门练去吧。说：跛子你也太胆大了，这手法也出来混，可怜的！

众人正说着笑着要散去，陆建设突然昂起头，咬牙切齿道：我就不信邪！今天我就豁出去了，他妈的交多少学费我也不在乎！既然出来摆了摊子，就是玩得起的！

陆建设神经地抖动着，激昂地叫道：乡巴佬！你别走！别他妈的像没赚过钱似的！再来一次！

众人拦住了李浩淼。

众人都兴奋得吃了兴奋剂似的，说：啊，跛子今天脾气来了。再玩一次再玩一次。

李浩淼显出非常犹豫的样子，说：我不想再赚他的钱。他肯定不行。初出道的又是个残疾人。再说我到五台山找一个高人算过命，他说我正走财运，真是的，人家做房地产都亏，我一个乡下老粗，在武汉做一片房子卖一个好价，做一片房子卖一个好价，我自己都赚得吓不过了。

众人“哦”的一声，对李浩淼刮目相看。说：是啊，真是运气来了门板都挡不住。

李浩淼对众人拱拱手，说：所以，我忙我的去了，我不和他玩了，可怜初出道的又是一个残疾人，我不能黑这个心。

陆建设怒不可遏地从地上蹦了起来，差点摔倒，旁人一把扶住了他，递给他拐杖。陆建设说：你妈个×，得了便宜还唱哑调！老子有残疾怎么样？如今中国残疾人的地位比你们高！装得像蛮有义气似的，你以为老子就没有胆量？来！再玩一次，我赢了请在场所有人吃一顿，输了面不改色心不跳，算花钱交个朋友。

众人都说：好好好，两人都是好汉！都是好汉！

李浩淼说：那好，就再玩一次。

紧接着寂静突然降临，麻麻密密的围观者被吸引在陆建设和李浩淼身边。大家全都屏息静气地看着三张被不停地互换位置的扑克牌。陆建设的额头上冒出了汗珠，他使出解数，动作迅速得有点让人眼花缭乱。但当他停下之后，李浩淼笑了，说：说句得罪你的话，兄弟，我还是猜得出红桃K，真的，我一点没走眼。

李浩淼左右小声告诉了旁人哪张是红桃K，旁人都点头，小声说：跛子又栽了。下一盘我来跟他玩。

陆建设催促说：快猜吵！

李浩淼说：这次我真拿不准押多少钱，既然真的赌，眼看能赚的钱不赚那也是个窝囊废，但你初出道又是残疾人，怀里能揣几个钱？

陆建设说：看来我还真想交你这个朋友。多少钱我来替你押个数！

陆建设从怀里刷地掏出一叠百元钞票，上面还有银行封签，扎得紧紧的，整整齐齐。陆建设说：看好了，上午刚从银行取出来的，一千块整，是我今天带在身上的所有的钱。我们残疾人是不是比你们更有气魄？你翻，是红桃K的话你把这扎钱拿了就走，你不要钱就是不愿意交我这个朋友！

李浩淼被感动了，他嗓子有点呜咽，他说：好好！交个朋友交个朋友。

李浩淼把公文包打开，倒出所有的东西，除了一大叠盖着红色公章的合同和批件之外，钞票数一数只有两百来块，李浩淼一边数钱一边自顾自地说今天出门只是送一份批件，没带什么钱，李浩淼着急了一阵，对众人抱一抱拳，说：说我财运好呢？我还自己不当心带少了钱。伙计们，承蒙各位一直在这里帮我，壮我的胆。我把这赚钱的机会让各位都得一点。这两百是我的，其余大伙押，谁押多少就得多少，数目到一千就够，手脚晚一步请不要怪我不照顾机会。

众人情绪正热烈，又见陆建设可怜兮兮直瞟他的一千元钱，结结巴巴说：伙计……伙计……你没带钱就算了，要别人押干什么？

就在陆建设伸手想收回那叠钱的时候，人群中有一个男人甩出了一百元钱，说：我押一百。

接下来立刻是争先恐后的局面了，众人你二百，我三百，顷刻间一千元就齐了。李浩淼清点整理了一大堆各种票面各种成色的钞票，将一千元之余的两百块钱退给了两个悔恨自己动作迟缓的男人。

李浩淼举着这一千元钱对众人说：我押了？

众人说：你押吧你快押！

李浩淼说：你们当中有没有谁认为我看得不准，自愿出面替大伙押的？这人一多责任就大了，我一个乡下人，得罪不起大家。

众人相互看看，都说：没有谁没有谁。你押就行，你押我们都看好的那张就行了。是各人自愿押的钱，没有谁怪罪你的。押吧！

在这个过程中，陆建设一直用哀求的目光追逐着李浩淼，小声说：没有钱就算了吧……算了吧。

众人见此情形，越发焦急地敦促李浩淼快押。李浩淼仿佛是非常难过非常抱歉地在大家都看好的那张牌上押上了一千元钱。两叠千元的钞票摞在一起，众人的眼睛望着它们，闪闪发亮。几乎所有押了钱的人都有强大的幸福感，都觉得今天多么好运，在大街上可以白白地得钱。

陆建设轻声说：我要翻了。

有人讥讽说：跛子快翻吧，长痛不如短痛。

陆建设轻巧地翻开李浩淼押的那张牌，却是一张黑桃8！黑桃8不是红桃K！陆建设赢了！

围观者顿时目瞪口呆。在这一瞬间，陆建设飞快地将两扎钞票揣进怀里，扬手叫了一辆出租车。就在陆建设打开车门要上车的时候，一只手拉住了他。

陆建设一看，是他哥哥陆武桥。

## 十

陆武桥隐蔽在一边，观看陆建设和李浩淼的双簧已经多时了。他吸着烟，不动声色地等待着最后的结局。他知道在最后的结局没出现之前这两个家伙随时可以找出充足的理由为自己辩护。

尽管陆武桥已经经商几年，但像这样亲眼目睹人们对金钱如蝇逐臭，竟然丝毫不怀疑陆建设与李浩淼是一对“桥子”，他依然感到震惊。

陆武桥抓住陆建设胸口将他拖离出租车。

陆建设最初一刻的恐慌已经过去。他仇恨地与陆武桥对视着，说：放开我！

陆武桥说：把大家的钱吐出来！

放开我！

吐不吐？

狗杂种，与你相什么干！

陆武桥劈面挥过一拳，陆建设口喷鲜血，趁势捂紧胸口的钱跪倒在地上。

李浩淼一见陆武桥出现，便知道大事不妙，正好人们也因陆武桥的出现一阵骚动，放松了对李浩淼的围攻，李浩淼腰一猫，抱头鼠窜。不过李浩淼并没走远，陆建设身上的那一千元钱与他血肉相连。在陆建设坚强地与陆武桥抗衡的时候，李浩淼又悄悄溜了回来，伺机帮助陆建设。当陆建设好像死一般倒了下去，李浩淼便凄惨地大叫起来！

李浩淼装出义愤填膺的样子，颇含煽动性地向众人呼救：他要打死他了！他是个人高马大的壮年人，可他是一个瘦弱的残疾人，不能让他这么打残疾人呵！

李浩淼说：我还不是输了几个钱，赌场有输赢嘛，拦住跛子不让他走，我们把钱赚回来就是。可是输了几个钱就把人家往死里打，还是不是裆里长鸟的大男人啊！救命啊！求求大家拉住那大个子！要不就会出人命啦！

就在李浩淼又叫又跳的时候，陆武桥又给了陆建设几拳几脚。因为陆建设死活捂住胸口不放，还咒骂陆武桥说：我日你妈日你姐妹！

陆建设除了骂骂咧咧并不还手，与李浩淼一呼一应，在陆武桥的拳脚相加下大声惨叫，滚来滚去，弄得到处是鲜血。

人群中有几个年长一些的男人出面了，说：算了算了，别真的打死了，残疾人也是可怜。

人们一拉住陆武桥，李浩淼立刻奔到路边拦了一辆出租车，他把公文包往地上一扔，说：我这里头的批件价值百万元，我押在这里，先把跛子送医院抢救，回头一切好说。拜托千万放妥我的包！救人要紧啊！

陆建设再一次差点上车溜走。

陆武桥这一次先击倒了李浩淼，随后逮住陆建设，叫道：邋遢！

邋遢应声而出，死死抱住了陆建设的双臂。陆武桥伸手掏了一把，掏出陆建设那叠整齐的所谓刚从银行取出的千元钞票。陆武桥抽掉上下的两张一百元，然后顺手一甩，白花花的纸片纷纷飞舞，人群大哗。

陆武桥对众人说：你们怎么能够相信他们呢？他们是一对“桥子”，扎伙骗钱呢！

人们这时才恍然大悟，寻找李浩淼。李浩淼却已无影无踪。人们真正愤怒起来，嚷道：把钱交出来！把他打死算了。

陆武桥对陆建设说：把钱还给他们！

陆建设说：还了钱之后呢？

陆武桥说：跟我去派出所！

陆建设说：桥老板，我劝你不要赶尽杀绝！

陆武桥说：可是我有言在先！

好吧，陆建设唉了一声，说：你把钱拿去还给那些苕货们。

陆武桥信以为真。他刚一靠近，陆建设飞起一脚直踢他裆部，陆武桥立刻失声叫疼，捂住裆部弯腰蹲了下去，邋遢赶紧奔过来搀扶自己的老板。陆建设又一次要钻进出租车。人们一拥而上，围住陆建设，这时陆建设突然拔出了一支手枪，乌黑的枪口所指之处，人们纷纷溃退，大几十号人在眨眼间顿作鸟兽散。出租车司机也吓得吱溜一声将车开走。陆武桥已经站了起来，与邋遢一前一后堵住了陆建设。

陆武桥吼道：建设！建设！你不要发浑啊！不要啊！

陆建设此刻面色铁青，眼睛也红了，他带着哭腔叫道：别过来！你让我走！别过来！

陆武桥还是在一步一步地走过来，他说：建设！你是我的亲弟弟呀！我不能让你胡来！建设！放下枪，把钱还给别人，我给你钱去做生意，好不好？买辆车开出租，好不好？

陆建设将枪口对准了陆武桥：别过来！

陆建设哭起来：我求你别往前走了！

陆武桥根本不为所动，毅然走向弟弟。

陆建设闭上了眼睛，弯过手指去扣扳机。大街上下的行人和车辆都停住了，都远远地惊惶地望着这个场面。在这一刻，陆武桥的心也横了，他想死吧，就死在弟弟的枪口下算了！他想不能让他弟弟以为靠一支手枪可以横行世界。他不挺身出来告诉弟弟这个道理指望谁挺身而出？陆武桥想，死就死，一声枪响倒也痛快，亲弟弟都忍心朝哥哥开枪，活得还有什么人味啊！他想死吧，倒也有趣，他在突然之间可以什么都不管了。

宜欣坐在地板上翻着一堆旧书。后来她发现书店的人都趴在窗口往下看。

宜欣走过去一瞧，看见了"标新立异"的老板陆武桥和伙计邋遢。这正是陆武桥闪电般击倒李浩淼又逮住陆建设的那当口。宜欣想：这可有点意思。

看着看着，陆建设忽地就拔出了枪。大家不由自主把身子往后一缩，议论说现在可不得了，好事做不得，一般歹徒都有枪。又议论说这下好了，又要出个勇斗歹徒的英雄人物了。宜欣拨开人群转身下楼。一楼书店的大门已被关上，人们都挤在窗户边观看，宜欣打开大门就冲了出去。

宜欣从陆建设的斜后方冲出来的时候，陆武桥看见了她。但陆武桥只来得及朝她喊一声：别！宜欣就已经将陆建设的手臂撞向天空。

陆建设的这一枪直射蓝天，但枪口里射出的不是子弹而是一线水柱，水柱在空中变成了五彩缤纷的肥皂泡，节日般绽开在大街的上空。

在所有人的怔忡之中，陆建设最先清醒，他弄到的是一支假枪，他悲愤地破口大骂：妈个×，都是一些什么鸟人啊！骗人骗到老子头上来了啊！

陆建设将手枪狠狠砸到地上，抱着头，跪在地上号啕大哭。

## 十一

在一个秋色澄净的黄昏，宜欣的生活之船不知不觉地驶入了鄱阳街洞庭里十六号陆武桥的港湾。

陆武桥像个伤员那样半卧在床头，宜欣坐在与他遥遥相对的沙发上，他们在轻松愉快地聊天。你的童年，我的童年；你记忆中的稀罕事，我记忆中的稀罕事；你最喜欢吃什么，我最喜欢吃什么；你最讨厌哪一种人，我最讨厌哪一种人；你看小说吗，我看小说吗；你看电视连续剧吗，我看电视连续剧吗。在他们的笑声中，海关钟楼的钟声又一次敲响，他们静下来，倾听圆润悠远的“噹——噹——”的钟声。

钟声一落，陆武丽端了一果盆雪梨进来。

陆武丽热情洋溢地说：宜欣姐，吃梨吃梨。吃了梨我送你到码头。八点钟了，八点半是最后一班轮渡。

宜欣微笑了一下，拿了一个梨吃。

陆武桥说：武丽，你该回家了。等一会我让邋遢送宜欣，打个

“的”，三分钟就到码头。我们给邋遢提供一个做绅士的机会吧。

三个人都笑起来。

陆武丽退出去了又伸进头来，说：大哥，我让邋遢一刻钟以后上来。

一刻钟之后邋遢果然准时上了楼。

陆武桥告诉邋遢：你忙你的去吧，宜欣不坐船了，待会儿自己坐出租车回去。

邋遢诺诺退下。

陆武桥与宜欣相视一笑。

陆武桥问：不坐船可以吗?

宜欣说：当然。

陆武桥说：很久很久没有和人这么聊天了，我觉得非常好，非常愉快，还想聊。

宜欣说：那就聊吧。

陆武桥说：你不是为了陪我吧?

宜欣说：就是为了陪你又有什么呢?

陆武桥哑口无言，但心里很舒服。只好问：梨怎么样?

宜欣说：梨很好，吃吗?

陆武桥点头。

宜欣挑选了一个梨，对着灯光看看，放下，又挑选了一个梨，对着灯光左瞧右瞧，说：这个肯定又嫩又甜，你相信吗?

陆武桥说：我相信。

陆武桥声音很平淡，热浪却一直涌到他的喉咙口。他被宜欣小巧的动作和专心致志的神情还有柔和的嗓音打动了。没有其他女人为他如此这般地挑选过梨，尤其是一个如此美好雅致的女人。

陆武桥埋头吃梨，几大口就吃得只剩一个梨核。宜欣接过梨核时惊讶地扬起了一只眉毛，说：世界上竟还有如此勇猛吃水果的人！在学校，男生和男老师吃水果都非常斯文，当然，那是有我们女生在的场合。

陆武桥说：后半句话补充得好。

两人又不由自主相视一笑，陆武桥觉得宜欣非常动人。

十点的钟声在渐渐寂静的夜里格外响亮地中断了陆武桥和宜欣的谈话。

钟声响过，宜欣捋了捋头发，说：我得走了。

陆武桥说：我们刚才正在谈什么呢？还没谈完吧？

宜欣说：可是时间到了，我得走了。

陆武桥说：时间到哪儿啦？谁给我们规定了时间？对了，我们正在谈微观世界，谈微观世界里的纳米技术，纳米技术可以把一根头发粗细的纤维拉长到九百米还是九千米？纳米技术，高新科技领域里的宏观世界和微观世界很有意思，但谈论它们的同时我感到自卑，渺小，愚蠢，我觉得自己像他妈一只蛾子在大油锅里扑腾，做什么都是在进行这种扑腾，真是生不如死，你明白吗？

宜欣不再说走了，她注视着陆武桥，清澈的眼睛里转动起薄薄的泪光。

陆武桥的感慨一发而不可收，他说：你可以走了。是的，我知道你们这种人。你们有个时间表。你们的人生可以按照时间表准点到达预期的目标。七岁到十二岁，读小学，十二岁到十七岁，读中学，十七岁到二十一二岁，读大学，大学毕业考研究生，研究生毕业与人同居或者结婚，然后在同居者或者妻子丈夫的侍候下考博士——

我没有与人同居！宜欣插话说：我没有与人同居也还没有结婚，我自己洗衣服和床单！

陆武桥忽然发现自己的语言势不可挡。陆武桥说：可是我们没有时间表。我们抓不住时间这个玩艺！我想念书它搞“文化大革命”，我想上大学它搞知识青年上山下乡，我当了光荣的工人阶级它推崇文凭，我去读电视大学挣了文凭它搞改革开放。我结婚之前，姑娘要求我是党员和有大专文凭，结婚之后却要求有钱有权力，当我有了钱的时候老婆早已经跑了！你知道吗？我多么想抓住这青春还没消尽的岁月，哪一天跑得远远的，和你一样，做自己想做的事，穿自己想穿的衣服，逛自己想逛的大街，吃着羊肉串看戏似的观赏一个疲于奔命的餐厅老板的人生！

宜欣的泪水潸然淌下。

陆武桥朝宜欣伸出手，宜欣站起来走了过去，陆武桥拍拍床沿示意她坐下。

陆武桥的声音柔和了一些，他说：宜欣，我不是想伤害你的，不是冲你发牢骚，懂吗？

陆武桥说：我只是为我自己感到遗憾。你看，我尽管有了一点钱，按说可以潇洒一些，但是不行。今天你看见了我弟弟，他竟然是这种下流东西；我还有贫穷的父母，还有失业的姐姐和不懂事的妹妹，还有离了婚的前妻和女儿，还有邋遢他们十几个靠我吃饭的农村孩子。我哪儿也去不了，怎么也飞不高，我得为他们一天天地硬着头皮干，我得处理许多恶心的龌龊的事——你懂吗？

宜欣说：我懂。

宜欣宁静地注视着陆武桥，把自己的手伸过去放在了他的手掌里。

宜欣洗漱完毕回到房间。

陆武桥说：睡吧。

宜欣环顾一周，抱过一床被子，准备睡到沙发上。

陆武桥说：这就不好了。我怎么能让你睡沙发呢？

宜欣说：可你没有另外的床。

陆武桥说：傻丫头，真是枉读一世书。为什么还要有另外的床呢？

宜欣抱着被子后退了几步，一双眼睛迷雾般望着陆武桥。

陆武桥反倒糊涂了。

陆武桥说：你？你难道是个缠过小脚的女博士？

宜欣摇头。

那么，陆武桥说：思想可以解放，但实际上从没与男人在一个床上睡过？

宜欣仍然摇头。

怎么啦？陆武桥问。

宜欣垂下了她的头。她矛盾极了。她非常喜欢陆武桥可是显然陆武桥不在她人生的时间表上。她不想和他关系太深让他们两人都痛苦。她得为自己和自己所爱的人负责。

怎么啦？陆武桥更加迷惑地追问。

宜欣在陆武桥的频频追问下抬起了头，她告诉他：我不想和你关系太深。

陆武桥笑起来，说：深不了。来吧，上床吧。今天我受了伤，这你知道，我想深也深不了。

宜欣说：没羞！她捂住发热的脸，一低头钻进了被子。

两人在被子里紧紧拥在一起。宜欣在陆武桥耳边说：你是多好的一个男人，我真怕伤害你啊！

陆武桥在宜欣耳边热切地说：什么话呢！

真的，宜欣说：你记住我今夜的话，我是不愿意伤害你的！

陆武桥说：你伤害不了我。我从来从来没受过如此美好的伤害。你知道吗？我从来不愿意与人谈自己的那些事，不愿意倾诉。我从来没有遇上过能够倾诉的人。我瞧不起喜欢倾诉的男人。可是今天我对你什么都说了而且还有说不完的话。

说吧，说吧——宜欣将陆武桥的头揽入自己的怀中。陆武桥在宜欣的抚摸下再也把持不了自己，他流下了作为男人的第一次眼泪。陆武桥汹涌澎湃的泪水湿透了宜欣的胸脯，这饱满柔软温润馨香性感的胸脯让陆武桥觉得亲得不得了，他往里拱着钻着，宜欣也感动得浑身颤抖泣不成声，两人就这么相依相偎地呜咽了很久很久……

## 十二

因为有了宜欣，在处理刘板眼与陆掌珠闹离婚的问题上，陆武桥考虑得与原来不一样了。他认为他应该在这件事上投入更多的精力，了解比较全面的情况，尽量不要伤害每个人的感情。他回想起不久前，当他的姐姐陆掌珠忽然吐露出“我非常爱他”的时候，陆武桥还觉得十分可笑，现在他已经不觉得可笑了。他理解和尊重陆掌珠的个人情感。他希望刘板眼和刘板眼的情人也能够理解和尊重。

陆武桥在处理陆建设的事情之前就与刘板眼接触过一次，刘板眼虽然很客气但对离婚的态度强硬得很。那次陆武桥基本没说什么话，光听刘板眼絮叨陆掌珠和他的陈谷子烂芝麻家事。事业上比较成功人才又有几分且还没有衰老的男人，离婚理论几乎都是一样的，就像上过党校的干部讲出的理论那么一致。

刘板眼的理论是：首先陆掌珠可以肯定是一个好女人，但是好女人并不一定就是好太太——刘板眼已经不用“老婆”这个名词了，他用现在流行的“太太”。其次陆掌珠多年来对他摆出一副救世主的姿态，工资全部交给她掌管，使他经常口袋里一分钱没有，这种屈辱他已经再也忍受不了，而事实上这种局面再也不可能存在下去。此外陆掌珠多疑，唠叨，刁蛮，日渐俗气，动不动跑回娘家或者跑到妇女联合会去哭诉，这些做法已经完全消失了家庭的温暖和夫妇间的感情。这种婚姻已经名存实亡，还有什么必要维持呢？

陆武桥那次没有说什么话。他没有回答刘板眼的提问。这种提问是时代的提问，中国有那么一大拨人的婚姻遇上问题了，是时代造成的，时代你说怎么办？这不是废话一句？还是现在市面上许多青年和妇女杂志上的那句流行语言比较好，说婚姻好比鞋子，谁的脚穿着合不合适只有他自己最清楚。刘板眼不谈具体的硌脚之痛，拉大旗作虎皮，使陆武桥只想给他一老拳，让他满面开花。

当然，陆武桥的出面还是起了一定的作用，刘板眼将下个月不给生活费和离家分居的威胁作为他个人的权利暂时保留起来了。

从表面看，陆掌珠的婚姻进入冷战状态。但实际上刘板眼加强了对陆掌珠的压力。陆掌珠两次拖着傻儿子刘帅找到“标新立异”餐厅，刘帅一个劲地粘着陆武桥叫大舅。陆掌珠时时刻刻以泪洗面，说：他让我做肉菜，我做了他说太咸，又换了做鱼，又说太淡，青菜说炒得生了，再炒又说焖黄了，一餐饭搅得全家都吃不好。

让你吃不好饭。让你睡不好觉。让你看不到笑脸。让你需要的时候不给。让你不需要的时候强加于你。看你到头来离不离婚？

如果按陆武桥的老办法，事情发展到这一步就只有下狠招了。

陆武桥问陆掌珠：我把他双腿废了怎么样？

陆掌珠说：好，我情愿照顾他一辈子。

幸亏这时天上掉下个林妹妹，感谢生活，宜欣出现了。宜欣并没有在陆掌珠的婚姻问题上参与任何意见。宜欣对别人的私人生活丝毫不感兴趣，她感兴趣的是陆武桥。她听陆武桥说准备去废刘板眼双腿的时候，惊诧得捧腹大笑。她说陆武桥一定是武侠小说看多了。在那一天接下来的时间里，宜欣不住地戏称陆武桥为陆大侠哥哥。

宜欣无意中将陆家一个十分严峻的决策冲淡成了玩笑。这一下使陆武桥蓦然心惊，顿时觉出了自己的狭隘和浅薄，他将事情重又考虑了一番。他觉得自己有把握比较好地处理这件事了。

在与宜欣短短的两周里，当然是干柴烈火，如胶似漆的两周，陆武桥的人生起了质的变化。好女人真是男人的人生课堂——陆武桥现在慢慢体会到了先哲们说过的一些话。

陆武桥在敲丁曼的门的时候表现得非常自信。

这是一重铁门又一重纱门再一重木质门的戒备森严的人家，陆武桥用力扣响铁环，同时朗声叫道：丁曼，丁曼。

里头的丁曼说：哎，来了。谁呀？

陆武桥说：是我。

被叫作丁曼的女人打开房门之后立刻将房门收得窄窄的只露出一张脸，说：你是谁？我不认识你。

陆武桥说：我是陆武桥。想和你谈谈。

刘板眼肯定与丁曼讲过陆武桥是谁。所以丁曼一听，说：我不认识你！之后就要关门，但陆武桥早将一只脚插进了房里。丁曼一用力，陆武桥立刻叫起来：哎呀夹了我的脚。

丁曼一松手，陆武桥已经进了房间。

丁曼警惕地退出很远，说：你想干什么？

陆武桥说：我只想和你谈谈。

丁曼说：出去！我不认识你，我没什么和你谈！

客厅里有一架钢琴，钢琴上面摆着一只时髦的相框，里头是刘板眼和丁曼的合影。和许多电影中浪漫的镜头一样，刘板眼着大花沙滩短裤戴墨镜，丁曼着游泳衣斜偎在刘板眼身边。长发飞扬，他们身后的背景是蓝色的大海。

陆武桥出其不意地拿到了这只相框。他端详着。他由身段窈窕的年轻的丁曼身上看到了二十年前他姐姐的影子。他心里不太好受。

丁曼搬过一张凳子坐在离他挥拳打不到的地方，说：谈吧。

陆武桥并没有把相框怎么样，他将它轻轻放回了原处。他说：丁曼，我对你做过调查，我在来之前就知道你是一个爽朗大方，富有教养的而且工作能力很强的姑娘。

陆武桥并没有特意做过调查。陆掌珠告诉过他许多关于丁曼的情况，她说丁曼实际上是卖粉的。武汉市现在称妓女为“粉”，干这一行叫做“卖粉”。为什么这么叫？不清楚。名称不同，大概这就是新旧社会的区别吧。陆掌珠还描述过丁曼的长相，说吊眉毛斜眼睛大厚嘴巴全靠浓妆撑着。说这“粉”为人极刁，毫无廉耻，张口就是脏话。在陆武桥看来，他姐姐似乎说的是另一个女人。眼前的丁曼只化了淡妆，也远远谈不上刁蛮。陆武桥对她已经有了几分把握。

陆武桥说：今天我来谈什么，你肯定以为你心里有数。但你错了，我首先希望你我能相互信任。我们都能开诚布公，坦诚相见，之后，把这次谈话忘了，不要再对任何人提起，因为我不愿意伤害任何人。

丁曼在陆武桥说完话之后还瞅了他半晌。然后说：行。

丁曼站起来，给陆武桥倒了茶，又打开一盒香烟，递给陆武桥一支，自己夹了一支，移坐到陆武桥茶几这边的沙发上。陆武桥拿出打火机首先为丁曼点了火。点火的时候他想，如果他的姐姐陆掌珠此时此刻看见他主动为丁曼点烟，肯定要气得昏死过去。

丁曼却有一些感动，说：谢谢！

丁曼笑了，说：真出我意料之外，我以为你们那种工人家庭的人个个都是泼皮呢。我愿意信任你。我信奉简单化的生活原则。你有诚意我就信任你，就这么简单。

陆武桥比丁曼更意外，他怎么也没有想到进入现在这些年轻姑娘的世界竟如此容易。陆武桥断定丁曼肯定不了解刘板眼和陆掌珠的真实情况和二十余年的感情历程。于是，陆武桥便提出了这个问题。

丁曼说：对。我不了解。我只对自己的事感兴趣。再说我从不指望从男人嘴里听到他对自己太太的真实评价。

陆武桥问：你急切地需要和刘板眼结婚吗？

板眼？丁曼惊讶地问。

陆武桥说：哦，那是我姐夫的绰号，相当于他的名字，几十年来大家都这么叫他。现在我们叫他老刘好了。

丁曼立刻回答陆武桥的问题，说：和老刘结婚？不，恰恰相反。我一点都不急。

陆武桥说：那么你答应过他如果他现在离婚你将会和他结婚吗？

丁曼说：是的。但我也说过，以他现在的经济实力我才会考虑。

陆武桥说：如果将来他没钱了呢？

丁曼说：将来的事谁说得准？

陆武桥说：假设，我假设老刘患了某种慢性的严重疾病或者瘫痪之类的，你能够服侍他一辈子吗？

丁曼像猎犬一般警觉地耸起了身子。她加重语气对陆武桥说：你们别干蠢事！

多么聪明的姑娘啊！陆武桥不由暗自感叹。

丁曼接着说：老实说，我不能服侍谁一辈子。我的理想和追求是快快乐乐过一生。我珍惜生命，我的，你的和他的。我认为生命的快乐高于一切！

陆武桥说：爱情呢？

丁曼眼里流露出沧桑之感。她说：那是女人的终生之狱。我这个人不谈爱情。

好了。有基础了。可以深入谈话了。不谈爱情那就好办了。陆武桥有把握了。他们又点了一支烟，接着往下聊起来。

## 十三

一周过去了，陆武桥正考虑还要不要给点时间让刘板眼适应失恋的痛苦，刘板眼自己找上了门。

在一个浓雾的阴晦的上午，刘板眼瞪着火光闪闪的眼睛，直接闯进了“标新立异”餐厅三楼陆武桥的总经理办公室。

陆武桥在居委会与老太太们合用一张课桌做了好几年总经理，终于苦尽甜来，最近有了自己的办公室。办公室的室内装修刚刚竣工，吊灯、铝合金窗户、护墙板、地毯、黑色的大班桌、意大利真皮沙发，一切都新得像刚出娘胎。陆武桥有一点像喜欢和爱护自己的眼珠一样喜欢和爱护这间办公室。他要做更大的生意了，他要与海外财团谈项目了，他的总经理办公室正以颇具实力的气派等待着海外财团的客人。可是，刘板眼用沾满灰尘的肮脏皮鞋踹开了办公室精致的镶着浮雕图案的门。

陆武丽在后面紧紧追赶着刘板眼，叫喊道：臭流氓！滚出去！臭流氓！滚出去！

陆武桥正在打电话。一见如此情形，连忙挂断电话，说：嗨，刘板眼，你把我的门踹坏了！

刘板眼本来已经进了办公室，听了这话又特意回去踹了两脚。陆武桥这才发现此刻的刘板眼已经不是平常的刘板眼了。陆武桥说：武丽，出去！带上门谁也不让进来！

陆武丽说：大哥，他疯了一样。

陆武桥说：知道。你听我的！

但陆武丽一出门，刘板眼就抓了只报纸夹朝陆武桥直扑过来。刘板眼在扑过来的时候吼叫道：你妈个×！你威胁了丁曼！

陆武桥根本来不及躲闪与分辩，身上就挨了狠狠一家伙。陆武桥跳开着，喝道：刘板眼！别胡来！

陆武桥话音未落，又结结实实挨了一下，报夹都打折了。陆武桥说：哎，搞真的了？

陆武桥不敢相信刘板眼真的失去了理智。刘板眼这类人几乎不可能真的失去理智。刘板眼是哪一类人呢？是武汉男人中外形比较体面内在比较弯弯绕嘴皮子比较能干的那一类男人。一般来说，武汉男人普遍比较瘦小，但刘板眼之类生得一副好架子，瘦瘦高高，宽肩直背，五官摆得也比较端正。是古典小说中所谓人们一看，此公子骨骼清奇，相貌不凡的那种形象，但他们实质却没什么不凡之处，都是红尘之中的庸庸碌碌之辈。他们的特点是好文不好武。遇事首先要很有逻辑十分周全地分析一通，分析了之后再看如何办理。他们心细如发，善于察言观色，任何时候都会三思而后行。这类人的绰号几乎都被取做“板眼”。所谓板眼板眼，就是有板有眼，就是有沉得住气的本事，就是有既要玉不碎又要瓦也全的本事。所以，陆武桥对刘板眼估计不足。

刘板眼丢掉半截报夹，顺手又抄起一盆紫砂花盆，里头养的是仙客来，花朵开得正娇艳。陆武桥着急得不得了，这盆花是宜欣大老远从武昌的青山苗圃里买了抱过来送给他的。

陆武桥厉声说：刘板眼，你放下它！

刘板眼说：你妈个×！让你威胁丁曼！刘板眼举着花盆瞄准了陆武桥，像掷铅球一样扔了过来。陆武桥本来在沙发后面躲闪刘板眼，见花盆飞过来，心里痛惜，竟挺直身体伸手去接。仓促间陆武桥没有接住，花盆直擂他的左肩，人和花盆一块摔在地上，花盆撞上落地台灯的基座，顿时粉身碎骨，花泥委地。

陆武桥捂着肩大叫：你个婊子养的刘板眼！你妈的搞邪完了！这叫给脸不要脸，地狱无门你偏来！好吧，老子今天要让你认清现实！

陆武桥虎虎地站了起来，一下子扭住了刘板眼。要论打架，刘板眼哪儿是陆武桥的对手。陆武桥这种工人家庭长大的孩子，从小靠打架维持自己的统治地位，武汉三镇，龟山蛇山，长江汉水，他哪里没战斗过？刘板眼家庭出身不好，先天的底气就不足，孩子关在家里养，还谈什么虎气？所以，两人扭打在一起，不过四五个回合，刘板眼就被揍得鼻青脸肿，趴在地毯上不再动弹。

陆武桥回家洗漱，把刘板眼留在办公室让邋遢照料。

邋遢是个乖巧的人，扶起刘板眼，给他洗脸洗伤口，喷"好得快"气雾剂，贴"创可贴"消炎止血胶布，又给他刷衣服擦皮鞋，还一脸憨厚的笑意。有一句无一句地说：刘总，不是我说您，跟桥老板打什么架？我们桥老板天天早晚练沙袋。

又说：我们乡里有句话，说是家鸡打得团团转，野鸡打得满天飞。你们再打也是一家人，瞧都是打得皮肉伤，几天就好，不碍事。我们桥老板这人好也就好在这里，顾家。他家里人家里事包括我们这些人的事，他豁出命也要管。

又说：您在沙发上躺一会儿休息一下。桥老板刚才下楼吩咐给您宰了只甲鱼，现正炖着呢。

刘板眼最后实在忍受不了邋遢的絮叨，说：滚一边去！

尽管刘板眼喝退了邋遢，但他的确彻底清醒了。

刘板眼躺在陆武桥的意大利真皮沙发上闭目养神，他知道在武汉，在这间办公室，自己绝对不是陆武桥的对手。陆武桥要文有文，要武是个亡命之徒，即便他倒下了，他们家还有陆建设那小子，那小子更不善。后面还有陆武丽，也是个翻脸不认人能喝生人血的小泼妇。陆家果真不是好惹的，刘板眼跳到界外，从阶级分析的观点看问题，他备感惊悚地认识到：四代赤贫但曾经拥有最高社会地位的工人家庭现在是个炸药包，真真是不能给点火星子。幸亏陆掌珠还算念旧情。刘板眼想：生存还是死亡啊？亲爱的莎士比亚大师，一个问题提了三四百年不给予回答，让我们在无比悲伤的关键时刻从文学里找不到人生的答案，却令我们更加悲伤，我们还读文学作品作甚？刘板眼在悲痛中不无遗憾地想：当年要是不读中文系就好了。应该读经济系或者管理系的。像国外那些亿万富翁，一甩手给你成百万上千万的钱，哪个女人肯不离婚？刘板眼认为还是自己款不够大，钱不够多，离不掉陆掌珠留不住丁曼，怪谁呢？

不到一个小时，陆武桥回到了餐厅，整整齐齐一点不像打过架的样子了。

陆武丽安排了一间小小的雅室，陆武桥请刘板眼吃饭喝酒。开初二人都不说话，单纯地吃喝，酒过三巡，刘板眼开了口，说：你告诉我一件事好不好？我没什么别的要求，我只要求你如实回答我的一个问题。男子汉说话算话，这，我先喝了这一杯酒。

陆武桥说：你说吧。能回答的我回答，不能回答的我没办法，但我陪三杯酒。

刘板眼问：你到底找丁曼说了些什么？

陆武桥一听这问题，自己主动连喝两杯白酒。喝了之后说：我不喝三杯是因为我还可以告诉你丁曼说过的一句话。在告诉你之前我劝你不要再谈丁曼这件事，这件事应该说已经没什么意义。

刘板眼淡然一笑，说：你以为问题就彻底解决了？假如我还是要离呢?

陆武桥说：你别不清白。你先听我告诉你丁曼的话之后再假设这个那个。

陆武桥说：我问丁曼，我说如果老刘的双腿废了你能够照顾他一辈子吗？丁曼毫不犹豫地回答：我可不能。我的理想和追求是要快快乐乐过一生。慢着！同样就这个问题我也问了我姐姐，我姐姐的回答也是毫不犹豫：我能！我心甘情愿服侍他一辈子，再苦再累也决不后悔。

刘板眼傻了。

陆武桥说：我想这就是所谓的一日夫妻百日恩，百日夫妻海水深吧。人生谁都不敢担保自己没有一个生老病死或者意外，你自己看着办。

刘板眼再也没有话。

最后，刘板眼用低沉的语调对陆武桥提了一个希望。他希望陆武桥一定管管陆掌珠，让她今后别再逼他清晨拉屎和每晚睡觉前喝一支外面卖的五花八门的补养液。陆武桥答应了他。郎舅二人又无话，大醉方休。

陆掌珠的婚姻问题，基本上可以算是兵不血刃地解决了。陆武桥受到了全家的热烈赞扬。吴桂芬不顾身体有疾，亲自下厨。陆掌珠帮厨，头一天就开始忙碌。她们煨了排骨藕汤，卤了一罐子猪肚子牛肉鸡蛋什么的，烧了时令菜八宝香酥鸭，清蒸了鳊鱼，炒了武汉家常小菜。如：茼蒿、霉千张之类。时候一到，摆上桌来，足有十好几个菜。

在欢声笑语中，陆掌珠提到了宜欣。陆尼古吴桂芬老两口喜得半天合不拢嘴，说咱们工人有志气，这回找了个女博士！

陆武丽的小脸垮了下来，说：像他妈个妖精！

陆掌珠说：瞎说！哪里像妖精？白白净净甜甜脸，衣服穿得像女排运动员，又精神又朴素大方。

陆武丽说：你老土吧？什么朴素！她那都是美国的名牌休闲服装，上千块钱一套。她是省油的灯？年轻貌美的女博士找个体老板是什么意思？傍大款呐！

陆武桥哈哈大笑。

吴桂芬问：有武丽说得这么吓人吗？

陆武桥说：老娘啊，你放心，我马上娶过来给你看。

陆武桥再一次哈哈大笑。在一个多月的时间里，他终于设法让陆建设束手就范并同意去外地学习开车与修车技术；说服了刘板眼；分清而且交割了与居委会的产权关系；装修了新的办公室；他顺利地解决了一个又一个棘手的问题，还得到了一个红颜知己宜欣。宜欣有多好他们谁能想象得到啊！一个出类拔萃的女人能够激发出连男人自己都不敢相信的爱情和智慧，这又有几个人能够亲自体会啊！

陆武桥觉得这是他有生以来生活得最有激情最有活力最有目标最有意思的时刻，尽管他的人生已有四十年的历程，然而他自己触摸得到的一种他喜欢的生活从现在才开始。

# 十四

紧接着的又一场浓雾把秋天真正地带到了城市。在浓雾的笼罩和浸润之中，树叶无声地变黄，悄悄地飘落，飘落在各种楼房的屋顶或者阳台上。这是一个星期天的清晨，宜欣带着秋叶的气息来到了陆武桥的床前。宜欣的额发、眉毛和睫毛挂着细碎的晶亮的雾珠，双颊因凉风的刺激而呈现出妃红的颜色。她把陆武桥给她的房门钥匙悄悄塞在他的枕头底下。她看着陆武桥看着陆武桥，她很想永远永远记住她的爱人的模样。

陆武桥突然一惊，醒了。他不相信这是真实的宜欣，梦中的孩子一般伸手去摸。宜欣握住了他的手。陆武桥一骨碌坐起来，说：宜欣，真的是你？

宜欣说：真的是我。

宜欣仍然一直看着陆武桥，目光深处的含义使陆武桥蓦然心惊，陆武桥说：你怎么哪？

宜欣说：什么怎么哪？没什么啊。

陆武桥把宜欣拉到身边，伸出胳膊揽住了她的后腰。陆武桥说：我们结婚吧。

宜欣温柔又调皮地说：我们已经结过了。

陆武桥的嘴被宜欣的手指压住，宜欣告诉他今天她有一个希望和设想。希望像真正的普通夫妻那样过一天。具体设想是：早上出门去买菜，回来做饭做菜收拾房间然后吃饭喝点儿酒——就是夫妻对酌的那种方式喝酒，然后一起午休，然后上街逛逛，然后晚餐就吃吃中午的剩菜，然后看电视，谁想看哪一个台都可以抢着按钮，然后睡觉，睡它好好一觉，明天清晨——宜欣说：明天清晨我就得走。明天我有一个非常重要的实验要做。

陆武桥非常高兴地认同了宜欣的希望和设想。他们几乎每次都在饭店或餐馆吃饭，都穿戴整齐，正襟危坐。他们俩不约而同都不习惯当代小青年们在公共场合勾肩搭背的恋爱方式。彻底放松一天，通俗一天，过一过婚后平常夫妻的日子，陆武桥认为这个主意简直好极了。

陆武桥忽然明白了宜欣今天这么老早赶到汉口的原因，准是为了早点上街买菜。

宜欣说：对了。

浓雾消散，碧空如洗，阳光明亮又柔和，大街上车极少，有活泼的老人在路边沉醉地跳他们的老年迪斯科。陆武桥揣着钱包，宜欣提一只竹菜篮，两人肩靠肩踏着满地梧桐黄叶去菜市场。

走了一会儿，宜欣将自己的手插进陆武桥的胳膊弯，说：多好的早晨。

陆武桥说：是啊！

陆武桥有十几年没有这么早走在大街上，更不用说身边陪着手挽菜篮子的俏佳人。

又走了一会儿，宜欣自言自语道：在一个金色的秋天的早晨，我们踏着黄叶去买菜。有一群鸽子飞过城市的上空。

陆武桥再次从宜欣湿漉漉的目光深处捕捉到了某种忧伤，这种忧伤与他有关，一旦捕捉到他便有心惊肉跳之感。陆武桥说：今天你怎么哪？

宜欣关闭了她的深层目光，看看陆武桥，说：没什么啊。

菜市场的繁荣和热闹使陆武桥宜欣顿时活跃起来。为了不被人挤散，他俩只好紧紧牵着手。任何漂亮的色泽鲜艳的菜摊都会使宜欣停下来，她用手摸摸新鲜的小白菜或者水淋淋的白萝卜，问人家多少钱一斤，人家报了价之后，宜欣就说，哦，太贵了。走到了卖水产的一溜摊子面前，宜欣逐一观看鱼虾螃蟹之类。卖螃蟹的人一看宜欣二人的架式，便怂恿她买螃蟹，说：太太你看多好的大闸蟹呀，这秋天正是蟹黄饱满的季节，买几只回去，两口子看电视喝点酒，不知有多好。宜欣被人左一个两口子右一个两口子说得笑眯眯的，便问：多少钱一斤？人答：不贵，六百六十块钱一斤。

陆武桥说：那就来一斤。

宜欣连忙拦住了他，说：吓我呀，六百六还不贵？我们吃了这顿以后就不再吃饭了？

人说：贵什么？这种正宗大闸蟹，在酒店吃得八百呢。老板知道价格的。

宜欣说：我家老板什么都不知道。

陆武桥笑起来，说：偶尔吃一次也没那么严重吧？

宜欣说：不买不买！你这人也太不会过日子了。

宜欣拉开了陆武桥。陆武桥笑着说：太太，你真的这么会当家吗？

当然，宜欣非常进入角色地说：当然是真的啰。

宜欣认真地选购了一大篮子蔬菜，约摸有七八个品种，每次买菜时她都要警告卖方：秤要给足啊，我回家要复秤的。

当陆武桥替她将这一大篮菜提回家之后，宜欣窘了，红着脸坦白说她只会炒鸡蛋和小白菜。但是——宜欣说：我非常愿意学，我一定要为你做几样可口的菜。

陆武桥及时地表扬了宜欣并鼓励她戴上围裙，从择菜和切菜学起。

由于两人的柔情蜜意，诗情画意便从最琐碎的日常生活中腾腾升起，像电流一样形成了一个磁场，使这对情人超凡脱俗地度过了世俗的吃喝拉撒的很平常的一天。

夜来临了。宜欣先去冲了个澡，回到房间就溜进被子让陆武桥去冲澡。陆武桥回到房间时，大灯已经熄灭，窗帘严丝合缝，台灯拧到极弱的光线，音响里放着低到若有似无的轻音乐《致爱丽丝》。再看床上，床上没有人。陆武桥正纳闷，一双柔软的胳膊从他身后绕过来环抱住了他的腰。宜欣在贴紧他，她的腿挨着他的腿，他的背部感觉到了乳房的压力，他知道了她此时此刻的状态：一丝不挂。这是他们之间从来没有的。他们只是在被子里头脱光衣服。他们总是关掉所有的灯，没想到过要音乐。如果谁起床干什么，比如倒水喝拿烟抽取毛巾，谁都要穿上衣服。他们之间并没有膈膜和羞涩，只是好像习惯这样。好像是从小受着封建传统教育长大的又多年来相敬如宾的一对老夫老妻。

宜欣从背后的示意是轻微的，但是陆武桥懂了，他开始脱掉自己的衣服。他乐意接受宜欣所有关于白天和夜晚的希望和设想。其实他也知道，他们终有一天会彻底地坦然相对，彻底地与对方在一起，想怎么做就怎么做。只是他没料到这朵原始的天然的野性之花，会开放在今天这个晚上。

在陆武桥也一丝不挂之后，他握住缠绕在腰间的手把宜欣轻轻牵引到了自己面前。宜欣微微低头，让短发遮着半边脸。陆武桥撩开了宜欣的头发，悄声说：要彻底就完全地彻底。好吗？

宜欣点了点头，鱼一般滑进了陆武桥的怀里。

这是一个自由之夜。陆武桥和宜欣之间达到了高度的默契与和谐。他们差不多没有说话，除了情不自禁的几声呻唤，他们谁对谁都可以做任意动作，互相顺从互相屈就。他们用身体进行了远胜过语言的表白和交流，并且情意愈来愈浓密，以至于一波未平一波又起，从黑夜到黎明。当曙色透过窗帘的时候，两人才昏昏沉沉地睡了去。

## 十五

陆武桥只睡了一会儿，就被宜欣的抚摸弄醒了。宜欣不住地抚摸着陆武桥的额头和头发。陆武桥刚说了一句：再睡一会儿吧。他突然发现宜欣已经穿戴齐整，坐在床沿上，而且宜欣眼眸深处的那种目光再次打开，专注地望着他。

某种时刻到了！陆武桥的脑袋被这个预感击中。他一时一刻无法知道它们是什么，但他已经感应到了它发射出的格外寒冷的凉气。陆武桥甚至觉得自己无法阻拦无力抗拒它们。它们是什么？

陆武桥说：说出来吧。

宜欣说：你得首先答应我躺着别动。

陆武桥说：我答应。

陆武桥的心被提得悬悬的十分难受。

现在是早晨六时过五分，我说十分钟的话，说完了我就走。你躺着别动，再睡一觉，再醒了就好了。宜欣说：答应我。

陆武桥至此已猜到几分：分手的时刻到了。可是为什么？他不明白。他只好说：我答应。

宜欣的眼睛转向空无一物的墙面。她舒缓地沉静地开始叙述，可以想象她是暗自练过了无数遍才获得了这种舒缓沉静的语气的。

宜欣说：我要走了。我不再来了。我将嫁给一个加拿大的男人。他和我是同行。是一个很了不起的科学工作者。我无法对你解释清楚这一切。但我心里始终明白一个问题，这就是我是不可能同你生活在一起的，这与爱情没关系。

陆武桥瞅着宜欣的嘴唇，好像漫游在一个他完全陌生的地方。这地方河流不像河流，山川不像山川，树从天上往下生长。

宜欣说：我们在刚刚过去的一个白天和夜晚已经过完了我俩的一生。那就是我俩今后的日子。再好也好不过它们了。可我不能一辈子都这么过，我会很快厌倦的，你也会很快习以为常的。我们绝对不可能夜夜都如这夜甜蜜和美好。

陆武桥看见宜欣从这个陌生古怪的地方走出来，像一个手执教鞭的讲解员，为他讲解一道关于生命奥秘的方程式。

宜欣说，我想这样安排自己的一生：在环境舒适的异国他乡，有一个终身都视我为谜的外国丈夫，同样，我也不会努力去了解他，我们至死都保持着对彼此的神秘感。但他能为我提供良好的生存条件，不为吃穿发愁；我们都不想要孩子，这世界上的人口已经太多！我们都醉心于自己的专业工作。我要争取完成三到四个科研上的尖端项目，为人类造福。我要一天二十四小时在实验室工作。

当有了阶段性的成果我就外出旅行一段时间，去世界上每一个有趣的地方。

就这，我的要求并不高。我马上就要毕业。毕业后去加拿大，一切就会按部就班地开始。

宜欣说：明白了吗？所以我要走了。我不再来了。我明天和马斯举行订婚仪式。但是，你我心里都明白，你是我永远的爱人，永远的中国和永远的故乡。

听到这里，陆武桥如梦初醒，但身心却是如泥委地，一点劲都使不上来，只有泪水慢慢溢出眼眶。宜欣说完，立起身来，静静地站着。江汉关钟声奏响六点一刻。秋风阵阵，落叶在马路两侧不由自主地滚动发出轻微感伤的簌簌声。

陆武桥很想说点什么，可他发不出声音来。他成了一具流泪的木乃伊。宜欣突然俯下身来，吻了一吻陆武桥的泪水，然后迅疾地转身离开了房间。她将房门轻轻带上。咔嗒，这是门锁的声音。之后是她下楼的脚步声。之后一切归于宁静。

邋遢是第一个发现情况有异的人，因为陆武桥没有像往常那样在星期一上午里里外外巡视餐厅。到下午的时候陆武丽开始十分钟打一次陆武桥的Call机，但一直Call到夜里十一点，就是得不到陆武桥的回话。陆武丽便判断陆武桥肯定在宜欣那里，而他的Call机也一定落到了宜欣手中。第二天一早，陆武丽就冒冒失失，骂骂咧咧地从汉口跑到武昌的大学区域，她在好几所大学之间转来转去才发现她根本说不准宜欣的学校名称和所学的专业。晚上陆武丽不敢回家，怕父母知道了急坏，就找个借口住到了姐姐陆掌珠家。姐妹俩一晚上不住气地打电话询问陆武桥的三朋四友，同时也不住气地

Call陆武桥，最后还是没结果，陆武丽哭了起来。陆武丽持之以恒地痛哭了两天，第三天泪流干了，嗓子也哑了，头披脸肿，水米不进。这时候，隔岸观火的刘板眼出面了。刘板眼一出面，问题便得到了条分缕析的研究。分析研究之后的结论是：要解决问题，首先应该探本溯源，这就是首先应该回到洞庭里找十六号的紧邻们了解第一手材料。于是，大家停止了满世界的搜寻，由刘板眼率领着回到洞庭里。

洞庭里这一下比过节还要热闹，居民们走出家门，在弄堂里兴奋地交头接耳。十六号更是门庭若市。李老师站在大门口，热情周到，百问不厌地回答着人们关于陆武桥的种种提问，同时还配发自己的评论与感慨。

陆家姐妹一见洞庭里的这般架式，气得早把自己是干什么来的给忘在脑后了，陆武丽毫不犹豫地两手一叉腰，张嘴就骂：个婊子养的们！过节哪！有舌根子嚼了！一个个受陆武桥的恩惠还少哇！怎么都他妈×的看戏不怕台高！

刘板眼看了陆掌珠一眼，意思是让她赶快阻止陆武丽。可陆掌珠竟然完全错误地领会了刘板眼的意思，立刻鼓起勇气，也学起妹妹的样子，拍着胯子一蹦三尺高。刘板眼伤心欲绝：这女人一而再，再而三地出毛病，傻得没药医啦！他在眨眼间恍惚了一下，看到了前景悲凉的自己。刘板眼懒得再搭理陆家姐妹。他想他一定得找到陆武桥，他一定要再与他斗争一番。要什么样的女人是他的自由——他这辈子将坚持不懈地向陆武桥灌输这个道理——以这次寻找陆武桥为例——直到离婚。

刘板眼快步走上前去，向众邻居抱了抱拳，撒了一铺香烟，然后语气郑重且委婉地与李老师攀谈起来。

李老师到底不是个山野村夫，他的推测对刘板眼很有启发，他说他认为陆武桥没有出走就在楼上他的房间里，并且还是和一个女人在一起。他认为现在世风日下道德沦丧，到处有春药卖，到处流传着淫秽录像带，那么，陆武桥和那女人会不会贪欢多用了虎狼药，在床上精疲力竭了？直到刘板眼不无揶揄地说：李老师你真是知识分子富于想象！李老师这才说了一句有用的话，他说：我想象什么！我与他楼上楼下一板之隔，星期天整整一夜，他们折腾得地覆天翻，吵得人睡不着哇！

李老师说到这里，刘板眼茅塞顿开，他连忙谢过李老师，返身往楼上跑。刘板眼觉得陆武桥哪儿都没去，就在他房里，并且肯定就他独自一人。陆武桥是否有意自杀刘板眼拿不准，但他拿得准陆武桥将自己反锁在房间里，想一个人悄悄地离去。因为他自己也曾有过这种憧憬，在人生最苦最苦的时候。当然，陆武桥这小子他妈的铁腕一个，春风得意，会有何种人生痛苦他刘板眼就不得而知了。他倒真想瞧瞧此时此刻陆武桥的模样。

陆武丽横躺在陆武桥房门口不让人撬门，她说公司上下都知道，陆老板有一条铁的纪律，不经陆武桥本人许可，谁也不得擅自打开他的房间。

刘板眼请尤汉荣帮忙拖开陆武丽。他发现陆掌珠蠢蠢欲动要帮陆武丽的样子，只好提醒众人我们为什么撬门。我们为什么撬门呢？刘板眼说，如果再找不到人就只好到派出所报案，报了案派出所第一件事就是撬开房门寻找线索，与其让别人撬门倒不如自家人设法先开门，与他妈的这么个女人做夫妻，男人要说多少废话啊！

于是，邋遢在街上请了个锁匠。锁匠将一根细铁丝钩伸进锁孔，捅着，不到一分钟，门便开了。

陆武桥正是在房间里，他独自躺在床上，衣着整齐，人却已经气息奄奄，不省人事。

## 十六

陆武桥住院了。不过他恢复得比较快，一周之后就出了院。无论是医生还是朋友还是家人问他出了什么事，他一律回答：不清楚。说是喝了一点酒就睡过去了。

这样，也没人再问他。

陆武桥明显的变化是眼眶在日渐凹陷下去，这是消瘦的原故。但是他会朋友，打电话，在餐厅门口迎来送往，做国内国外凡捞得上手的生意，一切照旧。

只有陆武丽深切地感觉到她大哥的心不在身上了。她痛恨宜欣到了极点，常常暗地里诅咒她。但她也庆幸宜欣的突然离去，有这样完美的一个大哥她是绝对不嫁人的，她希望自己可以陪伴她大哥一直到老。

转眼又逢大礼拜，陆武桥又准备请朋友来家里放松放松了。吃喝玩乐的方式没什么两样，朋友却又是另外几个，这次是潘兆龙、黄耀华和吴文宏，也都是工商税务等政府职能部门的工作人员。

上午九点半，陆武桥穿了一身新全毛西装，去弄堂口迎接朋友。李老师坐在大门一侧晒太阳看书。李老师瞧着陆武桥西装袖子上的商标，见商标是一条小鳄鱼，便搭讪：哟，名牌咧。

陆武桥扔了一支香烟过去，说：卵子！

卵子——李老师立刻在膝盖头摊开笔记本写道：武汉市民间流行的时髦用语；与“不”的意思相近，但比“不”更有个性色彩也更为生动，可以说是当代年轻市民的含着自嘲意味的否定专用词，相当于英语中的“No”。

写于1994年11月汉口花桥二村

发表于1995第1期《中国作家》

电影改编为《家事》，由蒋雯丽、申军谊主演

# 漢口永遠的浪漫

徐华一出门就鼻子发痒，这种突如其来的发痒使他打了一个猝不及防的喷嚏，这种毫无准备的喷嚏差一点儿把他的眼睛珠子都打出来了。他恼火地吼了一声："我日他妈这春天！"

云蓝应声从店里探出头来，说："什么？"

徐华说："没什么。"

云蓝发嗲了，说："人家分明听见你的声音嘛。"

徐华说："那我只好告诉你了。"

云蓝年轻的脸庞上顿时升起了新鲜的希望。徐华说："我说我日他妈这春天。"

云蓝咯咯咯地笑起来，说："幽默是比较幽默，只是就不太像是刚从欧洲回来的人了。"云蓝说完做了个鬼脸，快乐地关上了玻璃门。云蓝穿着高齐膝盖的长统皮靴，紧身裤，松垮垮的棉线衣，带着她浑身的青春气息和红亮的嘴唇，在亮晶晶香喷喷的"云蓝"服饰精品店里，用一种舞蹈的姿势照料生意。

徐华把云蓝与精品店收在一个画面里，当作风景欣赏，欣赏了一好会儿才掉过身来，对武汉市春天的不满情绪有所好转。

现在的春天并不都是诗那般美好了。眼下武汉市的春天就很令人厌恶。突然地暴冷暴热。空气潮湿沉闷。法国梧桐的刺毛毛、柳絮和各种花粉面目肮脏，性欲张扬，弥漫在漫天的灰尘里，玷污和骚扰着城市居民。流感病毒更是趁机肆虐，横扫千军。大街上一大街的人，所有的脸都像是没有洗干净似的，有的人穿得少得可疑，有的人则穿得多得可疑，个个朝别人乱打喷嚏，比在其他季节更加理直气壮地大吐其痰。在现在城市的这种春天里，你只能设法为自己另外制造春天的风景。不然叫人怎么活?

徐华面对大街，叼着烟斗，将他的意大利皮褛往两边一分，将两手抄在裤子口袋里，两腿稍息，遥遥望着大街远端的那栋十八层商住楼。那楼崭新豪华得像亿万富翁的刚出生的儿子，但是今天上午它将被定向控制爆破。徐华就是在等待这一刻。

徐华往大街上这么一站，便有许多人过来与他打招呼。首先是两个巡警，其中年富力强的那一位是徐华的高中同学。曾偷过徐华的一双网球鞋。当时是当场抓获，同学们都怂恿徐华告诉校方，徐华没有那么干。后来两人从来不谈网球鞋这个话题。但这个潜在的话题成了他们友谊的渊源。

“徐华！”徐华的巡警同学高兴地大声叫他，“今天过来了。大忙人怎么今天过来了？哦，我晓得了，看那楼的控爆，对不对？”

徐华说：“你猜对了。”

“都叼烟斗了？”

“叼烟斗了。”

“你个杂种，一生都是个玩味的人，弄潮儿。”

徐华歪嘴一笑，说：“这个星期周末聚一聚吧。回头我呼你。”

徐华的同学也歪嘴一笑，表示同意聚一聚。徐华用手指点了一点那个十分面嫩的巡警：“伙计，给个面子，一起来。”两个巡警都向他歪嘴一笑，腰里别着手枪，屁股上甩着电警棍走过去了。

接着是对面蒙美商厦的经理与徐华打招呼。

“徐先生，从欧洲考察回来了。”

徐华说：“回来了。”

“什么时候给我们讲一讲欧洲见闻？我去年去了美国一趟，那狗日的美国真是天堂。据说欧洲没有美国自由和舒服。欧洲充满了贵族的没落感。其实有点儿没落感算什么，总比我们强，瘦死的骆驼比马大。你说是不是？”

徐华说：“这样，我哪天请你吃顿饭吧？”

“OK！哪天？”

“哪天吧。最近。回头我呼你。”

“一言为定？”

“当然。”

再接着与徐华寒暄的是杜鲁门摄影社的老板和蒙娜丽莎婚纱店的经理，他们是一男一女。女经理认出了徐华的烟斗是德国的。他们从德国烟斗说到今天的天气。徐华始终仅仅是点头。美好的事情是这时候胡东出现了。

胡东一看见徐华，就喜出望外，叫道：“拐子！”紧接着纠正说，“大哥，徐老板，徐先生。”胡东有点腼腆地自我解嘲说，“我们不能太俗气，我们要高雅一点。要与时代一起进步，要文明礼貌，要和称呼老外一样称呼自己的大哥。所以要叫徐先生。”

徐华说：“胡东你这小子。”

胡东从人海里浮出来，明确地奔向徐华。胡东的脸是干干净净的，在这混沌的春天里格外令人赏心悦目。胡东与别的人不一样。不知道为什么。对于徐华来说，胡东就是与别的人不一样。胡东对他有一种由衷的不问道理的信赖。胡东对他的表情、动作、语言都是定向与专一的，都生长着信赖的触须。只要胡东一对他说话，那无形的触须便会随着胡东的语言进入他的感觉。不管胡东说什么废话，徐华都拒绝不了他。徐华一般总是敷衍别人。一般总是用请人吃饭来阻止别人说废话。现在满世界都是废话，你如果与人聊下去，舌头都要残废。可是徐华就是拒绝不了胡东。他在发现这一点的时候，自己都大吃一惊。

徐华忘了是在什么时候什么场合认识胡东的。他之所以记住了胡东这个小青年就是因为胡东对他的这种感觉。这种感觉藏在徐华心底深处就像他小时候在贴身口袋里藏了一块糖果。徐华甚至在法国还给胡东买了一点礼物，是一条领带。可他真的不知道胡东是谁。他问过云蓝，云蓝想了半天，说胡东好像是某个大酒店的保安，好像是他们哪一次去吃饭认识的；一会儿又说胡东好像是个舞蹈演员，在徐华的一家公司开业典礼上演出过。云蓝是个非常可爱的女孩子，她的记忆力严重模糊，她从来记不住与己无关的事情，当然这也正是其可爱的因素之一，她决不多事。决不多事的女孩子才飘逸和潇洒。但是你就别指望她能够帮你什么。现在的男人尤其要记住古训：鱼和熊掌不可兼得。不过胡东是谁并不重要，重要的是胡东是现在的这个胡东。

徐华说："胡东你这小子，你在街上干什么？"

胡东说："逛呗。"

徐华说："街有什么好逛的，怎么像女人。"徐华明知自己说的这些话都很无聊，典型的废话，但他没有办法不与胡东说。因为说得很有趣。

胡东说："我和女人逛的不是一种街。我第一是来找云蓝的，打听你什么时候从国外回来，第二是来看热闹的。我这个人，死都喜欢看热闹。"

这话徐华也爱听。徐华说："什么热闹？"

胡东说："抢银行。"

徐华说："你吓我。给我说具体一点儿。"

胡东说："就是在昨天下午，就是斜对面那家银行。一个男人在人行道上，从银行窗户突然伸进手去，抓了一捆钞票就跑了。今天是模拟作案。"

徐华说："谁他妈会这么愚蠢地抢银行？那一把能抓多少钱？还摊上一个犯法。"

胡东说："就是啊，现在的人不能见钱，见到钱就疯了。据说那人的手被窗玻璃划得血淋淋的，街上的行人还给他指路：医院在那边。人们都以为这是某种演习。结果让他活活走掉了。"

徐华很想笑但又笑不出来。他说："胡东，我真想笑但笑不出来。这算什么事啊。"

胡东说："我理解你心里的沉重。不过我这个人还是笑得出来的。"胡东说完兀自嘿嘿笑了一通，想想，又笑了一通。说："我觉得这就叫黑色幽默。"

徐华说："我还告诉你一个黑色幽默吧，那栋十八层的高楼看见了吧？今天控爆。"

胡东兴奋得满脸灿烂，说："那不是和北约打波黑差不多？眼看好好一栋楼，无声无息就崩溃了。我操！看我都赶上什么了！多么刺激多么美好的时代。"

通畅感浸润着徐华。不是什么人都可以给你这种好感觉的。不是什么人都可以说话的。不是什么人的脸都洗干净了的。也不是什么时候都可以找到这么一个人的。这么一个人只能遇到，不能找到。徐华的话不由自主地多起来，他说："对，实在是他妈的一个新时代。在这么好的地段，这么巨大的投资，还有赛过黄金的时间，他们居然就活生生把楼做歪了三米。你知道吗？我要过这块地，很艰苦地要过，我没有弄到手。出于种种的原因，他们没有给我。但是如果这块地是我的……我他妈至少不会把楼做歪三米。"徐华突然哇哈哈大笑，就像从前的革命京剧样板戏《智取威虎山》里头的英雄人物杨子荣的那种大笑。

胡东一直望着徐华。

等徐华笑声落了，胡东说："现在我是笑不出来了。个婊子养的们！怎么可以不给你！"

徐华的大笑惊动了满街的行人。人纷纷看他，他却一点不看人。他若无其事地抽着他的烟斗，对胡东说："看我都说了一些什么？该打嘴。现在人人都喜欢抱怨都喜欢发牢骚，有什么意义？一窝俗人一窝蛆。今天我倒与他们一样了。都是你这个小子。怎么样，这一段过得好不好？”

胡东挥手指了指一大街的人，说：“和他们一样。”

徐华说：“你像个哲学家。”

胡东说：“怎么时间到了，还不见楼塌下？”

徐华说：“你去让云蓝打个电话，问问到底几点钟控爆。”

徐华话音未落，云蓝出来了。说：“控爆时间又推迟了一小时。”

云蓝是不会让徐华在大街上久等的，武汉市的女孩子聪明乖巧得就像男人的贴身小棉袄。但是胡东与云蓝就对不上感觉了。胡东说：“为什么？为什么要推迟？”

云蓝说：“不为什么。现在中国的事嘛。”

胡东说：“那也有个原因，你不是问的熟人吗？”

云蓝说：“我不关心原因。你懂不懂凡事喜欢问原因是一种幼稚的表现。”

胡东的脖子就梗了起来，说：“我就是一个比较幼稚的人。我喜欢做个幼稚的人。怎么样？”

云蓝说：“不怎么样。你想做什么人与我无关。”

胡东说：“你对朋友怎么这么说话？”

云蓝说：“谁是你的朋友？熟人而已。”

胡东张口结舌了。云蓝一扭腰回到了店里。

胡东和云蓝一对话就斗嘴。胡东和谁一对话都会出现斗嘴的局面。包括他的父母亲。胡东遇到徐华才发现游到了自己的水域。胡东往含笑的徐华身边移了移，对大街吐了一口痰，说：“去你们的！”

既然控爆时间推迟一个小时，徐华就进到了店里了。他看了云蓝一眼，云蓝就点了点头，她知道徐华的意思是要她在恰当的时候把领带送给胡东。胡东走到店门口却停住了脚，说他还不如利用这一个小时的时间去吃点东西。胡东就大大咧咧往街上走了。

胡东是在过街天桥底下与鲁宏钢相遇的。

汉口江汉路有一家绸布商店。是一家百年老店。过去你一进门，店里伙计迎面就递上一把热毛巾，伺候顾客洗手。所以尽管近年来商店的门面被三番两次地装修，装修得像变形金刚，不伦不类，并且递热毛巾是早在旧社会的事了，但是知根知底的武汉人还是到这里来买绸布。老的故事沧桑的感觉总是有着悠远的魅力的。鲁宏钢就是陪他的女朋友小越来买绸布的。

小越是个职业服装模特儿。两条腿又直又高，活像火烈鸟。若早些年，她便有嫁不出去的危险。现在就很时髦很光荣了。小越紧身牛仔装一套，深色眼影，嘟着丰厚的大大的红唇，走在大街上，简直鹤立鸡群。是人都忍不住要看她一眼。鲁宏钢对陪小越逛街有着异乎寻常的热情。

鲁宏钢是个一般意义上的老实青年。个子不大，寡言少语。与小越走在一块显得格外瘦小。鲁宏钢的成功感全在小越身上。大凡看过了小越的人都会瞥上鲁宏钢一眼。鲁宏钢深刻理解人们眼中那种愤愤不平的感情。他用一种吊儿郎当的神态面对大街，轻蔑和戏弄所有愤世嫉俗的目光。鲁宏钢还尤其喜欢穿平底布鞋陪小越上街。鲁宏钢酷爱这种逛街游戏。于是，他与胡东就相遇了。

绸布商店门前有一座人行天桥。有人行天桥没用，许多人还是乐意从桥下绕。这样，桥下的人行道就显得比较狭窄和拥挤了。当鲁宏钢搂着小越的腰在人群中慢慢地走，慢慢地议论着刚买的绸布的时候，胡东跟在他们后面跟得不耐烦了。胡东很不耐烦地说："快一点走好不好！"

鲁宏钢回头看了胡东一眼。然后他们并没有走快一点。他们依旧顺着人群的移动慢慢地移动。

胡东拍了一下鲁宏钢的肩说："让你快一点没听见？"胡东说话的同时目光在小越身上溜了一遭。

鲁宏钢用他逛街的一贯神态对胡东说："你拍什么拍？"

胡东挺起了胸部说："拍一下算什么？那还是瞧得起你。"胡东说着拨开鲁宏钢，从他身边挤了过去。胡东挤的时候，小越做作地尖叫了一声。鲁宏钢一把抓住了胡东的后肩。胡东站住了。说："放手！老子今天很烦。"

鲁宏钢说："你还不知道吧？老子今天也很烦。"

小越说："你这人太不像话了。"

胡东对小越说："当然不像画，像画不就贴到墙上去了。"

胡东的油嘴滑舌激怒了鲁宏钢，鲁宏钢说："伙计，你很无聊啊。看你这个样子是吃少了亏！"

胡东突然反身，挣脱鲁宏钢的手，以闪电般的迅捷打了鲁宏钢一拳。这一击实在是出乎鲁宏钢意料之外。他一点提防都没有，一个后跟跄就跌倒了。在小越扑上去揪住胡东的时候，鲁宏钢已经爬了起来，他举起仇恨的拳头朝胡东的脸上狠狠地揍过去。胡东的脸像弹簧一样悸动了两下，一朵鲜血做成的花盛开在大街上。大街上的行人立刻停了脚步，都看着他们这边。

胡东用手指在自己的脸上蘸了蘸，然后拿到眼前仔细端详了端详，最后放进嘴里吮吸着。说："好！一拳见红，开门见喜，打得好。是乡巴佬还是武汉人？"

鲁宏钢亢奋得面颊通红，不住地冷笑，说："我看你这个婊子养的才是乡巴佬。"

胡东说："好！是武汉人就好！是武汉人你就等着。跑掉了就是乌龟王八蛋。等我一会儿，我们玩一点真功夫，怎么样？"

小越在一旁扯着嗓子说："你还要怎么样啊？是你先动手的嘛。"

胡东对小越啐了一口："滚开。不然过一会儿你就会后悔跟了这个无能的男人的。骚卖粉的。"

小越立刻回敬："你妈才是卖粉的，你姐才是卖粉的。"

胡东说："注意，别瞎说，每骂一句都是要付出代价的。"

鲁宏钢上去又是一拳，这一下胡东没提防，一拳打中了他的左眼。胡东捂住眼睛叫道："好！"他说："你等着，假如你跑掉了，我保证你从此晚上不敢睡觉。"

鲁宏钢说："你莫吓我。我这个人什么都怕，就是不怕恐吓。"

胡东说："那就好。那我就很喜欢你。"

人们散开一条缝，胡东从容地走了。

胡东一走，人们紧张地围了上来，纷纷劝鲁宏钢和小越赶快离开。鲁宏钢冷笑道："离开？老子今天单等他。老子今天就要会会他。他妈的长得像豆芽菜，也在大街上王五王六的。现在真是流氓当道，无法无天了。像这种地痞小流氓，欺负欺负乡巴佬可以，寻到我的头上算他倒了八辈子的大霉。老子今天就等着他，看他是不是能够一口把我的卵子咬下来？”

人群中有人用地道的汉腔叫道：“好！”

鲁宏钢不肯走，一大群人都陪着他。小越买了几串油炸臭干子，很香地面露骄傲之色地在一边吃。人们由此感慨大发，说现在这社会风气如何如何啊，说着也谈起了昨天抢银行的事，又说起了今天那栋十八层高楼控爆的事，又说起了如今的贪污腐败，伪劣产品等等，都是平时三五成群的人们说滥了的话题。而鲁宏钢的豪迈气概却一发而不可收。他高谈阔论，指点江山，粪土王侯，脸红了脖子也粗了，与平时的鲁宏钢判若两人。

这时太阳当空，大街上燥热烘烘的。鲁宏钢把衣服脱了下来，搭在肩上。在路边的冷饮摊上买了两瓶矿泉水，拧开瓶盖，递了一瓶给小越。卖冷饮的老人拉过小越，悄声说：“丫头，听我一句劝，赶快离开吧。我在这汉口摆了一辈子的小摊，不知见过了多少。汉口的人都不怕死，搞不好就要出人命的。”

小越说：“太婆你吓我。”

小越说着突然觉得四周寂静了下来。

徐华出现了。

徐华的烟斗依然叼着，两手依然插在裤口袋里，挡住了鲁宏钢的去路。鲁宏钢说：“来了？看样子是个大老板呢。你帮他打架吗？他这个肮脏的小混混值得你帮他？我劝你莫把自己的身份降低了。”

胡东要说话，被徐华用手势制止了。

徐华说：“他不是肮脏的小混混。乱下结论是很容易犯错误的。

你得纠正你的话，向他赔个礼道个歉。”

鲁宏钢说：“笑话！”

徐华说：“怎么是笑话呢？请快一点！我们还有更重要的事情要做。”

鲁宏钢说：“真是大笑话。他是你什么人？你这么帮他？看你这么体面，我真希望你们不是一对屁鸡。”

徐华说：“伙计，说这种话就太离谱了。”徐华惋惜地摇着头，慢慢走近了鲁宏钢。边走边说：“那我只好对不起你了。”徐华走近之后还抬眼望了望天，说：“今天的天气实在也是太糟糕了一点，叫人心烦。”

鲁宏钢说：“你要干什么？你说你要干什么？你少给老子阴阳怪气的！”

鲁宏钢警惕地盯着徐华，一步也不愿意后退。小越在他的身后，鲁宏钢是决不可能示弱的。徐华几乎是贴面站在鲁宏钢跟前，双手依旧插在裤口袋里，说：“这世界上有一个原则你一定还不知道，叫做以血洗血。”徐华说着从裤口袋里抽出了右手，一道寒光在太阳下耀眼地一晃。只听得噗哧一声，鲁宏钢的双手捂住了自己的肚子，他喉咙里发出一种怪异的“吭吭”音，眼睛表情复杂地死盯着徐华。徐华面冷如铁，与鲁宏钢对视了片刻，然后猛地拔出匕首，闪身跳开。一股鲜血从鲁宏钢的腹部射将出来，那颜色之艳丽，那气势之逼人，的确惊心动魄，无与伦比。

小越凄厉的叫声响彻武汉的春天，人们四下逃散。只有小摊上的老太婆照样坐在那儿做她的生意，只是无奈地摇了摇头。杂乱飞舞的柳絮，花粉和梧桐的细毛把大街搅得灰蒙蒙一片，太阳一刻比一刻燥热。那栋十八层的高楼在这个时候忽然沮丧地摇晃起来，接着土崩瓦解，一团巨大的烟尘升上武汉这个城市的上空。

写于1995年12月汉口燮昌花园

发表于1996年第2期《作家》

# 生活秀

## 一

过夜生活的人最恨什么？最恨白天有人敲门。

谁都知道，下午三点钟之前，千万不要去找来双扬。来双扬已经在多种场合公然扬言，说：她迟早都要弄一支手枪的；说：她要把手枪放在枕头底下睡觉；说：如果有人在下午三点钟之前敲响她的房门；说：她就会摸出手枪，毫不犹豫地，朝着敲门声，开枪！

这天下午一点半，来双扬的房门被敲响了。来双扬睡觉轻，门一被敲响，她就无可救药地醒了。来双扬恨得把两眼一翻，紧紧闭上，躺着，坚决不动。第二下的敲门来得很犹豫，这使来双扬更加恼火，不正常的状态容易让人提心吊胆，人一旦提心吊胆，哪里还会有睡意？来双扬伸出胳膊，从床头柜上摸到一只茶杯。她把茶杯握在手里，对准了自己的房门。

当敲门声再次响起的时候，来双扬循声投掷出茶杯。茶杯一头撞击在房门上，发出了绝望的破碎声。

门外顿时寂静异常。

正当来双扬闭上眼睛准备再次进入睡眠的时候，门外响起了来金多尔稚嫩的声音。

“大姑。”来金多尔怯怯地叫道，“大姑。”

来双扬说：“是多尔吗？”

来双扬十岁的满脸长癣的侄子在门外说：“是……我们。”

来双扬恨恨地叹了一口气，只好起床。

来双扬扣上睡觉时候松开的乳罩，套上一件刚刚能够遮住屁股的男式T恤，在镜子面前匆忙地涂了两下口红，张开十指，大把梳理了几下头发。

蓬着头发，口红溢出唇线的来双扬，一脸恼怒地打开了自己房门。

来双扬的门外，是她的哥哥来双元和来双元的儿子来金多尔。父子俩都哭丧着脸，僵硬地叉开两条腿，直直地站立在那里。

一个小时之前，来双元父子在医院拆线出院。他们是同一天做的包皮切除手术。小金在得知来双元也趁机割了包皮之后，发誓绝对不伺候他们父子俩。小金是来双元的老婆，来金多尔的妈妈。本来小金是准备照顾儿子的，可是她没有准备照顾丈夫。来双元事先没有与小金商量，就擅自割了包皮，这种事情小金不答应。不是说小金有多么看重来双元的包皮，而是她没有时间全天候照顾家里的两个男人。虽说小金是下岗工人，并不意味着她的地位就应该比谁低。小金有自己的生活。小金白天炒股，晚上跳广场舞，近期还要去湖南长沙听股票专家的讲座，她不可能全天候在医院照顾来双元父子俩。

小金明确告诉来双元，他们父子出院之后，家里肯定是没有人的。她要去湖南长沙了。到时候，来双元父子就自己找地方休养吧。

来双元非常了解老婆小金。但凡是狠话，她一定说话算话。来双元在办完了出院手续之后，怀着侥幸心理往自己家里打了一个电话。果然没有人接听。来双元只好带着儿子，投奔大妹妹来双扬。

来双扬坐在床沿上，两手撑在背后，拖鞋吊在脚尖上，睡眠不足的眼睛猩红猩红；她用她猩红的眼睛死剜着哥哥来双元。

来双元和儿子来金多尔，面对来双扬，坐一只陈旧的沙发，父子俩撇着四条腿，尽量把裤裆打得开开的。来双元气咻咻地控诉着老婆小金，语句重复，前后混乱，辞不达意，白色的唾沫开始在嘴角堆积。随着来双元嘴唇的不断活动，白色唾沫堆积得越来越多，海浪一样布满了海岸线。

“扬扬，”来双元最后说，“我知道你要做一夜的生意，知道你白天在睡觉，可是多尔怎么办？我只有来找你。”

来双扬终于眨巴了几下眼睛，开口说话了。

“崩溃！只有来找我？请问，我是这家里的爹还是这家里的妈？什么破事都来找我，怎么不想想我受得了受不了？你是来家的头男长子，凡事应该是你挑大梁，怎么连自己的老婆都搞不定？既然老婆都没有搞定，你割那破包皮干什么？割包皮是为了她好，她不求你，不懂得感恩，你还去割不成？让她糜烂去吧！你这个人做事真是太离谱了！不仅主动去割，还和多尔同一天割，你这不是自讨苦吃是什么？崩溃吧，我管不了你们！我白天要睡觉，晚上要做生意！”

来双扬是暴风骤雨，不说话则已，一开口就打得别人东倒西歪。来双扬的语气助词是“崩溃”。她一旦使用了“崩溃”，事情就不会简单收场。来双扬之所以这般恼怒，除了她的睡眠被打断之外，更因为她根本就不相信来双元的鬼话。小金这女人一贯损人利己，来双元也经常与她狼狈为奸。来家父子一块儿割包皮这种事情，一定是他们事先商量好了的。

来双元结巴着解释说：“本，本来，我是没有打算和多尔一起做手术的。”

来双扬说：“废话。这不是已经做了。”

来双元继续解释：“因为，因为那天遇上的医生脾气好。现在看病，你知道的，遇上一个好脾气的耐心细致的医生多么不容易。既然遇上了，我就不想轻易放过机会。我只是问医生说我可以不可以割，谁知道那个医生热情地说：可以可以，我给你们都做了吧。”

来双扬说：“不做又怎样？危及你的性命了吗？”

来双元说：“我还不是为了小金。你知道，她总说我害了她。她有妇女病，宫颈糜烂了。她又没有少对你唠叨。”

来双扬说：“那又怎么样？‘鸡’们都有糜烂，职业病，难道还能够要求世界上所有的嫖客都事先去割包皮？”

来双元理屈词穷。

来双元低声下气地说：“好吧。事情都这样了，不说了。我错了好不好。让我和多尔在你这里休养两三天，就两三天。”

来双扬恼火透了，说：“真是崩溃！我这里就一间半房。我白天要睡觉，晚上要做生意。下午三点以后要做账，盘存，进货，洗衣服，洗澡，化妆。我吃饭都是九妹送一只盒饭上来，盒饭而已。你说得轻巧，就住几天！谁来伺候你？走吧走吧！”

来双元不走，赖着。他发现了妹妹厌恶眼神的所在，便赶紧用舌头打扫唇线一带的白色唾沫。他狠狠看了儿子几眼，示意来金多尔说话。

来金多尔不肯说话。腼腆少年的喉结刚刚露出水面，小小喉结在脖子上艰难地上下运动着，结果话没有说出来，眼泪倒是快要出来了。男孩子显然羞于在人前流泪，他竭力地隐忍着，脸上的癣一个斑块一个斑块地粉红起来。来双元着急，粗暴推搡着儿子。来金多尔白了他父亲一眼，突然站起身来，冲向房门，小老虎下山一般。

来双扬动若脱兔，比她侄子的动作更快。在来金多尔冲出房门之前，来双扬拽住了他。

来金多尔在来双扬手里倔强地扭动着挣扎着，眼皮抹下，死活不肯与来双扬的视线接触。姑侄俩闷不吭声地搏斗着，就像一大一小两只动物。慢慢地，情况在转变，来双扬的动作越来越柔韧，来金多尔的动作逐渐失去了力量和协调性。一会儿，来双扬将侄子抱进了怀里。

来金多尔的眼泪悄悄地流了下来。

来双扬的眼泪也无声地流了下来。

来金多尔不能走！来金多尔是来家的希望之星。来金多尔今年十岁，读小学四年级，成绩在班级里一直名列前茅，打一手漂亮的乒乓球，唯一的爱好就是阅读，只要是文字，抓到手里都要读。他妈去朋友家打一天麻将，带了来金多尔去，来金多尔在别人家里看了一天的书和报纸。大堆的书报是他节省自己的午饭钱买的，因为那家里没有什么书报。大家都说来金多尔这孩子将来一定了不得。小金自己都很奇怪，说恐怕我们家这只破鸡窝里要出金凤凰了。母亲这一辈子看见字就头晕，儿子却做梦都在看书。小金闹不懂儿子的性格跟谁，因为来双元也不喜欢看书。

只有来双扬知道来金多尔跟谁。来金多尔跟她。来双扬也没有看多少书。一个在吉庆街大排档夜市卖鸭颈的女人，能够看多少书？但是来双扬心里却喜欢书，也知道尊重读书的人。用来双扬的话说，她不是不喜欢读书，是没有福气没有机会没有那个命。

来双扬说来金多尔跟她，这话是有来由的。当年来双扬和小金几乎同时有孕，前后几天生产。来双扬的婴儿因为医疗事故夭折了，她一胸脯的饱满奶水无处流淌；小金的婴儿挺好，她却完全干瘪没有一滴奶水。来金多尔便被抱过来吃来双扬的奶。这一吃，就吃了三个多月。女人的奶水，不是随便可以给人吃的，她奶了谁谁就是她的亲人了；想不是亲人也不成，母爱随着奶水流进血液了。来双扬对来金多尔亲，来金多尔也对来双扬亲，就跟天生的一样。来双扬没有办法，她知道小金不乐意，她也没有办法。就连孩子的“来金多尔”这个名字，也是来双扬给取的，谁听了都说好。

小金自然是没有打算让来双扬替自己的儿子取名的。在儿子还没有出世之前，小金夫妇就给自己的孩子取了名字。孩子一出生就有许多名字在等着他。小金夫妇原本选择了“来毅彤”这个名字，可是在报户口的时候受到了打击，人家问：“叫什么？‘来一桶’？”

“来一桶”是一种桶装方便面的简称，漫天的广告都这么说：来一桶，不止多一点，实惠又好吃！小金夫妇想：这下糟了，这孩子将来上学就有现成的绰号了。那就考虑其他候选名字吧：来潇？来壮？来一帆？大家听了都摇头，都说太普通，太平凡，太容易与别人重复了。大家都说这孩子幸运地摊上了这么一个比较少见的姓氏，那还不取一个非常独特的名字？现在谁不希望自己在世界上独一无二？

小金夫妇想破了脑袋，也没有想出一个受到认可的名字来。还是来双扬的脑子灵活，再加上她对这孩子有着特别的感情，灵感说来就来了。来双扬隆重地推出了“来金多尔”这个名字。这个名字既把父母双方的姓联结在一起了，又利用字面含义给了孩子一个良好的祝愿：来的金子多哇！来金多尔！并且还是四个字的，最新潮最时髦的了，简直像外国人的名字。来双扬把这个名字一说出来，无人不喝彩，无人不叫绝。小金再不懂事，也拒绝不了这么好的名字。所以，来金多尔便叫来金多尔了，简称多尔，非常顺口，非常洋气，像外国人。这孩子吃的是来双扬的奶，用的是来双扬取的名字，又听话，又好学，又亲来双扬，怎么能够让来双扬不把来金多尔当作自己的骨肉呢？更加上来双扬的婴儿夭折了，婚姻也烟消云散了，来双扬怎么能够不把来金多尔当自己的儿子呢？

别管来金多尔脸上的癣斑。癣斑是暂时的。来金多尔是一个长相英俊的小哥儿，一点不像塌鼻子苞谷牙的小金，也不像连自己的唾沫都管不住的来双元。来金多尔的大模样活像他的叔叔来双久，眼睛酷像大姑来双扬。来家的兄弟姐妹四个，大哥来双元和二妹来双瑷相像，大妹来双扬和小弟来双久相像。久久是来家最漂亮的人物，脸庞那个周正，体态那个风流，眼睛那个妩媚，简直是没有办法挑剔的。吉庆街谁都叫他久久，谁都不忍心叫他的全名，因为只有久久叫得出亲昵、爱慕与私心来，久久是爱称。来双扬用自己多年积攒的血汗钱，盘下一爿小店铺，叫做“久久”酒店，送给没有正经职业的久久，让他做老板。可是久久到底还是吸上毒品了。久久进戒毒所三次了。久久的复吸率百分之百。漂亮人物容易自恋，容易孤僻，容易太在乎自己，久久就是这样的一种漂亮人物。久久现在骨瘦如柴，意志消沉，没有固定的女朋友了。指望久久正常地结婚生子，大概只是来双扬的痴心妄想了。现在大家都只能生育一个孩子，来家便只有来金多尔这棵独苗苗了！

用汉口吉庆街的话来说，来金多尔是来双扬的心肝宝贝坨坨糖。任何时候，来双扬都会把来金多尔放在第一位。因此，在父子俩都割了包皮的关键时刻，来双元就把儿子推到第一线了。来金多尔其实已经懂事了。一个小时之前，在医院，来金多尔就与他爸别扭着，他不愿意三点钟之前来敲大姑的门。来金多尔明白来双扬有多么宠爱他，他不想滥用她的宠爱。来金多尔是被父亲强迫的，他的小眼睛里，早就委屈着一大包泪水了。

爱这个东西，真是令女人智昏，正如权力令男人智昏一样。来双扬在瞬间完全变了一个人，一下子就是一个毫无原则毫无脾气的慈母了。来双扬抚摸着来金多尔的头发，不知不觉使用了乞求的语气，她说：“多尔，大姑不是冲你的。你知道大姑永远都不会冲你的。大姑就怕你不来呢。”

来金多尔说：“大姑，对不起。我本来坚持要在三点钟以后来，是爸爸逼我敲门的。”

来双扬说：“好孩子！”

来双扬带来金多尔洗脸去了。她会替来金多尔张罗好一切的。她会让他舒舒服服地躺下，递给他一本新买的书，然后就会替他张罗好吃的和好喝的，亲手端到来金多尔的床头，谁不让来双扬这么做都不行。

事情进行到这里，就算大功告成了。来双元吁出了一口长气，情绪立刻多云转晴天。他调整了一下身体，换了一个比较轻松的姿态，点燃了一支香烟，用遥控器打开了电视机。

电视里面有足球！足球最能缓解割过包皮的难受劲儿，足球也最能够让时间快速地过去，足球就是球迷的故乡。足球太好了！

来双元忽然领悟到了老婆小金的英明。他为什么不应该到来双扬这里休养几天呢？来双扬自己是自己的老板，又不要按时上班打考勤，照顾人起来，时间最灵活了。并且，来双扬居住的是他们来家的老房子，这房子应该有他来双元的份呀。再说了，来双扬既然把来金多尔当成她的儿子，难道她就不应该给他这个做父亲的一点回报吗？再说小金下岗两年了，基本生活费连她自己吃饭都不够，而来双扬在吉庆街做了十好几年了，有一家“久久”酒店，自己还摆了一副卖鸭颈的摊子，脖子上戴着金项链，手指上戴着金戒指，养着长指甲，定期做美容，衣服总是最时髦的，吃饭是九妹送上楼。盒饭？自己餐馆里聘请的厨师做的盒饭，还会差到哪里去？来双元非常乐意吃这种盒饭，还非常乐意让九妹送上楼。九妹从乡下来汉口好几年了，丑小鸭快要变成白天鹅了，她懂得把胸脯挺高，把腹部收紧了，还懂得把眉毛修细，把目光放开了。九妹有一点城市小姐的模样了。九妹是做不成久久的老婆的。久久不吸毒也不会娶九妹。有多少小富婆整夜泡在吉庆街，以期求得久久的青睐，久久是吉庆街的青春偶像，大众情人，光靠飞吻就可以丰衣足食，他怎么会傻到娶一个乡下打工妹呢？港星刘德华四十岁了都还继续塑造着金牌王老九的形象，以便大家想入非非，久久绝对不比刘德华差啊！既然九妹不可能是久久的老婆，那么九妹便是可以让大家实行共产主义的。自己家餐馆里雇的丫头，给大哥送送饭，让大哥看一看，摸一摸，这不是现成的吗？小金真是对的。这小娘们真不愧商贩世家出身，真正的城市人，为家里打一副小算盘，打得精着呢！来双元可要懂得配合老婆啊，他们要默契地过日子啊，能够为自己的小家庭节省一点就节省一点。大家不都是这么在过吗？不杀熟杀谁？哪一户人家，面子不是温情脉脉的，可实质上呢？不都是打着自己的小算盘。来双元又不是傻子。

人人都说来双扬厉害。来双扬厉害什么？来双扬不就是那张嘴巴厉害吗？来双元太了解他的大妹妹来双扬了，典型的刀子嘴，豆腐心。只要厚着脸皮赖着，顶过她那一阵子的尖酸刻薄，也就成了，来双扬从来都绝对不好意思亏待自己的亲人的。反正是自己的亲妹妹，又不是外人，让她刻薄一下无所谓，只要有利可图。

再说，来双扬为什么就不能够帮帮自己的哥哥呢？不就是割了包皮有几天行动不方便吗？一个男人有几只包皮？不就是一只吗？一个男人一生不也就是割一次包皮吗？难道来双元还会老来麻烦她？这个来双扬，也不深入地想想，也真是太不像话了。

这一次，来双元在汉口吉庆街来家的老房子里，住定了。

## 二

来双扬的夜晚是一般人的白天，她的白天是一般人的夜晚。说不清为什么来双瑗到了现在，也还闹不懂来双扬这种黑白颠倒的生活。闹不懂嘛，罢了也好，可是来双瑗偏偏喜欢管闲事。来双瑗特别喜欢管闲事，开口闭口要兼济天下，其实她连天下为何物都闹不清楚。这让来双扬怎么办才好呢？

在吉庆街，来双扬的一张巧嘴，是被公认了的。只有她的妹妹来双瑗不服气。来双瑗读了一个中专之后又读了成人自学高考的大专，学的是广播专业，出落了一口比较纯正的普通话。所到之处，来双瑗总是先声夺人。有事没事，来双瑗都会找一个话题大肆争辩。有时候，她会把大家搞得莫名其妙，以为她的性格就是如此偏激。其实来双瑗并不是为了表现她性格的偏激，而是为了表现她的机智和雄辩。来双瑗常常在公开场合出口伤人之后，背地里又去低声下气地求和。久而久之，来双瑗的目的也达到了，大家觉得来双瑗还是一个很好的人，就是有一张雄辩的利嘴。姐姐来双扬，与谁说话都占上风，唯独就怕妹妹来双瑗。来双瑗为此，一直暗自得意。她认为，她的姐姐，说是嘴巧，不过就是婆婆妈妈，大街小巷的那一套俗话罢了。然而在来双扬这里呢，她是一点都不想与妹妹争高低的。来双瑗是她的亲妹妹，是她一手带大的，与她争什么山高水低？再说，来双瑗一直都有一点生瓜生蛋的，人情世故总也达不到圆熟通透的地步，世界上的道理，没有来双瑗不懂的，可现实生活中的道理，来双瑗没有一条是懂的。比如来双瑗居然就是不懂来双扬的生活方式。来双扬简直懒得与来双瑗说话。

可是，来双瑗就是要与来双扬说话。这不，来双瑗又找到来双扬了。

来双瑗最近在酝酿一次大动作。在大动作之前，来双瑗觉得她必须找姐姐好好地谈一次。来双瑗质询和规劝姐姐说："扬扬，其实现在的人生已经有好多种选择了，我始终不明白，你干吗一定要过这种不正常的生活？"

来双扬瞅着妹妹，翘起眉梢，半晌才开口，她懒洋洋地说："瑗瑗啊，你几岁了？你装什么糊涂呢？"

来双瑗激昂地说："我没有装糊涂，是你在装糊涂！"

来双扬说："崩溃！"

来双扬这里的"崩溃"表达一言难尽的感叹。她不再说话了。她懒得说话了。她不知道对妹妹说什么才好。

来双瑗却是不肯放过姐姐的。她得挽救她的姐姐。来双瑗目前受聘于一家电视台的社会热点节目，她正在筹备曝光吉庆街大排档夜市的扰民问题。她不希望到时候她姐姐的形象受到损害。来双扬为什么就不能另找一种职业呢？像来双瑗，她的个人档案和工作关系都还留在远郊的兽医站，可她已经跳槽了十余家单位了。现在的社会，就是已经有好多种人生选择了，一个人大可不必非得死盯在一个地方，死做一件事情。像来双瑗，十年前就放弃了兽医职业，一直应聘于各种新闻媒体，做了好几次惊世骇俗的报道。十年的历练下来，来双瑗在本市文化界树立了独特的个人形象。这不是很成功吗？来双扬为什么就看不到她的成功呢？近年来，甚至有著名的评论家，评价来双瑗有鲁迅风格。如此，来双瑗便是不会容忍姐姐来双扬的沉默的。

来双瑗下意识地摹仿着鲁迅的风格说话，她眉头紧紧挤出一个“川”字，沉痛地说：“扬扬，我想推心置腹地告诉你，我是你的亲妹妹，我非常非常地爱你。但是，我实在不能够理解和接受你现在的生活方式，在吉庆街卖鸭颈，一坐就是一夜，与那些胡吃海喝猜拳行令的人混在一块儿，有什么意义？‘久久’完全可以转租给九妹或者别人。吉庆街的房子产权问题，也不是说非得要住在吉庆街才能够得到解决。老房子的产权问题是一个非常复杂的问题，牵涉到一系列的国家政策，几十年的旧账了，不是一朝一夕可以解决的。难道我就不想要回老祖宗的房产吗？No！只是我没有那么幼稚，这不是三天两头找找房管所，房管所就可以解决的事情。OK？”

来双扬抢白说：“难道要找江泽民？”

来双瑗说：“你这就太不严肃了。反正靠你赖在吉庆街住着，跑跑房管所，肯定是不管用的。好了，这件事情倒是次要的，我们国家的历史上发生了太多的社会变革，房产问题也不是我们来家一家人的问题，是一个历史问题，我们暂时不要去管它了。关键的是，扬扬，我真的要动吉庆街了。现在你们的吉庆街大排档太扰民了。我收到的周边居民的投诉，简直可以用麻袋装。你们彻夜不睡觉，难道要居民们也都彻夜不睡觉？你们彻夜地油烟滚滚，难道让周边居民也彻夜被油烟熏着？你们彻夜唱着闹着，难道也要周边居民彻夜听着？”

来双扬说：“来双瑗！你这话我的耳朵都听出茧子来了。是的是的是的，吉庆街夜市与居民是一个矛盾，可是我解决不了！你这话得去说给市长听！市长市长市长！我说过一百次了，真是崩溃！”

来双瑗站起来把手挥动着：“扬扬，我讨厌你说‘崩溃’！你这个人怎么就这么糊涂！我是在替你着想，在说你呢！你退出这种生活就不行吗？你从自己做起就不行吗？你不和卓雄洲眉来眼去就找不到其他的男朋友吗？你害久久害得还不够吗？如果不是在吉庆街混，他会吸毒？你为什么非得日夜颠倒，非得甘于庸俗，甘当小市民呢？像我一样搬到市郊新型的生活小区去，拥有自己的书房，生活不就高雅起来了吗？”

来双扬哼地冷笑了一声，说：“布置了一个书房就高雅了？生瓜蛋子！难道你不知道你姐姐我本来就是从小市民的娘胎里爬出来的吗？”

来双瑗连忙说：“对不起，扬扬，我今天太激动了，有一些话可能说重了，比如久久，我知道你对他感情最深，照顾最多，但是你的感情太糊涂太盲目了。作为你的妹妹，也许我不要动吉庆街得好，可是我的职业我的良心我的社会责任感，使我不能不做我应该做的事情。我要警告你的是，我们的热点节目，会促使政府取缔你们的。到时候，我会非常痛苦的，你知道吗？”

来双扬点了一支香烟，夹在她的长指甲之间，白的香烟，红的指甲，满不在乎的表情，慵懒的少妇。她说：“崩溃呀，我是害了久久，我是和卓雄洲眉来眼去。你动吉庆街吧。吉庆街又不是我的。吉庆街又不是没有取缔过的，而且还不止一次。你动吧动吧。”

来双瑗说：“姐姐啊，我真是不明白。我们现在完全可以和吉庆街脱离关系了呀！”

来双扬不说话了，侧身卧下，姿态更加慵懒，眯起眼睛迷迷地吸烟。

来双瑗是不会慵懒的。来双瑗穿着藏青色的职业套裙，披着清纯的直发，做着在电视主持人当中正在流行的一些手势。来双瑗说：“扬扬啊，既然你这么固执，这么不真诚，那我就不多说了。你好自为之吧。我实在闹不懂，吉庆街，一条破街，有什么好的呢？小市民的生活，到底有什么好的呢？”

来双扬对着天空弹了弹她修长的指头，她举双手投降，她连她的语气词“崩溃”都不敢说了。来双扬说：“行了行了，我怕你好不好？我天不怕地不怕，就怕妹妹来谈话。”

来双扬怎么回答妹妹的一系列质问呢？来双瑗所有的质问只有主观意识，没有客观意识，脑子里所有的问题都没有想透，却还有强烈的教导他人的欲望，这下可真是把来双扬累着了。

我的天，来双扬没有认为吉庆街好，也没有认为小市民的生活好。来双扬没有理论，她是凭直觉寻找道理的。她的道理告诉她，生活这种东西不是说你可以首先辨别好坏，然后再去选择的。如果能够这么简单地进行选择，谁不想选择一种最好的生活。谁不想最富有，最高雅，最自由，最舒适，等等，等等。人是身不由己的，一出生就像种子落到了一片土壤，这片土壤有污泥，有脏水，还是有花丛，有蜜罐，谁都不可能事先知道，只得撞上什么就是什么。来双扬家的所有孩子都出生在吉庆街，他们谁能够要求父母把他们生到帝王将相家？

现在来双瑗选择生活很起劲，可是这并不表示命运已经接受了她的选择。兽医站的公函，还是寄到吉庆街来了。人家警告说：如果再继续拖欠原单位的劳务费，原单位便要将来双瑗除名。来双瑗可以傲慢地说："不理他们！"现在来双瑗是电视台社会热点的特约编辑，胸前挂着出入证自由地出入电视台，有人吹捧她是女鲁迅，她的自我感觉好得不得了，才懒得去理睬她的兽医站。来双扬却不可以这样，来双扬得赶紧设法，替妹妹把劳务费交清了。来双扬非常明白：来双瑗现在年轻，可她将来肯定是要老的；来双瑗现在健康，可是她肯定会有个头痛脑热的。花无百日红，人无千日好。手里有粮，心里才不慌。来双扬对于将来的估计可不敢那么乐观。现在来双瑗到处当着特约特聘，听起来好听，好像来双瑗是个人才，人家缺她不可。来双瑗可以这么理解问题，来双扬就不可以了，她要看事情的本质，事情的本质就是：这种工作关系松散而临时，用人单位只发给特聘费或者稿费，根本不负责其他社会福利。如果兽医站真的将来双瑗除了名，那么来双瑗的养老保险、公费医疗、住房公积金等社会福利都成问题了。来双瑗学历低，起点低，眼睛高，才气低，母亲早逝，父亲再婚，哥哥是司机，姐姐卖鸭颈，弟弟吸毒，一家不顶用的普通老百姓，而且祖传的房产被占久不归还，自己又是日益增长着年龄的大龄女青年，在竞争日益激烈的今天，到吉庆街跑新闻的小伙子貌不惊人，可人家都是博士生。来双瑗将来万一走霉运，来双扬不管她谁管她？

来双扬不在吉庆街卖鸭颈？她去做什么？卓雄洲追求她，买了她两年的鸭颈，她不朝他微笑难道朝他吐唾沫？

来双扬实在懒得对来双瑗说这么多话。况且有许多话，是伤害自尊心的，对于敏感高傲又脆弱的来双瑗，尤其说不得。说来双扬是一张巧嘴，正是因为她知道哪些话当说，哪些话不当说；什么话可以对什么人说，什么话不可以对什么人说。再怎么的，来双瑗也是她的亲妹妹，从小没有娘的孩子，来双扬不能什么话都对她说。伤人的东西，除了刀枪，就数语言了。来双扬自然要挑着话说，要不，她的生意会一直做得那么好？

来双瑗实在是让来双扬伤脑筋，正因为她这么个德性，男朋友总也处不长，将来到底嫁不嫁得出去呢？其实只要是人，便有来历，谁都不可能扑通一声从天上掉到自己喜欢的地方。来双瑗是逃不出她自己的来历的，她一直竭力地要从那发黄的来历里挣脱出去，那也情有可原，可是一个人万万不要失去对这来历的理解能力呀！

现在的吉庆街，一街全做大排档小生意。除了每夜努力挣一把油腻腻的钞票之外，免不了喜欢议论吉庆街的家长里短、典故传说。对于那些蛰伏在繁华闹市皱褶里的小街，家长里短、典故传说就是它们的历史，居民们的口口相传就是它们的博物馆。在吉庆街的口头博物馆里，来家的故事是最古老的故事之一。

吉庆街原本是汉口闹市区华灯阴影处的一条背街。最初是在老汉口大智门城门之外，是云集贩夫走卒、荟萃城乡热闹的地方。上一个世纪初，老汉口是清朝改革开放的特区，城市规模扩展极快，吉庆街就被纳入城市了。那时候正搞洋务运动，西风盛行，城市中心的民居，不再是传统的样式；而是顺着街道两边，长长一溜走过去，是面对面的两层楼房了。这两层楼房的每个房间，都有雕花栏杆的阳台；每扇窗户的眉毛上，都架设了条纹布的遮阳篷；家家户户的墙壁都连接在一起，起初两边的人家，说话都不敢大声，后来才发现，这种新型的居室比老房子还要隔音；妙龄姑娘洗浴过后，来到阳台上梳头发，好看得像一幅西洋油画，引得市民都来这里散步看风景。来双扬的祖父，也就是在那个时候赶时髦，购买了吉庆街的六间房子。

来双扬的祖父不能算是有身世的人，他是吉庆街附近一洞天茶馆的半个老板，跑堂出身，勤劳致富了，最多算个比较有钱的人。真正有身世的人，真正有钱的人，不久还是搬走了。花园洋房，豪宅大院的价值和魅力都是永恒的，公寓毕竟是公寓。何况像吉庆街这种最早的，不成熟的，土洋参半的公寓，随着社会的变迁，历史的进步，衰落得也很快。最终在吉庆街居住下来的，还是普通的市民。当楼房开始老化和年久失修的时候，居民的成分便日益低下，贩夫走卒中的佼佼者，也可以买下一间两间旧房了。过气的名妓，年老色衰的舞女，给小报写花边新闻的潦倒文人，逃婚出来沦为暗娼的良家妇女，也都纷纷租住进来了。小街的日常生活里充斥着争吵，呻吟，哭诉和詈骂。被逼仄的街道挤兑出来的尖利的回旋风，永远躲在吉庆街的角落里，向大街吹送路人的口水，半残的胭脂盒，污烂的粉扑和一团团废弃的稿纸。

这样的小街是没有什么大出息的，只不过从中活出来的人，生命力特别强健罢了。来双扬就是吉庆街一个典型的例子。来双扬十五岁丧母，十六岁被江南开关厂开除。那是因为她在上班第一天遇上了仓库停电，她学着老工人的做法用蜡烛照明。但是人家老工人的蜡烛多少年都没有出问题，来双扬的蜡烛一点燃，便引发了仓库的火灾。来双扬使国家和人民财产遭受了巨大损失，本来是要判刑的。结果工厂看她年幼无知，又看她拼命批判自己，跪在地上哀求，便只是给了她一个处分：除名。在计划经济时代，除名，对于个人，几乎就是绝境了。顶着除名处分的人，不可能再有单位接受。没有了再就业的机会和权利，几乎等同于社会渣滓。来双瑗的父亲来崇德，一个老实巴交的教堂义工，实在不能面对来双扬、来双瑗和来双久三张要吃饭的嘴，再婚了。一天夜里，他独自搬到了寡妇范沪芳的家里，逃离了吉庆街。那时候，来双瑗刚读小学，来双久还是一个嗷嗷待哺的幼儿。于是，在一个饥寒交迫的日子里，来双扬大胆地把自家的一只小煤球炉子拎到了门口的人行道上。来双扬在小煤球炉子上面架起一只小铁锅，开始出售油炸臭干子。

来双扬的油炸臭干子是自己定的价格，十分便宜，每块五分钱，包括提供吃油炸臭干子简易餐具以及必备的佐料：红剁椒。流动的风，把油炸臭干子诱人的香味吹送到了街道的每一个角落，人们从每一个角落好奇地探出头来，来双扬的生意一开张就格外红火。城管、市容、工商等有关部门，对于来双扬的行为目瞪口呆。来双扬的行为到底属于什么行为？他们好久好久反应不过来。

来双扬是吉庆街的第一把火。是吉庆街有史以来，史无前例的第一例无证占道经营。安静的吉庆街开始热闹，吃油炸臭干子的人，从武汉三镇慕名而来。来双扬的油炸臭干子生意，迅速地扩大，十几张小桌子，摆上了吉庆街。来双扬用她的油炸臭干子养活了她和她的妹妹弟弟。可是来双扬的历史意义远不在此，有关史料记载，来双扬是吉庆街乃至汉口范围的第一个个体餐饮经营者。自来双扬开始，餐饮业的个体经营风起云涌，吉庆街改革开放的新时代由此开始。用来双元的老婆小金的话说：来双扬是托了邓小平的福。如果不是邓小平搞改革开放，来双扬胆量再大，也斗不过政府。

总而言之，在吉庆街，来双扬是名人。来双扬是吉庆街最原始的启蒙。来双扬是吉庆街的定心丸。来双扬是吉庆街的吉祥物。

来双扬是吉庆街的成功偶像。虽说来双扬只卖鸭颈，小不丁点儿的生意。但是她的小摊一直摆在吉庆街的正中央，并且整条街道就她一个人专卖鸭颈，没有别的人敢与她争夺生意。并且这种高规格的待遇和地位都不用来双扬自己索要，她不用说什么，不用与人家争吵和抢夺地盘。但凡新来做生意的，都会受到地头蛇的警告。间或有血气方刚的愣头青企图挤走来双扬的小摊，老经营户们全都不答应，老食客们也全都不答应。想要动粗的人，也不是没有，只是还没有来得及动粗，自己就先流血了。最后还须来双扬点个头，说：“饶了他吧。”这就是偶像的待遇。众人对来双扬的尊重和维护是自觉的，无须来双扬付出什么。来双扬以她的人生经验来衡量，她认为这就是世界上最来之不易的东西了。

来双扬的鸭颈十块钱一斤，平均一个晚上可以卖掉十五斤。假如万一卖不动，到了快打烊的时候，就会有卓雄洲之类的男子汉出面，将鸭颈全部买走。

来双扬不在吉庆街做，她在哪里做？

来双扬不在吉庆街居住，来双元父子割了包皮怎么办？哪里会有这么好的条件，两个大活人的一日三餐，都有九妹免费送上楼来？难道来双扬真的可以不管来双元父子？她不能！

## 三

来双瑗的社会热点节目，动到吉庆街的头上，吉庆街大排档很可能再一次被取缔。这一点来双扬丝毫不怀疑。来双扬自己也坦率地承认，吉庆街实在太扰民了。彻夜的油烟，彻夜的狂欢，彻夜的喧闹，任谁居住在这里，谁都受不了。整条街道完全被餐桌挤满，水泄不通，无论是不是司机，谁都会因为交通不方便而有意见。可是，来双扬有什么办法呢？就像她说的，她又不是市长。如果她是市长，大约她就要考虑考虑，对于吉庆街夜市大排档，光有取缔是不够的。还要有什么？来双扬就懒得去想了，因为她不是市长，她要操心她自己和他们来家的许多许多事情。

即便是吉庆街被取缔，来双扬也不着急。取缔一次，无非她多休息几天而已。前年夏天的取缔，已经是够厉害的了。出动的是政府官员，戴红袖标的联防队员，穿迷彩服的防暴武装警察和消防队的高压水龙头。吉庆街大排档，不过四百米左右的一条街道，取缔行动一上来，瞬间就被横扫。满满一街的餐桌餐椅，顿时东倒西歪，溃不成军。卖唱的艺人、擦皮鞋的大嫂、各种身份的小姐纷纷抱头鼠窜。没有执照的厨师，早就从灶间狭小油腻的排风扇口爬了出去，连工钱也顾不得要了。来双扬从来不与取缔行动直接对抗。她呆在自己家里，坐在将近一百年的阳台上，抓一把葵花子嗑着，从二楼往下瞧着热热闹闹的取缔过程。她眼瞅着“久久”酒店被贴上封条，眼瞅着她卖鸭颈的小摊子被摔坏，来双扬真是一点不着急。因为战斗毕竟是战斗，来势凶猛但很快就会结束。在取缔结束之后的某一个夜晚，在居民们好不容易获得的安睡时刻，卖唱的艺人，擦皮鞋的大嫂，自学成才的厨师，各种小姐等等，又会悄悄地潜了回来。啤酒开瓶的声音，“砰”的一声划破夜的寂静，简直可以与冲动的香槟酒媲美。

转瞬间，吉庆街又红火起来，又彻夜不眠，又热火朝天，整条街道，又被新的餐桌餐椅摆满。南来北往的客人，又闻风而来，他们吃着新鲜的便宜的家常小炒，听着卖唱女孩的小曲或者艺校长头发小伙子的萨克斯，餐桌底下的皮鞋被大嫂擦得油亮，只须付她一元钱。卖花的姑娘是宁静的象征，缓缓流动的风景，作为节奏，点缀着吉庆街的紧张的胡闹；她们手捧一筐玫瑰，布衣长裙，平底灯芯绒布鞋，两条刻意复古的辫梢垂在胸口，眼神定定的纯纯的，自顾自地坚持一种凄楚又哀怜的情调；这情调柔弱但却坚韧，不在乎穿梭算卦的巫婆，不在乎说荤段子的老汉和拍立时得快照的小伙子；也不在乎军乐队吹奏得惊天动地、二胡的"送公粮"拉得欢快无比和"阿庆嫂"的京剧"斗智"唱得响彻云霄；她们移动的方向只受情歌的暗示和引导：

"九妹九妹，可爱的妹妹……"

"妹妹你坐船头，哥哥在岸上走……"

"你到底有几个好妹妹？为何每个妹妹都这么憔悴？"

"已经牵了手的手，来生还要一起走……"

"对面的女孩看过来，看过来看过来……"

"爱就一个字，我只说一次……"

情歌是一条无际的河流，说它有多长它就有多长；有多少玫瑰花，也是送不够的。

还有另外的一种歌，表现吃客的阶级等级：

"月儿弯弯照九州，几家欢乐几家愁，几家高楼饮美酒，几家流落在呀嘛在街头。"

"手拿碟儿敲起来，小曲好唱口难开，声声唱不尽人间的苦，先生老总听开怀。唉唉唉……"

只要五元钱，阶级关系就可以调整。戴足金项链的漂亮小姐，可以很乐意地为一个脸色黢黑的民工演唱。二十元钱就可以买哭，漂亮小姐开腔就哭。她们哀怨地望着你，唇红齿白地唱道："人家的夫妻团圆聚啊，孟姜女，她的丈夫却修长城哪……"漂亮小姐一边唱一边双泪长流，倒真的是可以在那么一阵子，把你的自我感觉提高到富有阶级那一层面。

吉庆街大排档就是这样，野火烧不尽，春风吹又生。一次又一次，取缔多少次就再生多少次。取缔本身就是广告。每次取缔，上万的人挤满大街看热闹。第二天，上万张嘴巴回去把消息一传，吉庆街的名气反而更大了。天南海北的外地人，周末坐飞机来武汉，白天关在宾馆房间睡大觉，夜晚来吉庆街吃饭，为的就是欢度一个良宵。吉庆街实际上已经不仅仅是一个吃饭的大排档了。在吉庆街，二十元钱三十元钱，也能把一个人吃得撑死；菜式，也不登大雅之堂，就是家常小炒，小家碧玉邻家女孩而已。在吉庆街花钱，主要是其他方面，其他随便什么方面。有意味的就在于"随便"两个字，任你去寻找，任你去想象。吉庆街是一个鬼魅，是一个感觉，是一个无拘无束的飘泊码头；是一个大自由，是一个大解放，是一个大杂烩，一个大混乱，一个可以睁着眼睛做梦的长夜，一个大家心照不宣表演的生活秀。

这就是人们的吉庆街。

卓雄洲，一位体面的成功男士，在某一个夜晚，便装前来，仅仅花了五十元钱，就让一个军乐队为他演奏了十次打靶歌。卓雄洲再付五十元，军乐队便由他指挥了，又是十次打靶歌。卓雄洲请乐队所有乐手喝啤酒，大家一起疯狂，高唱："日落西山红霞飞，战士打靶把营归，树上红花映彩霞，愉快的歌声满天飞，咪嗦呐咪嗦，呐嗦咪哆来，愉快的歌声满天飞，一，二，三——四！”这个在军营里度过了人生最可留念的青春时光的中年人，现在每天必须西装革履正襟危坐，办公室设在豪华的高层写字楼，要到专门的吸烟区才能够吸烟；要礼貌地对在场的小姐女士说：“我可以吸烟吗？”这才够绅士和够风度。卓雄洲来到吉庆街，嘴角叼着香烟，放开嗓门大喊“一，二，三——四！”该是多么舒畅和惬意。那夜，卓雄洲在“久久”酒店喝得酩酊大醉，一眼看上了来双扬，把来双扬的鸭颈全部买了下来。

那夜，恰巧有月亮。起初，来双扬试图与卓雄洲对视。经过超长时间的对视之后，来双扬没有能够成功地逼退卓雄洲，来双扬只好撤退。来双扬从卓雄洲强大的视线里挣脱出自己的目光，随意地抬起了头。就是这个时刻，来双扬看见了天空的一轮满月。那满月的光芒明净温和，纯真得与婴儿的眸子一模一样，刚出生的来金多尔是这样的眼睛，幼年的久久也曾经拥有这样的眼睛。来双扬从来没有在吉庆街看见过这轮月亮。浮华闹市是不夜天，从来没有这样的月亮。这月亮似乎是为了来双扬的目光有所寄托，才特意出现的。这是恋爱情绪支配下的感动。来双扬的心里莫名其妙地翻涌着一种温暖与诗意。尽管来双扬不可能被卓雄洲一眼就打倒，可她不能不被月亮感动。来双扬毕竟是女人，被人爱慕是女人永远的窃喜，以及所有诗意的源泉。

“久久”酒店是来双扬送给弟弟来双久的，久久是老板，来双扬是经理。十来平方的小餐馆，什么经理？帮着张罗就是了。久久长成了一个英俊小伙子，葡萄黑眼，英雄剑眉，小白脸，身边美女如云。久久喜欢穿梦特娇丝质T恤，把手机放在面前，端一把宜兴紫砂茶壶，无所事事的模样，小口小口抿茶，眼睛遇上了姐姐来双扬，就对她贴心贴肺地一笑，这种笑，久久只给来双扬一个人，谁都不给，对他再好的女人也不给。吉庆街的空气中有一条秘密通道，专门传递来双扬姐弟的骨肉深情。

这就是来双扬的吉庆街。

来双扬早先是吉庆街的女孩，现在是吉庆街的女人。吉庆街这种背街没有什么大出息，真正有味道的女人也出不了几个。民间的女子，脸嘴生得周正一些的，也就是在青春时期花红一时。青春期过了，也就脏了起来，胳膊随便挥舞，大腿随便岔开，里头穿着短短的三角内裤，裙子也不裹起来，随便就蹲在马路牙子边刷牙，春光乍泄了自己还浑然不觉。来双扬和来双瑗，原先倒也是这般的状况，一点廉耻不懂，很小就蹲在马路牙子边刷牙。后来来双瑗一读书，就乖了起来，懂得羞涩了，憎恨起吉庆街来了。来双扬这方面的知识，来得比她妹妹晚多了。来双扬卖油炸臭干子的时候，还不懂得女人的遮掩，里头不戴乳罩，穿一件领口松弛的衬衣，不时地俯下身子替吃客拿佐料，任何吃客都可以轻易地看见她滚圆的乳房。反而到了后来，来双扬也没有离开吉庆街，却逐渐出落得有味道起来了。到吉庆街吃饭的男人，毛头小伙子，自然懵里懵懂，只看年轻的卖花姑娘、穿超短裙的跑堂小姐和浓妆艳抹的陪吃女郎。可是只要是有一点年纪的男人，经过一些风月的男人，最后的目光总是要落到来双扬这里。

来双扬现在很有风韵。来双扬静静地稳坐在她的小摊前，不咋呼，不吆喝，眼睛不乱睃，目光清淡如水，来双扬的二郎腿跷得紧凑伏贴，虽是短裙，也只见浑圆的膝盖头，不见双腿之间有丝毫的缝隙。来双扬腰收着，双肩平端着，胸脯便有了一个自然的起落，脖子直得像棵小白杨。有人来买鸭颈，她动作利索干脆，随便人挑选，无论吃客挑选哪一盘，她都有十二分的好心情。钞票，她也是不动手去点收的，给吃客一个示意，让吃客自己把钞票扔在她小摊的抽屉里，如果要找零，吃客自己从抽屉里找好了。来双扬的手不动钞票。来双扬就是一双手特别突出，人的青春期是早已过去了，手们却依然线条流畅，修长白嫩。现在，来双扬懂得手的美容了，进口的蜜蜡，八十块钱做一次，她也毫不犹豫。她为这双手养了指甲，为指甲做了水晶指甲面，为夹香烟的食指和中指各镶了一颗钻石。当吉庆街夜晚来到的时候，来双扬出摊了。她就那么坐着，用她姣美的手指夹着一支缓缓燃烧的香烟。繁星般的灯光下，来双扬的手指闪闪发亮，一点一滴地跃动，撒播女人的风情，足够勾起许多男人难言的情怀。

卓雄洲最初就是被来双扬的手指吸引过去的。

来双扬在吉庆街的一大群女人中间，完全是鹤立鸡群。吉庆街一般的女人，最多也就是在出门之前，把头发梳光溜一点，把脸洗干净一点，穿上一身新款衣裳。连她们自己家的男人，也都埋怨自己的女人："做什么生意呀，弄得像一个去铁路上捡煤渣的婆子！没有吃过肉，也看见过猪在地上走吧？学学人家来双扬啊！"

来双扬是好学的吗？女人的风韵，难道就是一件两件新衣服穿得来的吗？太不是了。一个女人，事业又成功，风韵又十足，所以说，也就活该来双扬生意兴隆，活该来双扬独自卖鸭颈了。来双扬作为吉庆街的偶像，谁心里都无法不服气的，都暗暗地想：我操！

这女人，跟妖精一样，真把她没有办法！

来双扬青春正好的时候还是邋里邋遢的，能够在吉庆街修炼出这么一番身手，也亏了她的悟性好。来双瑗早早逃离吉庆街，还比来双扬年轻十岁，也不就会长裙套装披肩发扮演清纯？女人二十五岁一过，说你清纯那就是骂你了；清纯就跟人体的某些器官一样，比如胸腺，那都是要随着年龄的成熟而必然消失的东西，不消失就是有毛病了。来双瑗却不懂这些，长年坚持披肩发。披肩发也不是随便的年龄和随便什么头型都能够采用的，来双瑗的额发生得那么低，头发质量枯瘦如麻，也舍不得花钱做发膜，怎么就可以让它随风飘舞呢？这种随风飞舞的模样不就是一个小疯婆子吗？来双扬心里明白来双瑗为什么总是站在她的对立面，总是批评她和教导她，与她无休止地斗气；因为来双扬是太招男人喜欢了。太招男人喜欢的女人很容易引起同类的嫉恨，这种嫉恨是天生的，本能的，隐私的，动物的，令自己羞恼的，死活都不肯承认的，一定要寻找另外的冠冕堂皇的理由来攻击她的，哪怕是姐妹呢，也不例外。来双扬对妹妹的攻击只有一笑了之。不一笑了之怎么办？来双瑗听不得来双扬评价她的举止行为和穿着打扮，一意孤行地清纯着。一个卖鸭颈的女人，知道什么！有什么审美修养！来双瑗比她姐姐有文化啊。

来双扬对来双瑗所谓的文化嗤之以鼻。她心里说：做人都没有做相，还做什么文化人。来双扬不是什么大人物，拥有的是自己的文化，但她懂得如何珍惜成就感。活得像不像一个人，就是来自于成就感的。大人物的成就感来得还容易一些，因为他们欺世盗名很方便；卖鸭颈的来双扬取得一点成就，实在太不容易了。来双扬只能在吉庆街拥有成就感，所以来双扬是不会离开吉庆街的，就算过日夜颠倒的生活，那有什么关系呢？就算来双瑷的社会热点节目再次调动了防暴队，那又有什么关系呢？

## 四

来双扬有一个理想，很简单，那就是：她的全部生活就只是卖鸭颈。

在灯光灿烂的夜晚，来双扬光鲜地，漂亮地，坐在吉庆街中央，从容不迫地吸着她的香烟，心里静静地，卖鸭颈。

可是，来双扬的理想几乎没有实现的可能性。生活不可能只是单纯地卖鸭颈。卖鸭颈只是吉庆街的一种表面生活，吉庆街还有它纵横交错的内在生活。

这不，来双元已经在来双扬这里住了一个星期了。来金多尔三天以后就上学了，蹦蹦跳跳的。来双元却依然叉开两条腿，装着很痛苦的样子，继续休病假。原先说好在来双扬这里休养两三天的，一个星期过去，来双元还没有离开的意思。小金人没有来，电话也没有来。这就不对劲了。来双元是一个有家有口有老婆有工作单位的正常人，怎么可以在妹妹这里一住就是一个星期？怎么可以白吃白喝白要人伺候一个星期？来双扬感觉事情不对劲了。

来双扬在吉庆街长大，在吉庆街打出江山来，她就绝对不是一盏省油的灯。来双元是她的哥哥，哥哥做事情也不能这么没谱的。来金多尔上学以后，来双扬就知道哥哥也基本恢复了。不过来双扬还是继续容留着来双元父子。来双扬等待着哥哥自己开口。过了一个星期，来双元没有开口的迹象，反倒越住越起劲了。来双扬夜晚卖鸭颈并不轻松，看她消消停停地坐在那儿，眼睛冷冷地定着，心里的事情却在翻腾。她得琢磨如何对哥哥开口。这个口其实是不好开的，哥哥一定会难过，也一定会难堪，会觉得她这个妹妹太小气了。来双扬还不好直截了当地说哥哥与小金有默契，人家夫妻之间的默契，你没有证据，不能瞎说的。说得不好，前功尽弃，你伺候了他，招待了他，最后还欠了他的人情。来双扬想着想着，心里徒生委屈：这做人，怎么这么苦啊！

纵然心里有千般委屈万般烦恼，事情总归是要处理的。正好九妹过来，说她绝对不再给来双元送饭了。来双扬瞪九妹一眼，说："你不送饭谁送？"

九妹不送饭谁送？吉庆街白天不做生意，就跟死的一样。"久久"酒店，便只有九妹一个人。晚上蝴蝶一般穿梭飞舞的姑娘，都是临时工，她们黄昏才来，九妹给她们每人扎一条"久久"的花边围裙，跑起堂来，显得人气升腾。其实来双扬真正能够使唤的，也就是九妹一个人。"久久"酒店自然还有一个厨师。厨师不送饭。虽说吉庆街的厨师没有执照没有文凭没有级别，炒菜也还是有一套的，蔬菜倒进铁锅里，也是要噗的一声冒起明火来的。所以行内也形成了规矩，厨师一般不离开灶台；离开灶台，要么是下班了，要么就得加工钱。九妹也曾央求过厨师给来双元送饭，厨师哪里肯送？吉庆街没有这个规矩的！

一般情况下，来双扬瞪了九妹，九妹就会从了。这一次九妹没有服从来双扬。九妹没有表情地说："反正我不送。"

来双扬再看一眼九妹的脸色，立刻就明白了。来双扬问："告诉我，来双元怎么你了？”

九妹眼皮往下一耷拉，半晌才说：“怎么也没有怎么。”

半晌九妹又加了一句：“反正我死也不给他送饭。”

来双扬心里有数了。她安抚地拍了一把九妹的臀部，说：“干活去吧。”

来双扬找到与哥哥开口的由头了。

来双扬进屋就直奔电视机遥控器，抓住它就把电视机关了。来双元在来双扬这里居住的一个星期，来双扬的电视机永远开着。电视机好像是来双元身体和生活的一部分，他是那么地需要它。

来双元说：“干什么干什么？”

来双扬说：“哥哥，有一句话你知道不知道？”

来双元说：“什么话？”

来双扬说：“兔子不吃窝边草。”

来双元说：“怎么啦？”

来双扬说：“怎么啦？你不知道九妹是久久的人？不知道久久是你的亲弟弟？”

来双元说：“那个小婊子说我怎么她哪？我没有把她怎么样啊。再说，久久还不是玩她的。久久的女朋友一大堆。久久现在的状况，也结不了婚了，吸毒到他这种程度的人，都阳痿了。那个小婊子以为她是谁？金枝玉叶？不就是咱们家养的丫头吗？大公子我摸她一把那还是看得起她呢。”

“崩溃！”来双扬说，“我的哥哥，亏你说得出口！你还是共产党员哪！省直机关车队的司机哪！有妇之夫哪！你害臊不害臊？久久是在谈恋爱，人家两厢情愿，你臭久久干什么？九妹也不是咱们家养的丫头，是‘久久’的副经理，人家是有股份的，你别狗眼看人低！”

来双元不耐烦了，说：“好了好了。把电视机打开。现在的男人怎么回事？你在吉庆街做的，还不知道？卓雄洲不也是共产党员吗？不也是有妇之夫吗？你怎么不说他去？别学着来双瑗，教导别人上瘾。你也少给我扣大帽子了。我告诉你，共产党员也是人，也有七情六欲。”

来双元提到卓雄洲，来双扬就被噎住了。卓雄洲专门买她的鸭颈，她对卓雄洲客气有加。这有什么呢？应该是没有什么。可是在吉庆街上，一切都是公开的透明的，一对男女彼此产生了好感，便不由自己辩解你们有没有什么了。卓雄洲在持续两年多的时间里，坚持来“久久”吃饭，坚持购买来双扬的鸭颈，谁都不认为卓雄洲疯了，只能认为卓雄洲是对来双扬有意思了。“有意思”就比较严重了。现在的社会，男女睡觉的勾当，日夜都在发生，大家倒是不以为然，也懒得关注，那是生意，满意不满意，公道不公道，在人家买卖双方。睡觉简单，有情义就不简单了。卓雄洲对来双扬有意思，大家就感到有情况了，得郑重对待了，要研究研究了。吉庆街一街的人，在忙着做自己生意的同时，都用眼睛的余光罩着卓雄洲和来双扬的举止行动。卓雄洲的个人简历，已经被大家打听得清清楚楚。来双扬这里，已经无数次受到提醒与警告。别人的事情，旁观者都是心明眼亮的，大家都知道来双扬应该怎么做：拒绝卓雄洲；或者应该首先要求卓雄洲离婚；或者每天提高鸭颈的价格，直到卓雄洲知难而退。

情况从这种角度被展现，来双扬想解释她与卓雄洲的关系，也是没有办法解释的了。因为她与卓雄洲手都没有碰过，没有什么可以解释的。

来双元以为自己很厉害，捏住了妹妹的短处。他不禁面露得色，要过去拿来双扬手里的遥控器。

来双扬把手一扬，退了两步，没有让来双元拿走遥控器。

来双扬一咬牙，终于把问题提出来了。她说："我的事情你就别瞎操心了。我自己知道怎么办。我是一个单身女人，我好办。哥哥，九妹死活不肯给你送饭了，你是不是可以回家了呢？"

来双元立刻蔫了，捧住太阳穴，很难过的样子，说："我就知道你想找借口赶我走。"

来双扬说："什么叫做赶？你有你自己的家呀。"

来双元说："那能算家吗？回去吃没有吃的，衣服没有换洗的，小金成天就知道找我要钱炒股，从来没有见她拿过一分钱回来。她一个下岗工人，我还不能说她，人家就等着和你吵架。你看这么多天，她给我们父子打过一个电话没有？要是在家里养病，多尔能够恢复得这么快？"

话题无意中就被来双元转移到了儿子身上。一说到来金多尔，来双扬就被母爱蒙住了心眼。母爱是世界上唯一兼备伟大与糊涂的激情。母爱来了，小事也是大事，大事也是小事。总之，顶顶重要的就是来金多尔了，而不是来双元在这里住了多久了。来金多尔，多么好的一个孩子啊！可别被这种家庭环境把心理扭曲了，把学习耽误了，把性格弄坏了。来双扬果真愁肠百结，说："哥哥，多尔是多好的一个孩子！是多么少有的一个孩子！为了多尔，你千万不要和小金争吵，夫妻感情不和最容易给孩子留下阴影的。"

来双扬丢开让来双元回家的话题了。峰回路转，来双元很是高兴。他也不想对妹妹说狠话。不到某一地步，他也不愿意说吉庆街这老房子也应该有他的一份产权。来双元只是谈谈儿子就够了。他说：“就是啊。我是在尽量避免与小金闹矛盾。这不，她说去长沙听课，我就同意了。其实她听什么课都没有用，现在炒股，大户赚钱的都不多，他们这种小户不就是被人吃的吗？”

来双扬的思路完全顺着来双元操纵的方向走了。

来双扬说：“哥哥，你们夫妻的事情，我本来不应该多嘴。可是为了多尔，我还是要多说几句。小金这种人，念书时候的数学课，从来就没有及格过，还炒什么股呢？你得劝她退出股市，找一个适合她的工作，把家里的家务料理好，给多尔创造一个良好的学习环境。只要多尔爱学习，将来送他出国深造，费用我来承担，这是我再三许诺过的。现在我整夜地卖鸭颈做什么？就是为了多尔的将来呀。”

吉庆街的来双扬，卖鸭颈的女人来双扬，她简单的理想是达不到的。她爱谁就为谁着想，爱谁就对谁负责，看见别人都纷纷送孩子出国念书，她也准备将来送侄子出国留学。她的事情多得很呢。

来双元已经是在与妹妹敷衍了。被驱逐的危险已经过去了。他的老婆应该怎么办，那不是来双扬的事情。小金不是没有找过工作，是找不到合适的工作。合适的工作现在都要年轻漂亮高学历的年轻人。如果小金有一份好工作，来双元也不会在来双扬这里蹭饭吃了。这话还有什么说头呢？事情不是明摆着的吗？来双元打着哈欠，又要遥控器。

来双扬与哥哥来双元的思路完全不一样。她看不见明摆着的事情。她不给来双元遥控器，她更加认真地说："怎么没有适合小金的工作？小金原本就是一个工人，还是做工啊。就是吉庆街，也很缺人手的。"

来双元说："我们小金不洗盘子！"

来双扬说："不洗盘子就不洗。那我给她介绍一户人家做家务吧。"

来双元说："扬扬！小金怎么能够去做佣人呢？"

来双扬说："哥哥啊，什么佣人？难听死了。现在叫做家政服务，叫做巾帼家政服务公司。一个工人出身的中年妇女，没有任何一技之长，做家务不是很好吗？肯吃苦的，多做几家，每月上千块的钱也是赚得来的。"

来双元很脸色不好看了。他说："扬扬，你是不是有一点傻？先不说小金愿意不愿意干，就是我这里，也通不过！我堂堂一个省直机关小车队的司机，省委书记和省长都不敢小看我，都要对我客客气气的，否则我的车在半路上出了故障，说请他下车他就得下车。我的老婆，饿死也不会去做佣人！"

来双扬说："到了没有饭吃的那一天，我看她做不做？"

来双元说："她要是去做，我就先把她掐死算了，免得丢我的人！"

"崩溃！"来双扬说，"哥哥，你怎么是这样的一个人？你以为你是谁？你以为你们省直机关车队会永远是社会主义大锅饭？你以为你真的整得了省委书记和省长？你少在那儿自以为是好不好？说穿了，你不就是一个车夫吗？你不就是伺候人的吗？"

这一下，来双元就不客气了。他站起来，逼到来双扬的面前，抢走了遥控器。来双元指着妹妹的鼻子说：“你侮辱我，那，我也就只好打开窗户说亮话了——我住在这里是理所当然的！你是没有权利赶我走的！这间老房子，是祖辈传下来的。按老规矩，这房子应该传给儿子；就算按现在的法律，我也有份。你凭什么不让我住在这里呢？”

来双元说完，狠劲按了一下遥控器，电视机轰然展开一个另外的天地，来双元一头进入那个天地里去了。

来双扬狠狠地念叨着“崩溃崩溃”，她算是领教了哥哥的自私、愚昧和横蛮。真是一娘养九子，九子九个样。闹了半天，来双元的目的就是要住在这里白吃白喝。来双扬忽然明白了：对付哥哥来双元这样的人，她还是太客气了。

“好！”来双扬说，“好好！来双元，你是来家的长子！你有权利居住吧！你就住吧住吧住吧！”

来双扬自己住到“久久”酒店去了。来双扬挤在九妹的暗楼上，昏天黑地痛哭了一场。

## 五

来双扬这个女人。哭是要哭的，倔强也是够倔强的，泼辣也是够泼辣的；做起事情来，只要能够达到目的，脸皮上的风云，是可以随时变幻的，手段也是不要去考虑的。

第二天，卖了一整夜鸭颈的来双扬，连睡觉都不要了。一大早，她出门就招手，叫了一辆三轮车，坐了上去，直奔上海街，找她父亲去了。今天来双扬一定要把房子的产权归属到自己的名下，看看日后来双元还敢说什么权利。

来双扬的父亲来崇德，居住在上海街他的老伴家里。他的老伴范沪芳，对于来崇德，是没有挑剔的，可就是不喜欢来崇德的四个子女。其中最不喜欢的就是来双扬。

当年来崇德擅自来到上海街，带着私奔的意味与范沪芳结了婚。来崇德的子女，个个都恨父亲。但是，胆敢打上门来的，也就是来双扬一个人。来双扬堵在范沪芳的家门口，叉腰骂街，口口声声骂来崇德的良心叫狗吃了，居然抛弃自己的亲生儿女；口口声声骂范沪芳骚婆娘老妖精，说她在结婚之前就天天缠着来崇德与她睡觉。偏偏范沪芳呢，的确是一个性欲旺盛的女人，年纪轻轻就守寡，时间长了熬不住，曾经与戗刀磨剪的街头汉子，闹出过一些花边新闻，在上海街一带有一些不好的名声。范沪芳与来崇德恋爱，一方面是看上来崇德为人老实脾气温和，一方面也是看中了来崇德床上的力气。来崇德与范沪芳，两人对于睡觉的兴趣，都是非常的浓烈。要不然，老实人来崇德也不会断然离开吉庆街。在吉庆街，与三个孩子住在一起，做事实在不能尽兴。加上来双扬已经是一个大姑娘，又没有工作，成天守在家里，像一个警察，逼得来崇德和范沪芳到处偷偷摸摸。所以，来崇德和范沪芳，在性生活方面，都很心虚。来双扬，年纪正是黄毛丫头青果子，只知道他们兄弟姐妹张口要吃饭，不知道男女之事也是人的命根子。她半点不体谅，打人偏打脸。来双扬的叫骂，在上海街引起轰动，万人空巷地看热闹，大家都捂着嘴巴吃吃地笑。硬是把范沪芳羞得多少年都低着头走路，不好意思与街坊邻居碰面。

幸亏后来，世道变了，中国改革开放，夜总会出现了，三陪小姐也出现了；到处是夜发廊，野鸡满天飞；离婚的，同居的，未婚先孕的，群奸群宿的，各种消息，报纸上每天都有；中央一级的大干部，因为经济腐败暴露出来，私人生活一曝光，也总是少不了情人的。来崇德和范沪芳的那一点贪馋，又发生在夫妻之间，大家终于不觉得是什么重要的事情了。范沪芳的头，这才逐渐抬起来了。更可喜的到了近几年，社会舆论总是不厌其烦地鼓励老年人坚持正常的性生活。许多信息台的热线电话，热情怂恿在半夜失败的老人们打他们的热线，他们承诺：接线小姐一定会通过电话，帮助老头子们勃起。在这种社会形势下，范沪芳还怕什么呢？

真是此一时彼一时。一切都时过境迁了。

不过范沪芳毕竟是上辈，表面上，与来双扬，也不好计较。可是范沪芳心里的大是大非，还是非常地旗帜鲜明。要说她对谁有深厚的感情，那就是对邓小平；要说她对谁有深厚的仇恨，那还是对来双扬。如果邓小平不搞改革开放，来双扬就会让她这辈子都别想抬头做人。近二十年来，范沪芳是不允许来崇德主动与来双扬联络的。每年大年三十的团年饭，来崇德也是必须与范沪芳及其子女一起吃的。倒是来双扬也不太糊涂，人家结婚之后，名正言顺，来双扬也就没有再打上门来了。她起先是忙着卖油炸臭干子，后来是忙着卖鸭颈，团年饭这么原则性的问题，她也顾不过来，指派来双元找范沪芳谈了两次。来双元哪里是范沪芳的对手呢？过招三句话，范沪芳就看出了双元的小气、自私和糨糊脑袋，比起来双扬，来双元差远了。来双元惨败而归，一定要来双扬替他复仇。来双扬轻轻说：“算了。”来崇德与范沪芳的婚姻关系稳定了这么多年，来双扬知道他们兄妹说什么都没有道理了，难道来崇德的团年饭不应该与自己的妻子一起吃吗？日常生活的伦理道德，来双扬心里明镜似的，她不说废话。只有来崇德生病了，来双扬才过来看望一下。来双扬来了也只是与范沪芳点点头，问一问来崇德的病况，眼睛飘悠在别处。范沪芳的眼睛，自然也故意在别处飘悠。她们用对对方的轻视来轻视对方。因此两人的关系，似乎淡得不能再淡了。

随着改革开放的深入发展，也随着范沪芳的年近古稀，到了现在，范沪芳更多的是藐视和可怜来双扬了。来双扬现在不也离婚了？不也独守空房了？来崇德的女儿，从遗传的角度来猜测，她的性欲大约也是很旺盛的。没有了男人，也知道梨子的滋味了吧？范沪芳看着来双扬日益丰满，又看着来双扬日益地妖娆，又看着来双扬成熟得快要绽开——绽开之后便是凋谢——这是女人在自己体内听得见的声音——类似于豆荚爆米的残酷的声音，范沪芳真是希望亲耳听一听来双扬这个时候的心声与感想，作为一个女人的心声与感想。来双扬，原来你也有这么一天的啊！

正在这个时候，来双扬来了。

来双扬出现在范沪芳的眼前，主动地叫了她一声“范阿姨”。

范沪芳意外地怔在那里了，她正在给她的一盆米兰浇水，浇水壶顿时偏离了方向。来双扬来得太早。她父亲在江边打太极拳还没有回家。来双扬当然知道她自己的父亲现在还没有回家。她来这么大早，一定是来见范沪芳的。

范沪芳太激动了。

聪明人之间不用虚与委蛇。来双扬也从范沪芳失控的浇花动作里，明白了范沪芳对她多年的仇恨与期待。来双扬今天是有备而来的，她就是来化解仇恨、迎合他人的期待的。自然，来双扬就应该首先开口说话了。

来双扬的眼睛不再在虚空飘悠，她正常地看着范沪芳，坦坦率率地说："范阿姨，今天我是特意看您来了。"

范沪芳还端了一点架子，说："谢谢。我有什么可看的，一把老骨头。"

范沪芳的态度，早在来双扬的预料之中。来双扬今天能够宽容一切，无论范沪芳如何，她都会配合。如果范沪芳打了她的左脸，来双扬就会把右脸送上去。只要达到目的，来双扬可以卧薪尝胆。

来双扬低声下气地笑了笑，说："怎么能够不来看看您呢？我们做晚辈的，年轻时候不懂事，得罪了您，后悔药去哪里买？现在人到中年了，有过婚姻也有过孩子了，心里什么都明白了，难道还能够不懂事？范阿姨，这么多年来，您把我爸爸照顾得这么好，这不光是我爸爸有福气，其实也是我们子女的福气了。这不，快过端午节了。我做餐饮生意，过节更忙，到了那天也没有时间来看望你们，今天有一点空当，就来了。可能我来得冒昧了一点。"

范沪芳艺人出身，小时候跟着班子从上海来汉口唱越剧，唱着唱着就在汉口嫁人生根了。越剧在汉口，不可没有，也不能成气候；范沪芳不唱不成，大红大紫也不可能。舞台与人生，人生与舞台，范沪芳是一路坎坷，饱经沧桑的了。可是作为艺人，范沪芳的局限也是很明显的，只是她自己不觉得罢了。艺人最大的局限就是永远把舞台与人生混为一谈，习惯用舞台感情处理现实生活。这样，她们的饱经沧桑便是一种天真的饱经沧桑，她们逢场作戏的世故也是一种天真的世故，恩恩怨怨，喜怒哀乐，全都表现在脸上，关键时刻，感情不往心里沉淀，直接从眉眼就出来了。听来双扬面对面地把这番满含歉意的话一说，范沪芳就感动得一塌糊涂了。这是多少年的较量，多少年的等待啊！哪里能够料到这么一刻就突然地来临了。

范沪芳有板有眼地颤动着她的下巴，眼睛里热泪盈眶。她双手的哆嗦就是舞台上老旦式的典型哆嗦。范沪芳用她那依然好听的嗓音感人肺腑地叫了一声：“扬扬啊——”

来双扬懂得光说空话是没有力量的，她还给范沪芳带来了一大堆礼物，它们是：一条18K金的吊坠项链，芝麻糕绿豆糕各两盒，红心盐鸭蛋一盒，五芳斋的粽子一提，还有一只饭盒里装的是透味鸭颈，是来双扬自己的货色，送给父亲喝啤酒的。

来双扬巧嘴巧舌地说：“范阿姨，鸭颈不是什么山珍海味，但是是活肉，净瘦，性凉，对老人最合适了。再说，要过节了，图个口彩吧，我们吉庆街，有一句话，说是鸭颈下酒，越喝越有。范阿姨，您和我爸爸，吃了鸭颈，添福又添寿了。”

范沪芳的眼泪，终于含不住，骨碌骨碌就滚下来了。

“谢谢你谢谢你谢谢你！”范沪芳擦着眼泪说，握住了来双扬的手，一下一下地抚摸着她的手背。

女儿与后母，一笑泯恩仇。两人坐在一起，吃了丰盛的早餐。范沪芳楼上楼下地跑了两趟，买来了银丝凉面、锅贴和油条，自己又动手做了蛋花米酒，煮了牛奶，还上了小菜，小菜是一碟宝塔菜，一碟花生米，一碟小银鱼，一碟生拌西红柿，这是现在时兴的营养生菜。范沪芳历来是讲究生活的，她十六岁也号称过“小玫瑰”，也有过恩客，吃过天下的好东西。

来崇德回来，简直不敢相信自己的眼睛。范沪芳笑眯眯地看着他，不由他不相信。来双扬前嫌尽弃，赶着叫“爸”。来崇德终于转过弯来，顿时发出爽亮的大笑，一下子就年轻了许多岁。

在来崇德送女儿回去的路上，来双扬与她爸手挽手地漫步街头。父女俩商量了来家老房子的事情。来家的六间老房子，解放之后，政府不认它们是私有财产了，这就收去了两间。这两间房子，不谈了，就算爷爷的钱，被土匪抢过一回了。一九五六年，政府搞公私合营，又有两间房子，被房管所登记，搞经济出租，租金是政府得大头，来家得小头。来崇德不愿意出租，愿意自家居住宽敞一点，可是他胳膊拗不过大腿，人家政府不同意。这两间房子，也不提了，就算给国家作贡献了。七十年代初，政府提倡城市人口下放农村，口号是：我们都有两只手，不在城里吃闲饭。家庭成分不太好的来家，被动员下放农村了。来家的两间房，一间借给了邻居——老单身刘老师居住；一间是爷爷住着，爷爷瘫痪在床，死也不肯离开他的房子。几年以后，来家返城。刘老师已经故世，居住人是刘老师的侄子。在重新登记，换发房产证的时候，刘家侄子把来家的房产登记到了他自己的名下。这一间房子，就不能让人颠倒是非，混淆黑白了。这一间房子无论如何得讨要回来！谁去讨要？按继承人的顺序，应该是来崇德。可是来崇德哪里还有这个心劲和精力？而来家唯一保留下来的一间房，继承人也是来崇德。不过，谁都知道，返城以后，来崇德在吉庆街居住的时间不长，更长时间的居住者是来双扬。来双扬在这里，开始卖油炸臭干子，将她的妹妹弟弟抚养成人，她一直居住到如今。

现在的问题是，来双扬需要父亲的协助，将这间老房子的房产证更换成她的名字，将必须讨要的房子也明确给她继承，否则，她怎么安心地居住和进行房产的讨要呢？来双扬这辈子恐怕就不会离开吉庆街了。她的责任没有尽头，她将继续养活弟弟来双久，包括为他提供吸毒的毒资——只要他没有完全戒毒，她就不能一下子彻底掐断他的毒瘾，那样会要他的命的。来双扬已经部分负担并且还将更多地负担来金多尔的教育经费，因为来双元夫妇无力也无心培养来金多尔，可是来金多尔是一个多么好的孩子啊！他很有可能是来家唯一的香火啊！房子的产权问题，大家都很敏感。来双元已经多次提出他的继承权利，来双瑗也曾多次暗示过她的继承权利。可是一间房子不是一块饼干，掰成四瓣是不可能的；另一间房子现在还是别人口袋里的饼干，更没有掰成四瓣的可能性。现在来双元和来双瑗都有各自的住房，无须再要祖产，而久久，肯定是归来双扬养一辈子的，所以来双扬希望父亲在有生之年，把老房子的继承人决定了下来，免得来家的几个子女，将来闹得不可开交，伤害亲情，反目为仇，那是何苦呢？

来双扬手挽父亲漫步的街道是她事先设想好了的南京路，这里两边都是鲜花店，令人赏心悦目。环境也许不起决定性的作用，但是环境对于决定的作出是非常重要的。假如来崇德老人心烦了，来双扬这次就白跑了。来双扬不能白跑，来双扬已经付出了昨晚的痛哭和今天这幕历史性的道歉与求和，她容易吗？

来双扬与父亲坐在了中山大道少儿图书馆门前的花园里。他们的眼前是一条洗新还旧的西洋建筑老街，看着就舒服。来崇德听着女儿款款道来，觉得她说的条条都在道理。来双扬有时候轻轻还捶一捶父亲的背，有时候把下巴颏在父亲肩头上靠一靠，来崇德心里就非常滋润了。一个古稀老人，还图什么？来崇德这一辈子，是不会再回到吉庆街去了。女儿来双扬这么多年来，也是备尝艰辛的了。尤其难得的是，来双扬懂事了，向范沪芳道歉了，也等于是向来崇德道歉了。来崇德也就满足了。剩下的，是来崇德对来双扬的歉意了。来崇德的四个孩子，也只有来双扬一个人有责任心和有能力讨要借给刘老师的那间房子，也只有她一个人在为来家的全家人操心和操劳。作为父亲，来崇德对大女儿来双扬的歉意最深。来双扬一直居住的这间房子，也是应该归她的了。本来来崇德早就想弥补来双扬一下，无奈范沪芳一直不允。现在范沪芳对来双扬亲得像自己的女儿了，来崇德也就没有任何心理障碍了。加上来双扬也坦率地提出了房产的问题，来崇德正好顺水推舟，了却自己的心愿。来崇德是个老实人，不想身后留下房产的继承麻烦。其实房产有什么用呢？来崇德一点犹豫都没有，笑呵呵地点了头。

来崇德太了解范沪芳了，这女人心底非常善良。一张巧嘴的来双扬哄好她，那是绰绰有余。来崇德生命中两个最重要的女人和好了，这比什么都好。人活着，不就是图个开心吗？吉庆街的老房子，就是来双扬的了。

来双扬回来对九妹说："唉，这个世界上，没有什么女人比得上我妈。"

来双扬之所以对九妹发出这样的感叹，是因为来双扬一回来，九妹便兴高采烈地告诉她："老板，你哥哥走了。"

来双扬说："那好啊。"

九妹说："老板你太有板眼了！"

来双扬说："我有什么板眼啊！"

九妹走过来，仰望着来双扬说："老板，谢谢你！老板，你是我在这个世界上最佩服的女人，你是最了不起的女人！"

九妹是被饥饿从农村驱赶到城市里来的少女，现在她很像城市少女了，染了栗色的短发，脖颈上戴黑色骷髅项链，但是她的偶像是来双扬，而绝对不是还珠格格，不是王菲，更不是张惠妹。九妹的奋斗目标是将来有一间自己的酒店；自己可以在吉庆街最重要的位置安详地坐着，只卖鸭颈；许多男人都被她深深吸引，而她只爱她的丈夫来双久。

来双扬被九妹的赞颂引发了感慨，她想起了她的母亲。来双扬的意思是：范沪芳怎么能够与她的母亲相比呢？她当然还是不喜欢范沪芳的。但是她再也无处诉说了。她也只有与九妹发发感慨了，九妹还整个一个听不懂。唉，母亲再好，她死了；范沪芳再不好，她活着。看来一个人首先还是得活着。谁笑到最后，谁笑得最好——俗话说得真是没错！

## 六

吉庆街的夜晚，夜夜沸腾。卖唱的麻雀，因为在电视剧《来来往往》中有激情表演，也成了吉庆街的名人。只听见吃客们一片声地点名叫道："麻雀呢？麻雀呢？"大家都想听麻雀唱歌，还想听麻雀说说拍电视剧的感想，还想知道拍电视能够赚多少钱。著名影星濮存昕，舆论戏称他是大陆"师奶杀手"，这话还真不假，吃客中有一些中青年妇女，也点名道姓要麻雀，说："麻雀，把你在《来来往往》中唱给濮存昕他们听的歌，给我们唱三遍。"

麻雀是一个一刻不停的闹人的汉子。一把二胡，自拉自唱。他的歌肯定不是专业的，他就是会闹人。他煽情，装疯，摇头晃脑，针对吃客的身份，即席修改歌词，好像天下所有的流行歌曲，都是为吃客特意写的。被百般奉承的吃客，听了麻雀的歌，个个都会忍俊不禁。

在这沸腾的夜里，来双扬不沸腾。她司空见惯，处乱不惊，目光从来不跟着喧嚣跳跃。她还是那么有模有样地坐着，守着她的小摊，卖鸭颈；脸上的神态，似微笑，又似索寞；似安静，又似骚动；香烟还是慢慢吸着，闪亮的手指，缓缓地舞出性感的动作。

这一夜，卓雄洲与他从前的几个战友聚会。他们彼此之间，是可以无话不谈的。卓雄洲当然还是"久久"的吃客。两年来，卓雄洲从来不坐别家的桌子，只坐"久久"的桌子；结账也是经常不要找零的。卓雄洲对九妹说的最多的一句话就是："不用找了。"九妹最爱这句话。任何时候，九妹只要看见了卓雄洲，一定亲自出面接待。

卓雄洲与他的一群战友刚刚走进吉庆街，九妹就迎上来了。九妹一脸献媚与甜蜜的笑容，说："卓总啊，今天有刚从乡下送来的刺猬，马齿苋也上市了，还有一种新牌子的啤酒，很好喝的。"

卓雄洲说："好啊好啊，九妹推荐什么我们一定吃什么，九妹没有错的。"

卓雄洲的战友们就开他的玩笑，说："红尘知己啊，这么肉麻啊，给我们介绍介绍吧。"

卓雄洲便笑着说："是知己呀，是肉麻呀。过来！九妹，认识一下你的大哥哥们，以后他们就是你的回头客了。”

九妹大大方方地跑过来，一一地叫道某哥某哥，以后请多关照；倒是卓雄洲的战友们，一个个不好意思，也不答应，光是笑嘻嘻说好好好。

卓雄洲一行刚刚坐下，九妹带着扎花边围裙的姑娘们翩翩而至，把啤酒和赠送的小碟就送上来了。小碟无非是油炸花生米，凉拌毛豆和油浸红辣椒，鲜红与翠绿的颜色，煞是好看，其实是勾引吃客腹中馋虫的。大家眼睛一看，口腔里的味腺就有液体分泌出来，由不得人的。

九妹说：“卓总，鸭颈总是要的了？”

九妹的意思，是今天的人多，鸭颈的份数一定就不少，光是卓雄洲一个人去端，怕要跑几趟，九妹想去帮忙，不知道卓雄洲愿意不愿意。卓雄洲放眼去望来双扬，点了点头，但是对九妹，还是做了一个不要帮忙的手势。卓雄洲还是愿意自己去来双扬的小摊子上，一碟一碟地端过鸭颈来。去来双扬那里多少趟，卓雄洲也不嫌多。九妹心领神会，咬着嘴唇暗笑，给厨师下菜单去了。

卓雄洲穿过一张张餐桌，来到来双扬面前。

来双扬温和地说：“来了。”

卓雄洲说：“来了。”

卓雄洲对来双扬，与对九妹完全不同，态度显得拘谨，语言也短促。来双扬帮卓雄洲掀起纱罩，卓雄洲端了两盘鸭颈。卓雄洲说：“几个战友聚会，不知要吃多少鸭颈，待会儿一起结账。”

来双扬说：“你与我，客气什么，只管吃。”

来双扬故意说了一个“你与我”，把谢意与亲昵埋在三个字里头。她不能太摆架子了，她毕竟只是一个卖鸭颈的女人，而卓雄洲，人家是一家大公司的老总。来双扬不是那种给脸不要脸的夹生女人，她不想得罪和失去卓雄洲这样的吃客。卓雄洲来吉庆街吃饭两年了，来双扬对于他，也就是三言两语。卓雄洲的焦躁和绝望就像大海上的风帆，在来双扬眼里，已经时隐时现了。凡事都有一个度，来双扬凭她的本能，把握着这个度。今夜，是该给卓雄洲一点柔情了。

卓雄洲什么人？一听到“我与你”三个字的停顿与重量，心里什么都领会到了，那种喜悦和欢欣真是没有办法说出来。

卓雄洲回到餐桌旁，脸庞放着光彩。这酒还没有开始喝呢，怎么就放光彩了？

卓雄洲的战友们，把目光放远了，引颈去瞅卖鸭颈的来双扬。卓雄洲仓皇地指着餐桌上的鸭颈说：“这鸭颈好吃，好吃啊。鸭颈下酒，越喝越有啊。”

卓雄洲的战友都瞧着卓雄洲的样子，感觉他有一点做贼心虚，卓雄洲越发惊惶失措，指点着鸭颈说：“哎哎，你们看看吧，这鸭颈，烧得多好，光是看着就有性欲——哦不——有食欲，有食欲！”

卓雄洲的口误实在是发自肺腑的实话，当过兵的一群男人还有什么不明白的呢？大家喷发出响彻云霄的大笑，卓雄洲也只得笑了，笑得狼不狼狈不狈的。

来双扬听到了卓雄洲他们的笑声，故意不望那边看。来双扬就知道他们为什么笑。一定是卓雄洲露馅了，情不自禁了。一个男人为你情不自禁，这是甜蜜的；可他又是一个已婚男人，这又是酸涩的了。来双扬突兀地想起了他的老婆孩子，却又觉得自己这种联想非常庸俗。还是把目光投向那虚无缥缈处吧，还是忍受生活给你的一切滋味吧。谁能够把生活怎么样？

来双扬自然还是声色不动地卖她的鸭颈。

来双扬是一个单纯卖鸭颈的女人。

来双扬却不是一个卖鸭颈的单纯女人。

来双扬现在不急卓雄洲的事情。来双扬是过来人了，懂得情与爱更与缘分有关，时间不能说明问题的。两人缘分到了，水到渠成；两人缘分不到，该等十年等十年，该等八年等八年。来双扬的当务之急是房产问题。房产问题很现实，你不争取，幸福不会从天降。现在的人有一点权力，都黑着呢，谁会把房产白白送还给你，看来，如果舍不得孩子就打不着狼了。

关键的谁来充当孩子呢？

吉庆街的来双扬，夜夜考虑的就是这么一个问题。来双扬想来想去，逐渐明白，九妹就是孩子了。

九妹今年已经满二十三周岁了。九妹的母亲每一次来看望女儿，都要央求来双扬替九妹操心一下她的婚姻大事。不管现在的九妹表面有多么城市化，不管时代变化得如何现代，男大当婚女大当嫁总归是绝大多数人的生活规则。九妹本质上还是一个乡下丫头，她这一辈子，本质是不会改变的了。在乡下生活了二十年，只读了三年的书，小农的本性已经入骨了。只要吃客舍得花钱，你看九妹的笑容吧，讨好到了什么地步？恨不得把笑容从自己脸上摘下来送给别人。对于卓雄洲，九妹几乎是在飞媚眼了，处处都掩饰不住地说卓雄洲如何如何好，如何如何帅，有意无意地怂恿着来双扬与卓雄洲相好。九妹这丫头啊！没有办法的。从前太穷了，穷破胆了！

在男婚女嫁的问题上，来双元说得对。久久不会娶九妹的。久久这个家伙，是在挑逗和玩弄九妹。久久生得太俊俏了，俊俏的男子不风流好像对不起自己似的。久久这个不成器的鬼东西啊！把九妹弄得神魂颠倒，弄得痴心妄想。久久不吸毒，不会娶九妹，何况现在久久的毒瘾深到了这种地步，还能够娶谁呀！

来双扬再也不能袖手旁观了。九妹年纪到了，迟早要嫁人了。对于九妹，爱情是最不重要的，因为她的爱情不在她现在的人生状态里。九妹的母亲，对于女儿幸福生活的憧憬便是：有钱，有城市户口，有饱暖的日子，有健康的后代。九妹的母亲对来双扬说："如果你能够帮九妹过上这种日子，老板，你就是我们全家的大救星！"九妹的母亲用她一生的经验获得了质朴的生活观，她是对的。然后，九妹的后代，便可以从九妹的肩头站起来，开始更高质量的人生追求，便可以讲究爱情什么的了。这就是为什么来双瑗可以做单身贵族，待价而沽，而九妹却不可以这么做的道理。假如九妹不趁年轻饱满的时候嫁出去，熬到二十八九就尴尬了，就只好回乡下种地去了，就还是回到她母亲的人生老路上去了，不到四十岁就成了一个干瘦的老太婆，晚上睡觉浑身骨头疼。

现在，来双扬想通了。接下来，她要做的事情，就是让九妹去做房管所张所长的儿媳妇。张所长的儿子患有间歇性精神病，人生得却是很漂亮的。张所长最大的心病就是想为儿子娶一个媳妇。儿媳妇是原子弹，足够轰开张所长的权力大门。

来家的房产问题，纠缠了不是一天两天了。张所长和来双扬的心里，都如明镜一般。虽说来双扬有道理，但是，张所长肯定是不会积极办理的。工作一大堆，张所长凭什么要为来双扬积极办理？

张所长吃来双扬的鸭颈，几年加起来，至少一箩筐，可是光给吃吃鸭颈，张所长就会为你办事吗？他就那么没有原则那么廉价吗？来双扬这个女人的算盘打得太精了，送礼，每一次都扳着指头算，看看是否物有所值。来双扬的礼物永远都不会有多么贵重，大约一是她本来就不太富有，赚的都是血汗钱，实在舍不得出血；二是她认为房子本来就是他们来家的，按国家政策，张所长应该办理落实。来双扬一定觉得又不是找张所长发什么意外之财，凭什么要付出过高的代价？她只要让张所长感到来双扬在尊重他哀求他就够了。来双扬以为张所长既然天天上班，总得要做一些事情的，总得要表现自己的工作实绩的，不定什么时候，他就把来家的事情拎出来给办了。张所长看透了来双扬的侥幸心理。张所长才不会让怀着侥幸心理的人得逞呢！可是来双扬想，事物不是一成不变的，咱们走着瞧，说不定山不转水转呢？张所长想要超过他个人价值的礼物，来双扬的确舍不得，来双扬的钱财又不是靠腐败得来的。吉庆街的来双扬和张所长，两个人就这么一直躲着猫猫。

张所长是个人精，心里什么都明白，知道自己官职小，权力有限，人们不会多么巴结他，张所长还没有退休，心里也早就充满了世态炎凉的感伤。所以，他干脆一贯高举廉政的大旗，不赌不嫖不贪。除了一般的吃请和逢年过节收受一些礼节性礼物之外，张所长也绝对不公开索要什么贵重礼物。张所长认为礼节性的请吃和礼节性的礼物无非说明干群关系良好，并不意味其他，因此，张所长吃了也是不会给你办事的，只是见了面笑容可掬而已。

于是，来双扬的房产问题，张所长就有充足的理由不予办理。旧社会遗留下来的房产，本来就是一个疑难问题，本来就有许多政策不明朗，张所长有大堆大堆的文件来搪塞来双扬。来双扬，你就遥遥无期地等待吧。你就等着山不转水转吧。

来双扬不能够再等待了。她想出办法来了。现在来双扬决定，把九妹嫁到张家去。她来双扬替张所长解决了这么一个最重大的问题，张所长必然要给她办理房产的问题了。张所长会主动地给来双扬办理的，什么礼物都不用送了。对于九妹，何尝不是一件好事呢？舍不得孩子打不着狼只是一个比喻，张所长的儿子不是狼，比狼还是好对付多了。何况九妹摇身一变，就成为真正的城里人了，一辈子再也不用为衣食住行发愁了，张所长家里的物质条件那是不用说的，并且张所长的儿子还是一个大学毕业生，长得体体面面的，不发病的时候，九妹还配不上人家呢。九妹嫁到张家，等于掉进了蜜罐里。假如按照九妹对于久久的痴心妄想，幸福生活的前景其实是相当渺茫的。一般好条件的城市青年，谁会娶九妹呢？九妹已经二十三岁了，女人老起来多快呀，不就一眨眼的工夫？九妹发誓说为久久终身等候，那是流行歌曲听多了，那是被久久的面孔迷惑了。

现在，来双扬首先要做的就是，毁灭九妹对久久的期望和梦想。

来双扬的构思一旦成熟，她立刻开始了行动。

有一天，来双扬很日常地对九妹说：“九妹，你一直吵着要去戒毒所看望久久，我从来没有让你去过，这次探望，我带你去吧。”

九妹听了，乐得一蹦三尺高，赶紧过去给来双扬捶背，口里胡乱奉承道：“好老板！好姐姐！”

来双扬说：“行了。去戒毒所又不是什么好事。你去买一挂香蕉来。”

九妹说：“一定要那种大大的洋香蕉吗？”

来双扬说："一定要。跑遍汉口也要买到。"

九妹说："真是亏了你，老板。你对弟弟这么好。不过我就是不明白，为什么久久一进戒毒所，就一定要吃这种洋香蕉？平时他是最不喜欢吃香蕉的。"

来双扬说："不要问了。只管去买吧。待会儿你就知道了。"

来双扬一定要洋香蕉做什么？当然不是来双久爱吃。谁也不会一进戒毒所，突然就喜欢吃他平时最讨厌的水果。这一次，来双扬要把一切丑恶内幕都展示给九妹看看。

一挂硕大的洋香蕉买回来了。来双扬带九妹进了自己的房间，关紧了房间的几道门，窗户的窗帘也都闭得密不透风。来双扬虎着脸警告九妹："你给我看着！不许动也不许尖叫！"

台灯打开了。来双扬在台灯底下，用细小而锋利的手术刀，细心地把香蕉蒂部，呈凸凹状地切割开来。然后，把一种喝饮料的细塑料吸管，从保险柜取出一小捆来。这些吸管里面已经被灌好了白粉，两头也已经用火烫过，封死了。来双扬把这些吸管，一根一根地戳进了香蕉里面，然后再将香蕉的蒂部对接上去。来双扬把这犯法的活儿，做得绣花一般精细。九妹这里，早就捂着自己的嘴巴，大惊失色了。

香蕉还原了，和原先的一模一样。装在一只水果篮里，不用拎起来检查，就可以分分明明地看出这是一大挂新鲜的结实的洋香蕉，不难蒙骗所有的人包括戒毒所的检查人员。

来双扬让九妹提上水果篮，她们这就去戒毒所。

九妹不敢去提水果篮子。她抽泣着说："我不去！你这是在害他！说是在戒毒，还不如说是让他躲在戒毒所吸毒！这还是犯法的事情！”

来双扬厉声道：“慌什么？遇上一点点事情就慌了？在生活中，这算什么可怕的事情？比这可怕的多得是！久久是不能一下子完全掐断毒瘾的，你懂不懂？对戒毒药产生了依赖也是吸毒，你懂不懂？你放心好了，出了事情，责任全是我的。有什么要指责我的，看完了久久回来再说吧。还说爱他呢，这算爱么？真是崩溃！”

九妹便擦干了眼泪，提上水果篮，跟在来双扬身后，坐上出租车，来到了戒毒所。走进戒毒所的时候，九妹还是激动起来。她掏出化妆镜，看了看自己的脸。来双扬冷冷地说：“不用照镜子。他根本就不会看你！”

来双久果然根本不看九妹。他形容枯槁，目光发直，与所有的戒毒者一样，穿着没有颜色没有样式的衣服，活像劳改犯，昔日的风采荡然无存。九妹叫了他的名字，他也没有理睬她。来双久的全部注意力，高度集中在那来双扬身上，寻找那大挂的香蕉。

来双扬说：“久久，九妹看你来了。”

来双久却焦急地说：“香蕉呢？给我送的香蕉呢？”

九妹嗷的一声哭了起来。

当来双久踏踏实实看见一大挂香蕉之后，他朝来双扬露出了甜蜜的微笑，这才冲九妹打了一个招呼，极其敷衍地说：“九妹，你越来越漂亮了。”

九妹把脸一扭。来双久根本就不在乎谁对他扭脸。他只是热切地对来双扬说：“大姐，你要是再不来看我，我就要死掉了。快把香蕉给我！”

来双久把手腕抬起来给来双扬看，手腕包扎着新鲜的绷带。来双久说："昨天夜晚，我割腕了。我实在受不了了。"

来双扬就那么看着弟弟，神情冷峻，石雕一般。来双久抓起来双扬的手疯狂地亲了起来。来双扬任由弟弟亲着她的手，说："久久，你就不能不吃香蕉了吗？姐姐我实在买不起了！"

来双久说："对不起！对不起！大姐，我实在对不起你！我不是一个人！我是猪是狗！我真是悔不当初啊！可是……可是……大姐，你就当我是猪是狗吧，我从生下来就爹妈不管，是你把我养大的，就你心疼我，你就把我当个畜生养吧。大姐，我来生一定报答你！"

来双久鼻涕眼泪都下来了，声音跟动物的哀叫差不多。来双久从小就嘴巴甜，讨人喜欢，现在还是。不过现在只对来双扬一个人嘴巴甜了，现在久久对其他人都很冷漠。来双久对来双扬的讨好卖乖令来双扬忍不住伸出手去，摸了摸他的头，来双久立刻破涕为笑，说："大姐你赶快回去睡觉，你晚上还要卖鸭颈呢。大姐你不要太累了，要保重自己，争取能够跟卓雄洲结婚。卓雄洲有的是钱，你别傻啊！等我一回去，我首先就要找卓雄洲谈谈。现在我要把香蕉拿进去放好了。你们走吧，走吧。"

来双久急得抓耳挠腮，说话飞快。他仅有的理智，只是存在于香蕉和来双扬身上。

来双扬说："久久啊，我是有一点傻。我和卓雄洲的事情，恐怕要靠你来谈了。你一定争取早一点回来啊！"

来双久说："没有问题。姐姐，你的事情就是我的事情。"

来双久提了香蕉，急急忙忙地走了。他完全忘记了来双扬身边的九妹，回到他那到处是铁栅栏的宿舍里去了。那是什么宿舍，完全是关动物的铁笼子。九妹看着那铁笼子，狠命跺了一下脚，捂住脸呜呜哭起来。

回到吉庆街。来双扬还是把九妹带进了她的房间。现在，来双扬对九妹很柔情了，说："哭吧。痛哭一场吧。我妈生下他就去世了。他是我这个大姐一把屎一把尿养大的，我丢不下他。他是我的孽障，我逃不出自己的命了。你呢，从今天开始，死了这条心，走自己的路吧。"

说话的时候是吉庆街的白天。平静的白天。大街通畅，有汽车正常地开过。看起来生活进行得是那么正常。

九妹果然忍不住大放悲声。等九妹哭累了，来双扬安详而冷酷地说："九妹呀，我告诉你一句实话，如果久久是一个正常人，同样也不会和你有什么结果的，你总归是一个乡下妹子，这是事实。"

## 七

一个下午，来双扬走进了房管所。

这是房管所快要下班的时刻，或者说实质上已经下班了。政府机构的末梢，还是社会主义大锅饭作风，总是紧张不起来。

来双扬是来请张所长吃饭的。但是办公室还有两三个人，来双扬没有直接地说请张所长吃饭，也没有鬼鬼祟祟地说请张所长吃饭。来双扬不能让张所长难堪。来双扬把她随身的包往房管所的办公桌上一甩，一屁股坐在办公椅上，蹬掉自己的高跟皮鞋，做出累极的样子说："哎呀把我累死了。"

张所长在看报纸。他还是坚持看报，没有改变姿态。张所长知道来双扬经常跑他们房管所的目的是什么。来家四个子女，就她跑得勤，就她理由充足，她想独吞房产，这个女人不简单。

房管员哨子说："逛商店去了？买什么好东西了？"

来双扬说："现在有什么好东西，什么东西都打折，给人感觉东西都贱。"

哨子说："打折还不好？我就是喜欢打折。现在不打折的东西我都不买，就等着它打折。"

来双扬不能再让哨子胡扯了。哨子是一个喜欢胡扯的中年妇女，说话嗓音尖利如哨，家常谈起来，尽是鸡毛蒜皮，没完没了。来双扬巧妙地把话题绕到了自己的思路上，来双扬说："哨子你是对的。哨子你做的事情没有不对的，以后我要向你学习。现在，我的包里有一点零食，拿出来大家分享。接下来我要托你们的福，在这里休息一下。咱们邀请张所长来一场'斗地主'怎么样？闲着也是闲着，无聊啊。"

"斗地主"是一种扑克牌的玩法，目前正风靡武汉三镇。张所长对于"斗地主"的酷爱，来双扬是早就知道的。当哨子从来双扬的包里拿出了一堆袋装的牛肉干、薯片和南瓜子以后，张所长放下了报纸。张所长也是一个聪明人。张所长看报纸的时间够长了，架子端足了，是给来双扬一个台阶的时候了。张所长没有必要得罪来双扬，来双扬在吉庆街那还是相当有本事的。张所长在吉庆街吃饭，也够受照顾的了。张所长也快退休了，他不想退休以后走在街上，邻居街坊都不理睬。再说，张所长实在是喜欢"斗地主"，也实在是喜欢有来双扬参与的"斗地主"，这个女人出手大方，有牌德，并且还比较漂亮。

张所长放下报纸，说话了。他说：“还是扬扬有钱啊，又给我们派救济来了。”

来双扬说：“哨子你看你们张所长，崩溃吧？带一点零嘴来吃吃玩玩，也要被他奚落一番。”

哨子不是聪明人，丝毫感觉不出来双扬与张所长的暗中较量，跑过去打了张所长一巴掌，教训人说：“不要欺负扬扬好不好？像扬扬这么关心我们的住户有几个？”

张所长不与哨子这种不聪明的人斗心眼，连忙平易近人地说：“好好好，我官僚，我检讨。”

来双扬说：“张所长真是一个平易近人的好干部。”

“斗地主”就这么开始了。牌这么一打，关系也就贴近了。大家互相嘲笑，指责和埋怨，说话也就没有分寸了，动不动，手指就戳到别人的额头上去了。张所长的手指也戳了来双扬几下，来双扬也回敬了几下。来双扬手指上是镶了钻石的，张所长就说自己挨了“豪华”的一戳，大家便敞开嘴巴笑。坐到一起打牌，气氛来了，机会也就来了。趁哨子去上厕所，来双扬对张所长说：“对不起，今天我赢你太多了，不好意思啊。”

其实来双扬并没有赢太多，她就是来输钱的。她的策略是先赢一点点，后输多一些，这样输得就像真的。

张所长说：“光说不好意思就行了？”

来双扬说：“我请你吃晚饭好不好？你这么廉政，敢不敢和我出去吃饭？”

牌场与酒场一样，是斗智斗勇斗气的地方，输家是不能对赢家服软的。张所长说：“有什么不敢？廉政就不吃饭了？江泽民还宴请克林顿呢。不就是吃个饭吗？”

来双扬说：“那好。那就说定了。”

来双扬的第一步成功了。其实来双扬今天没有逛什么商店。高跟皮鞋也没有把脚磨疼。如果来双扬不来这么一场精心的铺垫，只怕张所长不肯受她一请。不是张所长不爱吃饭。张所长爱吃饭。房管所在“久久”的挂账，也有几十笔了。张所长是太聪明了，他知道来双扬的目的。他不愿意得罪一大堆人，成全来双扬一个人。再说刘老师的侄子，对他也不薄，他不能随便就把他赶出房子，让人家住到大街上去？来双扬不是已经有房子住吗？一个单身女人，迟早要在吉庆街傍一个大款的女人，要那么多房子做什么？张所长在房产部门工作了一辈子，积累了非常丰富的经验：首先，我们的干部，做工作不是要立竿见影地解决什么问题，而是要搞平衡，和稀泥，维护安定团结的大好局面。其次，不给当事人弄得难度大一些，以后谁都爱生事；再说，难度大了，跑断当事人的腿了，到时候当事人只会更加感激你。

张所长的这一套工作方式，来双扬太了解了。来双元都不太了解。来双元当兵那么多年，复员回来还在省直机关车队，但他依然思想简单，说话牛气，他曾经质问张所长：“你办事拖拉，阳奉阴违，专门为难老百姓，这是我们共产党作风吗？”

张所长一句话就把来双元顶了回去。他说：“那你以为我们房管所是国民党的房管所？”

吉庆街长大的来双扬，绝对不会像来双元这么行事和说话。她不会找张所长据理力争的，不会用大话压人，不会查找各种政策作为依据。她常来坐坐，只谈家常，展示展示跑断腿的苦模样，同时小恩小惠不断。见机行事地逮住张所长。一旦逮住，她就用尽天下的软话哀求。今天来双扬又逮住了张所长。今天来双扬不上哀求的套路了，今天来双扬要使用杀手锏。

张所长以为来双扬请的晚饭，不过是在吉庆街罢了。可是没有料到，来双扬让出租车司机把车开到了香格里拉饭店。在五星级饭店进餐，张所长还是很喜欢的。但是来双扬这么隆重，张所长就有一点心慌了，是不是来双扬又有什么新的过分的要求呢？

一进饭店大堂，张所长就说要上一个洗手间。在洗手间里，张所长洗了一把脸，面对洗手间华丽的大镜子，张所长自己给自己打气了一番：不就是香格里拉吗？不就是饭店门口有五颗星吗？来双扬难道不应该请？多年来，他们房管所为来双扬们维修这些上百年老房子，投入了多少经费，花费了多少心血？来双扬是应该请的。香格里拉这种饭店，如果不是住户请客，像张所长这种房管所的干部，进来的机会极少，张所长又不是傻子，他当然没有必要放弃这个机会。来双扬能够有什么新的要求呢？不就是两间房子的产权问题吗？工作上的事情，张所长知道怎么办。来双扬想要拥有两间老房子的产权，多麻烦的事情啊！别说请张所长吃香格里拉，就是吃北京钓鱼台国宾馆，也不过分。现在的人们都要求别人替他着想，为他服务，他能够反过来考虑一下别人的利益吗？来双扬这个女人还算不错，还是比较懂事的。她已经说了，她今天请客是因为她赢得太多了，牌场上的请客，好玩而已。去吃吧！

张所长自己做通了自己的思想工作，回头坐在铺着雪白桌布的餐桌旁边，神情就很自然了。来双扬请张所长点菜，张所长不肯点，推说对菜式没有研究，不会点。张所长怎么能够点菜呢？毕竟他是所长，来双扬是一个卖鸭颈的女人。张所长与比他地位低的人出去吃饭，向来都是别人点菜的。张所长只是超然地说：“我吃什么？我吃随便。”况且，来双扬请客，张所长点菜，他就不好意思点太昂贵的菜了，可是既然吃香格里拉，就应该吃一点昂贵的菜，要不然，还不如在吉庆街吃呢。

张所长不肯点菜，来双扬也不坚持了。来双扬请张所长点菜，也是一种姿态，表示尊重而已。来双扬像黑夜里的蜡烛，心里亮着呢，这菜，当然是由她自己来点了。

既然来了香格里拉，既然今晚要用杀手锏，那就豁出去了。来双扬点了一道日本北海道的鳕鱼，点了北极贝，点了虫草红枣炖甲鱼，这是一道药膳，滋阴益气，补肾固精的。张所长在读菜谱，听到这里，着实有点感动了，他又不是什么大干部，来双扬也这么下本钱点菜，他的面子也足够光辉了。张所长连忙打断了来双扬，说：“行了行了。两个人，吃不了那么多。再说，这些菜的蛋白质也太高了，我这个年纪吃不消的，还是清淡一点好。把甲鱼换成冬瓜皮蛋汤吧，我最喜欢喝这种清淡的汤。”

来双扬说：“张所长，别别别！甲鱼一定要的，咱们人到中年，就是要注意滋补。再来一个冬瓜皮蛋汤不就行了。”

有服务生在一边，张所长不好意思坚持。他只得告诉着服务生说：“小姐够了！小姐够了！”

话题就是从这个时候，顺水推舟开始的。来双扬的语言表达，有一个了不起的本事，这就是：显得特别真诚。要论嗓音的好听，要论形体与语言的配合，来双扬都不及她的妹妹来双瑗，但是，来双扬会嗲。武汉有一句民谣，说：十个女人九个嗲，一个不嗲有点傻。女人的关键是要会嗲。来双扬就在于她非常会嗲。会嗲的女人不是胡乱撒娇，是懂得在什么场合使用什么语言姿态。来双扬深谙嗲道，她说话时候的真诚感便是来自于对嗲的精通。来双扬说鸭颈好吃，可以说得谁都相信。现在来双扬说话了。她说："张所长，我说句良心话，你真是一个好干部。你真是太廉政了。一般干部吃饭，他怎么会嫌好菜多了呢，又不是他自己掏钱。菜太多，吃不了，光是尝一筷子，见识见识也好啊。张所长，我这才点了几个菜，看你替我急得，生怕把我吃穷了。张所长，像你这样的干部，现在是太少太少了！我来双扬，有运气住在你的管段，想想真是我的福气。来，我敬你一杯！"

来双扬真诚的话语，把张所长说得泪珠子都快掉出来了。他就是这样的一个人，当了这么多年的房管所长，替大家做了多少好事，到现在快退休了，还不是两袖清风？家里也就是一个三居室，老伴也就在居委会上班，不是什么有油水的单位；儿子还是一个精神病人，靠他们老两口养活，不发病的时候也只能呆在家里，发病了就糟糕了，满大街地追姑娘，夜里还往他妈床上爬，只好雇请一个身强力壮的男保姆专门看管他。雇请男保姆，现在一天得二十五块钱，真是要张所长的命啊！作为一个基层干部，张所长做得够好的了，他从来没有因为家庭困难叫过苦。可是这么多年来，他没有得到什么提拔，也没有得到什么荣誉。省里市里树的那些个优秀模范党员，张所长太了解他们了，就是会做一些表面文章，沽名钓誉，其实他们的实惠一点没有少得，张所长在某个桑拿屋，三次碰到了某个优秀模范党员。这让张所长心里如何平衡得了呢？

张所长眨巴着眼睛，与来双扬把酒杯一碰，一口就抽干了一杯酒。张所长动情了。他说："扬扬，我相信群众的眼睛是雪亮的。你今天对我的评价，比上级对我的表扬更使我感到高兴。工作了一辈子，有群众的满意和支持，我就满足了。来，我敬你一杯。"

吃饭吃到这种心心相印的程度，来双扬与张所长几乎无话不谈了。使张所长一步一步放松警惕的是，来双扬没有提出什么新的过分的要求。来双扬几乎没有谈她房子的事情，与他大谈的是世道，是做人，是家常，他们一同愤世嫉俗着，吃得好不畅快。

话题，被张所长缠绕在他最大的心病上面。张所长最大的心病就是他的儿子。张所长用巴掌抹着脸，害臊地说："扬扬啊，你也是过来人了，我也不想瞒你，你看儿子爬他妈妈的床，这是多么难堪的事情。我恨不得把这个杂种杀了，免得他有朝一日做出伤天害理的事情来！"

这时候，对张所长一直深表同情的来双扬忽然自己灌了一杯酒，将她镶着钻石的手指互相一个拳击。来双扬使出她的杀手锏了。来双扬说："张所长，我简直都替你受不了了！这样吧，我就豁出去了，我来帮你解决这个问题！"

张所长说："你？"

来双扬说："你儿子这叫花痴不是？如果有了一个好老婆，他自然就好了。即便偶尔发病，也有老婆管着。小两口关在家里闹一闹，你老伴也就不存在危险了。"

张所长苦笑说："哎呀扬扬，办法是好，我们也不是没有想过，可是谁愿意做他的老婆。再说，他还有文化，还晓得要爱情和要漂亮姑娘。这是不可能的事情啊！"

来双扬说："张所长，天下没有不可能的事情。你这个忙。我帮定了！保管给你找一个年轻漂亮的媳妇。”

聪明人张所长立刻推开椅子，站了起来，对着来双扬，使劲地打恭作揖，说：“扬扬，只要你真的能够替我解决这个心腹大患，我和我老伴，来生做牛做马都要报答你。”

来双扬扶张所长坐下，说：“张所长啊，别说得那么可怕。什么来生？我们不都只盼望今生能够过得顺心一点吗？”

张所长正色道：“扬扬，聪明人之间，不用多说话。我工作上份内的事情，就是你和我没有任何朋友关系，我一样按政策办理。你的房子问题，大家有目共睹，你的要求是非常合情合理的，我一直在积极地办理。只是因为历史遗留问题太多，解决的时间需要长一点。不过现在已经快办好了。”

来双扬当然就不再多说什么了。只说了谢谢！谢谢！今天我们不谈工作，只是清谈清谈，开开心而已。然后为自己和张所长满上了酒，然后两人轻轻一碰，都一口抽干了。

来双扬说：“张所长，你知道九妹是我的干妹妹吧？我把九妹嫁给你做儿媳妇怎么样？”

张所长喜出望外地说：“九妹！”

## 八

九妹居然同意了。

来双扬有这个本事，硬是说服了九妹。

来双扬说服九妹并没有费太多口舌。因为来双扬事先已经彻底粉碎了九妹对久久的幻想。除了久久，九妹没有可能亲密接触其他的城市青年。九妹正是惶然不知所终呢。

来双扬用平静的语气，把九妹的人生状况给她做了一个客观的分析。客观事实很残酷，九妹明白了她在城市的处境和艰难，况且九妹还有一点狐臭，天天用香水遮掩着呢。来双扬建议九妹嫁给张所长的儿子。

九妹说："张所长的儿子是花痴！"

来双扬说："不是花痴，能够和你这个乡下妹子做夫妻？人家一个体体面面的，干部家庭的大学毕业生。花痴怕什么？你不就是一朵花吗？对你痴一点有什么不好。现在的女人，就是嫌自己的男人对自己不够痴情，恨不得他们成了花痴才好，关在家里，只看老婆一个人。再说了，花痴这种病，一般结婚以后就会好的。万一不好，也就是春天发发病，别的季节跟好人一模一样，你是看见他来吉庆街吃饭的，多少女孩子喜欢他，你也是见过的。"

九妹说："万一发病了怎么办？"

来双扬说："万一发病了我会不管你？不发病，皆大欢喜，等于你捡了一个天大的便宜，英俊女婿，城市住房，城市户口，公婆当菩萨供着你，你什么都得到了。万一发病，治疗呗。现在医学这么发达，怕什么？"

九妹说："假如病得更厉害了呢？"

来双扬说："崩溃！送精神病院呀！实在不成还可以离婚呀！到那时候再离婚，你该得到的都已经得到了。九妹呀九妹，现在做什么生意没有风险？人生也是一样的呀！你还在这里犹豫，人家张所长家里，成天都有哭着喊着送上门的乡下女孩，就是咱们吉庆街的，也不少。张所长为什么选择你，因为首先是他儿子喜欢你，看上你好久好久了。再是我没有把你当丫头，我当你是自己的妹妹，吉庆街都知道，你是‘久久’的副经理。你是有身份有靠山的人，你出嫁，我是要置办彩电冰箱全套嫁妆的；‘久久’的股份，也是要给你提到百分之三十的。九妹啊，你是有娘家的人啊！我来双扬这里就是你的娘家啊！你以为人家张所长不看重这个？一个干部家庭，谁不看重身份和地位呀！”

来双扬说完，接电话去了。一个电话，故意说了将近一个小时。九妹独自坐了将近一个小时，抱着脑袋前思后想。

来双扬打完电话，拖着脚过来，再也不说什么话，只是疲乏地歪着身子，仿佛为九妹操碎了心的样子，眼睛呢，只是征询地看了九妹一眼，然后慢条斯理地去磕烟灰。

九妹揉着眼睛哭道，说：“老板啊，大姐啊，你要说话算话啊，以后千万不要不管我啊！”

来双扬轻轻杵了一下九妹的脑袋，说：“我是说话不算话的人吗？真是崩溃！”

事情就这样办成了。九妹将要成为一个花痴的新娘了。来双扬忽然感到一阵心酸。来双扬挨着九妹坐下，抚摸着九妹的头发，说：“九妹啊！久久命不好，你的命也不好，我的命也不好。咱们都是苦命人，就这么互相帮着过吧。做人不是一件容易的事情，来生我不要做人了，我宁愿做一只鸟。”

正好有一只鸽子歇在来双扬的窗口，来双扬看着鸽子说：“我宁愿做一只鸟，想飞哪里就飞哪里，父母兄弟，一家老少的事情全都不用管，多好啊！”

九妹泪眼蒙眬地也去看那鸽子，说："我来生也不做人！随便做什么也不做人！"

来双扬说："九妹，大姐对不起你了！"

九妹说："大姐，不要这么说。这是我最好的出路，我反复想过了。"

来双扬说："结了婚，安定了。张所长的儿媳妇，也没有人敢小看的了。到时候，你要放开胆量和手脚，把'久久'的生意搞得更红火。大姐老了，有做不动的时候的，'久久'迟早是你的。"

九妹被来双扬感动得一塌糊涂，说："'久久'永远都是大姐你的、久久的和我的。以后，我心中珍藏的最宝贵的东西，就是'久久'了。我会拼命把生意做大的，我要尽量多赚钱，我要替你分担一部分久久的费用。我想穿了，只要久久能够活着，他要吃货，我们就尽力让他吃吧。"

提到久久，来双扬流泪了。汹涌的泪水，把眼睫毛上涂的黑色油膏，淌了一脸。她揽过了九妹的头，依偎在自己怀里。她喃喃地说："久久活不长的。他要是活得长，我就只好卖房子。一间房是供养久久的，一间房是来金多尔的出国留学费用。这日子只能这么着了。"

来双扬这个样子，九妹还有什么话说，两个人竟是肝胆相照的亲姐妹一般了。

日子过得很快。说话间，一个月过去了，九妹的婚期也到了。张所长的儿子，一听要替他完婚，高兴得比正常人还要正常。张所长的儿子与九妹一同去"薇薇新娘"影楼拍婚纱照，影楼的小姐都嫉妒九妹了。一个乡下妹子，怎么把这么一个一表人才的青年弄到手了？她们对张所长的儿子卑躬屈膝，把刻薄的冷淡藏在虚伪的热情里对待九妹。张所长的儿子居然觉察出来了，说：“你们不要这样好不好？否则，我和我女朋友就要换一家影楼了！”

九妹听了兴奋得实在忍不住，提着婚纱跑到街头，给来双扬打了一个电话。

在电话里，把未婚夫的话，逐字逐句地讲给来双扬听。

来双扬在电话那头说：“好哇。这是我早就料到的。”

来双扬说完就把电话挂了。

来双扬高兴当然是高兴。但是她已经把九妹的事情放下了。她要去忙别的事情。生活中的事情真的是很多很多。

来双扬把来家的两间老房子收归到了自己名下。除了久久，来双元肯定是有意见的，来双瑗也肯定是有意见的。来双元与来双瑗，来双扬不怕他们。他们的思想工作，来双扬都可以做通。谁要是来硬的，来双扬就要问问他们，谁能够把久久和来金多尔负责起来？谁能够把吉庆街的“久久”酒店负责起来？来双元不能够。来双瑗也不能够。这是明摆着的事情。

只是来双扬必须把小金解决一下。

来双元的背后主要是他的老婆小金在挑唆。小金下岗两年多，想钱想得要命，现在是穷凶极恶了。来家的长子没有得到房产，小金绝对饶不了来双元。小金下岗之后迷上跳广场舞，据说在舞场结识了一个律师。现在她动不动就说要诉诸法律。如果不解决小金，来双扬的哥哥来双元，后半辈子就没有安宁日子过了，来金多尔受到的干扰就太大了，来家谁都没有好日子过了。来双扬必须解决她的嫂子小金。

与小金这样的女人较量，来双扬便要使用她的另一套本领了。

这就是泼辣。小金泼，来双扬要比小金更泼。出发迎战小金之前，来双扬换下了裙子和高跟鞋，穿上一身廉价的紧身衣服，黑色的；手上却戴了一副白色腈纶手套，这手套是来双扬夏天骑自行车用来保护手指的，今天她是晚上去找小金，没有太阳紫外线，她是怕小金把她镶钻的手指抓挠坏了。虽然是人造钻石，也是八十元一颗的。来双扬这样的一身打扮，完全是一个江湖侠客。

琴断口广场成了来双扬的嫂子小金终身难忘的伤心之地。

来双扬到了琴断口广场之后，暗中观察了小金很久。小金是那种年轻小巧玲珑中年发胖的身材，骨骼小，肉多，整个人成了一个圆滚滚的树桩。这种身材没有什么关系，人到了年纪都会发胖的。问题是小金年轻的时候朴朴素素，看上去令人舒服，现在却爱俏起来。小金不懂得，一个中年妇女，爱俏是一定要有身材本钱的，还要有经济实力的，还要有见识和悟性的。不然，就应当取本色的风格，穿得干净整洁，大方朴实也就很好了。小金真是要命！穿的什么？居然敢穿黑纱！里面紧身吊带背心，外面罩一件半长黑纱，下面是今年最流行的两边开衩短裙，脚上是松糕凉鞋，头发呢？吹起来挂在头顶如僵硬的快餐面，还染有一撮金色的黄发。这居然是一个胖墩墩的中年妇女的打扮！真是丢来家的人！在大喇叭猛放的流行歌曲声中，小金涂脂抹粉，做出一脸的表情，用一种以为自己很亭亭玉立风情万种的感觉，与那位相貌委琐，瘦得腰都挂不住裤子的律师，亲密地相拥起舞。

并且，小金只和那位律师跳舞。一个老头子过来请她，她还撇嘴！喇叭里放出一首“真的好想你，我在夜里呼唤黎明”这种抒情慢歌的时候，小金与律师几乎跳贴面了。他们的眼睛，还碰来碰去，在光线黯淡的地方，向对方放电。他们一定以为，广场这么大，跳舞的人好几百，看上去都是胳膊在扭动，仿佛一窝乱蛆，令人眼花缭乱，一定不会有谁注意到他们的。来双元还为他的老婆辩解，说她晚上出去跳舞只是为了锻炼身体。来双扬才不相信呢！为了身体健康，每天坚持在自己楼道里爬楼梯就足够了！

来双扬径直走到舞场中间，把她的嫂子小金拽了出来。当来双扬大叫一声"嫂子！"的时候，律师飞快地钻进人群，不见了。

小金的块头不大，劲头却不小。她用力甩掉了来双扬的手，大声叫喊道："我又不认得你！你拉我做什么！"

小金这一手果然厉害，周围不少的人就围了过来，警惕地打量来双扬。小金长期在这里跳舞，人们是认识她的。而且来双扬还不能指责小金的打扮，也不能戳穿小金跳舞的居心，因为舞场上的大部分人，都是小金的同类。来双扬一棍子打翻一船的人，在这里肯定是要吃亏的。来双扬见势不妙，机智地转换了话题。来双扬在吉庆街练就的就是一张巧嘴。

来双扬说："嫂子，你这是干什么？我偶尔路过这里，看见了你，想托你给我哥哥和侄儿捎带一点营养费回去，他们手术以后，还是要多补养补养的。我不是看你下岗了，想帮帮你们吗？"

周围的人，把来双扬的话一听，顿时对她好感倍增。

小金可不是一个好打发的女人，她说："说的比唱的好听！钱呢？给我吧。"

来双扬没有退路，只好拿出了一张百元的钞票，递给了小金。她想：舍不得孩子打不到狼。

小金拿了钱就要走。来双扬说："嫂子，这就做得不地道了吧？

我还有话要说呢。”

小金说：“有话就说，有屁就放。”

来双扬对周围的人无奈地笑笑，说：“我嫂子好像吃了炸药呢。”

小金迫于众人的压力，将戾气收敛了许多。说：“有什么话，说吧说吧，你这个人，我又不是不知道。汉口吉庆街的，老辣得很。没有事情，是不会来找我的。”

来双扬也就变了脸，说：“那好。那你就听着。你是一个当妈的，你儿子动手术割包皮，你跑到哪里去了？你是一个做老婆的，你丈夫也动了手术，你跑到哪里去了？你本来就是一个工人，却怕吃苦，不肯做工。你下岗之后，我给你介绍了多少工作，你都不肯做。巴不得每天早上一开门，天上就在下钞票。你从前上班，就是在厂里混点。有哪一个工厂，能够不被你这样的人混垮？还有脸骂政府，怪国家，埋怨丈夫。像你这种懒婆娘，不肯劳动，不管儿子不管丈夫不顾家庭，还有什么嘴巴说别人？”

小金的嗓子也敞开了。她说：“我家里的事情，要你管什么！不就是你哥哥和侄子在你那儿住了几天吗？你就邀功来了。谢谢你！行了吧？你妈屄自己一个孤老，把老子的儿子拉拢过去当自己的儿子，还不肯出一点血，天下哪里有这么美的事情！”

小金骂来双扬“孤老”，这一下就把来双扬的恶胆勾引出来了。来双扬甩出胳膊，手指都指点到小金的鼻子尖了。来双扬说道：“你骂我孤老？你的脑袋是不是有毛病？你张开眼睛看看是你年轻还是我年轻？你崩溃呀你！我他妈的又不是没有生过孩子！老子现在要生育，是分分钟的事情，要找男人，也是分分钟的事情。姓金的，我告诉你，话说早了不好，咱们走着瞧，将来谁是孤老，咱们看得见的！什么你的儿子，你管过他吗？那么好的一个孩子，那么爱学习爱读书，你妈的屄，你一打麻将就是整天整夜，那孩子，连一口饱饭都吃不上。给两个钱让孩子自己上街买烧饼，孩子烧饼都舍不得吃，都去买书报了。这么糟蹋孩子，你还有什么资格当妈？这孩子是吃我的奶水长大的，是我一直在关心他爱护他，给他买书买杂志，是我在花钱送他去俱乐部打乒乓球。他动了手术，是在我家里休养，我给他熬骨头汤，做肉做鱼给他吃。'生不如养'这句老话你知道吗？我要抢你的儿子？我有钱不知道自己多穿几件好衣裳？我有病啊！是孩子他愿意啊！你让多尔站在我们中间，看他愿意跟谁走！我是心疼这孩子啊！你是在害性命你知道不知道！"

来双扬的一番话，倾泻如高山流水，势不可挡。小金几次试图打断她，结结巴巴着，就说不出任何有力的语言来。小金恼羞成怒，扑将上来冲撞来双扬，一边叫嚷："来双扬！你这个婊子养的！看我不把你的嘴撕了！是我惹你了，还是我铲了你们家的祖坟，你凭什么跑到这里来败坏我！"

来双扬的个子比小金高多了，又是有备而来的，所以一下子就捉住了小金的双手。来双扬说："今天我来，就是要教你学乖一点。教你尽到做老婆做母亲的本分，不要无事生非地搀和我们来家的任何事情。我哥哥养活了你，爱护着你，你要知趣，要感恩，不要给他气受，不要在他面前絮絮叨叨，不要怂恿他与我们兄弟姐妹争家产闹矛盾占小便宜。如果你乖，多尔的生活费和教育费，从现在起，我都包了。你他妈的就是打麻将打死，跳舞跳死，懒惰得骨头生蛆，我来双扬再也不干涉你一个字！假如你臭不懂事，那就怪不得我了！"

小金听了来双扬的话，愣了半晌，突然奋力地跳起来，在来双扬脸上抓了一把。来双扬一躲闪，小金的手抓到她嘴角了，当时就有血花绽开。来双扬眼疾手快，顺势就给了小金一个凶猛的耳光。小金脚跟没有站稳，踉跄了一下，跪倒在来双扬面前。

来双扬抓住小金的头发，说："今天咱们就这么说定了。最后还有一个小小的警告，你要是再和那个律师眉来眼去，是卸胳膊还是卸腿，随便你挑。你知道吉庆街的，也知道黑社会的，更知道我是吉庆街长大的。"

小金抗不住了，一摊烂泥泄在地上，杂乱无章地哭嚷叫骂着。

来双扬一把掀开小金，钻进一辆出租车，扬长而去。

## 九

与天下的日子一样，吉庆街的日子，总是在一天一天地过去。

早上，太阳出来了，人也出来了，各式各样的，奔各自要去的地方，脸上的表情，都让别人猜不透；黄昏，太阳沉没在城市的楼群里面，人也是各式各样，又往各处奔去，脸上的表情，除了多出一层灰尘和疲倦，也还是让人猜不透。若是抽象地这么看着芸芸众生，只能觉得日子这种东西，实在是无趣和平庸。也只有日子是最不讲道理的，你过也得过，你不想过，也得过。人们过着日子，总不免有那么一刻两刻，也不知道为了什么，口里就苦涩起来，心里就惶然起来，没着没落的。吉庆街的夜晚，便也因此总是断不了客源了。

吉庆街是夜的日子，亮起的是长明灯。没有日出日落，是不醉不罢休的宴席。人们都来聚会，没有奔离。说说唱唱的，笑笑闹闹的，不是舞台上的演员，是近在眼前的真实的人，一伸手，就摸得着。看似假的，伸手一摸，真的！说是真的，到底也还是演戏，逗你乐乐，挣钱的！挣钱就挣钱，没有谁遮掩，都比着拿出本事来，谁有本事谁就挣钱多，这又是真的！用钱作为标准，原始是原始了一点，却也公平，却也单纯，总比现在拿钱买到假冒伪劣好多了。卖唱的和买唱的都无所谓，都乐意扮演自己的角色，因为但凡动脑筋一想，马上就明白：人人都是在这生活的链条当中，同时都在卖唱和买唱，只是卖唱和买唱的对象不同而已，老虎怕大象，大象却还怕老鼠呢。表演者与观看者互动起来，都在演戏，也都不在演戏；谁都真实，谁都不真实。别的不用多说，开心是能够开心的。人活着，能够开心就好！什么公侯将相，荣华富贵呢！

来双扬的鸭颈生意，她从来都不是很犯愁的。她不用动脑筋，仅凭吉庆街的人气，她也知道吉庆街总归是有人来吃饭的，吃饭肯定是要喝酒的，喝酒肯定是要鸭颈的。来双扬非常清楚，对于中国人，大肉大鱼的时代已经过去了。她的鸭颈，不用犯愁。所以来双扬夜夜坐在吉庆街，目光里的平静是那种满有把握、通晓彼岸的平静，这平静似乎有一点超凡脱俗的意思了。

生活呈现出这样的局面，使来双瑗异常悲愤。来双瑗的目光是犀利的，是思辨的，是智慧的，可是她就是熬得双眼红红，目光烦躁不堪。通过较长时间的努力，来双瑗积极地曝光了社会热点问题，吉庆街大排档夜市受到广大居民的强烈谴责。吉庆街又遭到了一次取缔。然而，取缔的结果还是与以往一样，吉庆街大排档就像春天的树木，冬天睡了一觉，春天又生机勃发了，并且树干还粗大了一轮。这是来双瑗怎么也想不通的事情！政府大约是要想别的办法了。要不然，事情看起来就很滑稽了，到底是在棒杀还是在吹捧呢？

来双瑗与姐姐来双扬，又发生了一场龃龉。还是车轱辘话题，扬扬你为什么一定要过这种日夜颠倒的不正常的生活？

来双扬便咬牙切齿地低声说：“崩溃！”

姐妹俩详细的对话就不用复述了。尽管来双瑗这一次把问题的性质提到了环保和文化的高度，来双扬这个卖鸭颈的女人，三言两语，就把妹妹的话题家常化和庸俗化了。

来双扬说：“你在穷咋呼什么呀！”

来双扬扳起指头数数这过去的日子，她解决了来家老房子的产权问题；也解决了与卓雄洲的关系问题；还带来金多尔看了著名的生殖系统专家，专家说多尔的包皮切口恢复得很好，不会影响只会增强将来的性功能；来双扬还给来金多尔换了一位更高级的乒乓球教练；来双扬搞好了与父亲和后母的关系；交清了来双瑗他们兽医站半年的劳务费；九妹出嫁了；小金也本分了一些；久久似乎也长胖了一点，来双扬在逐步地减少他的吸毒量，控制他对戒毒药产生新的依赖；来双扬自己呢，还挤出一点钱买了一对耳环，仿制铂金的，很便宜，但是绝对以假乱真！来双瑗呢？她做了什么？她全力以赴地做了一档节目，以为可以改天换地，结果天地依旧。想想看，是谁推动和创造了人类的发展？

来双瑗气得两眼望长空，双手拍在桌子上。良久，来双瑗才文不对题地说：“我，要做一个甘于寂寞的人了。”

来双扬只得摇摇头，随妹妹自己去了。来双扬无法与来双瑗对话。一个人既然甘于寂寞，何必还要宣称呢？宣称了不就是不甘于寂寞了吗？来双瑗总也长不大，皮肤都打皱了还是一个青果子，只有少数白头发的老文人和她自己酸掉大牙地认为她是一个纯美的少女，可是她早就过了少女阶段了。看来以后为来双瑗操心的事情，还真不少呢。

与卓雄洲的关系问题，来双扬已经解决了。是来双扬采取的主动姿态。让别人买了自己两年多的鸭颈，什么都不说，吊着人家，时间也太长了。来双扬还发现自己逐渐喜欢上卓雄洲了。这样下去怎么行呢？这样下去，来双扬在吉庆街的夜市上，就坐不稳了。恋爱的女人，一定是坐立不安的。一个魂不守舍坐立不安的女人，怎么全心全意做生意守摊子？可是来双扬必须卖鸭颈。她不卖鸭颈她靠什么生活？

来双扬主意一定，就要把她和卓雄洲之间的那个结局寻找出来。她是一个想到就做的女人。

来双扬和卓雄洲的结局是什么？在他们约会之前，来双扬一点把握都没有。最美好的结局是，卓雄洲突然对她说："我离婚了。我要和你结婚。"最不美好的结局是，卓雄洲说："我不能离婚，你做我的情人吧。"于是他们只好暗通款曲。恋爱中的女人总是很幼稚，来双扬设想的结局就跟小人书一样简单分明，可是生活怎么会如此简单分明呢？

不管来双扬如何昏头，她还真是有一点见识的。来双扬自己单独居住，她却没有把和卓雄洲的约会放在自己的房间。来双扬想过了，她自己的房间虽然方便和安全，但是假如结局不好，那么她的房间，岂不伤痕累累，一辈子惹自己伤心？一处房产，对于一个普通百姓来说，可不是好玩的东西，是人生的归宿和依靠，不是能够用火烧掉，用水洗掉的，不能让自己的老巢受伤。

来双扬把卓雄洲约到了雨天湖度假村。

雨天湖度假村在市郊。雨天湖是一大片活水湖，与长江和汉水都相通的。从度假村别墅的落地窗望出去，远处湖水渺渺，烟雾蒙蒙；近处芦苇蒿草，清香扑鼻；不远不近处，是痴迷的垂钓者，一弯长长的钓鱼竿，淡淡的墨线一般，浅浅地划进水里。多么好看的一切！

落地窗玻璃的后面，是一方花梨木的中式小几，几子两边，雕花的椅背，坐了来双扬和卓雄洲。几子上面摆了带刀叉的水果盘，两杯绿茶，还有香烟和烟灰缸。一张大床，在套间的里面。推拉门开着，床的一角正好在视线的余光里，作为一种暗示而存在，有一点艳情，有一点性感，有一点鼓励露水鸳鸯逢场作戏。宾馆的床，都是具有多重意思的，也少不了暧暧昧昧情调的。

卓雄洲看着外面说："真是人间好风景啊！我恨不能就这样坐下去，再一睁开眼睛，人已经老了。"

来双扬心里也是这么一个感觉，她说："是啊是啊。"

卓雄洲没有谈到离婚，也没有谈到结婚，更没有谈到情人。他的话题，从两年以前的某一个夜晚谈起，说的尽是来双扬。是来双扬的每一个片断，是来双扬的每一个侧面，是对来双扬每一个部位的印象。来双扬喜欢听。被一个男人这么在意，来双扬心里很得意，很高兴，也很骄傲。

卓雄洲谈着谈着，来双扬渐渐便有了一点别的感觉。

卓雄洲谈得时间太长了。凡事都是有一个度的，过了这个度，味道就不对了。卓雄洲谈到后来，来双扬就觉得他描绘的，好像不完全是她了。到了最后，来双扬几乎可以肯定，卓雄洲描绘的，绝对不是她了，而是她与别的女人的混合，是一个十全十美的女人：外表风韵十足，内心聪慧过人，性格温柔大方，品位高雅独特，而且遇事善解人意，对人体贴入微。这个女人是来双扬吗，不是！来双扬太知道自己了。来双扬要是那样的一个女人，她就不会是卖鸭颈的命了。卓雄洲一定没有看见来双扬对范沪芳如何地花言巧语，一定想象不到来双扬与小金的对打厮杀，更不会知道来双扬狠心出嫁九妹，违法呵护久久。到了这个时候，来双扬已经明白，她和卓雄洲没有夫妻缘分了。可惜了卓雄洲两年多的梦幻和期待，也可惜了她自己两年多的梦幻和期待。来双扬心里苦涩不堪，恨不得推开窗户跳出去算了，死倒是痛快啊！人原来是这么地不好过活啊！

但是，来双扬不忍心揭穿自己，也不忍心揭穿卓雄洲。既然没有夫妻的缘分，既然没有以后真实的日子，姑且让自己在卓雄洲心目中留下一个完美的形象吧。来双扬其实也是想做那种十全十美的女人的，只是生活从来没有给她这么一个机会。

来双扬点起了香烟，慢慢吸起来。她认真看着卓雄洲的脸，耐心地听他歌颂他心目中的理想情人来双扬。尽情歌颂吧，来双扬今天有的是时间，人家卓雄洲买了她两年多的鸭颈呢。卓雄洲的脸是苍劲的，有沧桑，有沟壑，有丰富的社会经验。这么老练的一个男人，城府深深的一个男人，一年盈利上千万的男人，怎么私下里袒露出来的眼神还是像一个寻找妈妈奶头的婴儿呢？到哪里去找真正长大了的男人？

卓雄洲说："好！好！扬扬，我就是喜欢你这种冷艳的模样。"

来双扬强忍心酸，说："谢谢。"

卓雄洲说："我说完了，该你说我了。"

来双扬一愣："说你什么？"

卓雄洲说："你看我怎么样啊？"

来双扬更加愣了。来双扬在心里已经对卓雄洲有了明确的判断，可是她不能把她冷酷的判断说出来。人家卓雄洲买了她两年多的鸭颈，还着实地歌颂了她一番，她万万不能实话实说。来双扬一向是不随便伤害人的，谁活着都不容易啊！卓雄洲怎么样？卓雄洲不错啊。卓雄洲是一个雄壮，强健，会挣钱的男人啊！来双扬做梦都想嫁给这样的男人——只要他真的了解她并且喜欢她。来双扬愣了一刻之后，"哧"的一声笑了起来。她要开玩笑了。

来双扬说："我看你挺好。"

卓雄洲说："哪里挺好？"

来双扬说："哪里都挺好。"

卓雄洲说："说具体一点。"

来双扬说："好吧。你的头挺好，脸挺好，脖子挺好，胸脯挺好，腹部也挺好。"

卓雄洲听到这里，坏坏地笑了起来，说："接着往下说！"

来双扬伸出她纤美的手来，在卓雄洲面前摇着，说："我不说了。我不说了。"

卓雄洲趁机捉住了来双扬的美手，再也不放，催促道："腹部下面是什么？说下去！"

来双扬埋下头咕咕笑道："腿也挺好。"

卓雄洲说："你这个坏女人，故意说漏一个地方。"

两人笑着闹着就纠缠到了一块儿。男女两个身体纠缠到了一块儿，自然的事情就发生了。那张大床，不知怎么的，就好像主动向他们迎过来了。卓雄洲和来双扬眼里，也就只有床了。他们很快就到了床上。卓雄洲这两年多来，思念着来双扬，与自己的妻子，便很少有事了。来双扬单身了这么些年，男女的事情也是极少的。所以，眼下这两个人，大有孤男寡女、干柴烈火的态势。来双扬是一个想到就做，做就要做成功的女人。既然与卓雄洲滚到了床上，她也没有多余的顾虑了，一味只是想要酣畅淋漓的痛快。卓雄洲呢，也是本能战胜了一切。可是，卓雄洲一贴紧来双扬的身体，很快就不能动弹了。来双扬为了鼓励卓雄洲，狠狠亲了他一下，谁知道卓雄洲大叫："不要不要！"等来双扬明白卓雄洲是受不了这么强烈的刺激的时候，卓雄洲已经仓促地作了最后的冲刺。而来双扬这里，还只是刚刚开始，有如早春的花朵，还是蓓蕾呢。雨露洒在了不懂风情的蓓蕾上！来双扬有苦难言地躺着，跟瘫痪了一样。一朵充满热望，正想盛开的蓓蕾，突然失去了春天的季节，来双扬周身的那股难受劲儿，实在是说不出口，一线泪流，湿润了来双扬的眼角，暴露出来双扬的不满与失望。

脱了衣服的卓雄洲与西装革履的卓雄洲竟然有如此大的反差，他的双肩其实是狭窄斜溜的，小腹是凸鼓松弛的，头发是靠发胶做出形状来的，现在形状乱了，几绺细长的长发从额头挂下来，很滑稽的样子。

卓雄洲抱歉地说："先休息一下，我争取再来一次。"

来双扬赶紧摇头，说："我够了。"

来双扬得善解人意。来双扬得把男人的承诺退回去。来双扬不想让卓雄洲更加难堪。方才卓雄洲的冲刺，喉咙里面发出的都是哮喘声了，他还能再来什么？谁说女人的年纪不饶人呢？男人的年纪更不饶人。卓雄洲毕竟是奔五十的中年人了，没有多少精力了。这种男人没有刺激不行，有了刺激又受不了，只能蜻蜓点水了。卓雄洲不能与来双扬缓缓生长，同时盛开了。他们不是一对人儿，螺丝与螺丝帽不配套，就别说夫妻缘分了。大家都不是少男少女，各自的行事方式已成习惯，没有磨合和适应的可能了。

这就是生活！生活会把结局告诉你的，结局不用你在事先设想。

夜已经降临。来双扬好脾气，同意与卓雄洲在雨天湖睡一夜。毕竟卓雄洲的好梦，做了漫长的两年多，来双扬还是一个很讲江湖义气的女人。来双扬让卓雄洲把头拱在她的胸前入睡了，许多男人一辈子都还是依恋着自己的妈妈，来双扬充分理解卓雄洲。

入睡不久，卓雄洲与来双扬便各自滚在床的一边，再也互不打扰，都睡了一夜的安稳觉。

早上，卓雄洲从洗手间出来，又是一个很英气很健壮的男人了。他们一同去餐厅吃了早餐。吃早餐的时候，卓雄洲就把手机打开了。马上，卓雄洲的手机不断地响起，卓雄洲不停地接听电话。卓雄洲说电话说得真好，干练而有魄力，处理的件件事情都是大事。来双扬把叉子含在口里，歪头看着卓雄洲，很是欣赏这位穿着西装的，工作着的卓雄洲先生。工作让男人如此美丽，正如悠闲之于女人。也难怪世界上的政治家绝大多数都是男人了。

雨天湖的房间是来双扬订的，卓雄洲一定要付账。来双扬也就没有坚持。

吃过早餐出来，卓雄洲与来双扬要分手了。他们什么也没有说，就是很日常地微笑着，握了一个很随意的手，然后分别打了出租车，两辆出租车背道而驰，竟如天意一般。

从此，卓雄洲就再也没有出现在吉庆街了。

来双扬没有悲伤。这是来双扬意料之中的事情。来吉庆街吃饭的，多数人都是吃的心情和梦幻。卓雄洲不来，自然有别的人来。这不，又有一个长头发的艺术家，说他是从新加坡回来的，夜夜来到吉庆街，坐在“久久”，就着鸭颈喝啤酒，对着来双扬画写生。年轻的艺术家事先征求过来双扬的意见，说：“我能够画你吗？”

来双扬淡漠地说：“画吧。”

来双扬想：行了艺术家，你与我玩什么花样？崩溃吧。

吉庆街的来双扬，这个卖鸭颈的女人，生意就这么做着，人生就这么过着。雨天湖的风景，吉庆街的月亮，都被来双扬深深埋藏在心里，没有什么好说的，说什么呢？正是日常生活中那些无法言表的细微末节，描绘着一个人的形象，来双扬的风韵似乎又被增添了几笔，这几笔是冷色，含着略略的凄清。

不过来双扬的生意，一直都不错。

写于2000年7月汉口燮昌花园

发表于2000年第5期《十月》

电影改编《生活秀》，由大陶红主演

北京人艺改编话剧由田沁鑫导演

改编还有电视连续剧版以及京剧版

# 她的城

一

这是逢春的手，在擦皮鞋。

二

这还是逢春的手，在擦皮鞋，十五分钟过去了。

## 三

蜜姐瞥了一眼收银台上的钟，瘦溜的手指伸过去，摸来香烟与打火机，取出一支烟，叼在唇间，噗地点燃，凑近火苗，用力拔一口，让烟雾五脏六腑绕场一周，才脸一侧，嘴一歪，往旁边一吁，一口气吁得长长的不管不顾，旁若无人。

蜜姐是逢春老板，开着一家不大的擦鞋店。

蜜姐眼睛是觑的，俩手指是黄的，脸是暗的，唇是紫的，口红基本算是白涂了只她必须涂，觉得女人出来做生意就是要这样子。就这，一口香烟的吞云吐雾，蜜姐当兵的底子就显出来了。要论长相模样，蜜姐也算清秀，却再清秀女子，军队一呆八年，这辈子就任何时候往民间一坐，总是与百姓不同。蜜姐说话笑呵呵热情嘹亮；待一急起来又立刻目光森冷眉毛倒竖一股兵气伐人。国家经济改革开放初期，蜜姐在汉正街窗帘大世界，做了十年窗帘布艺生意，批零兼营，兴旺红火，闭着眼睛都瞎赚钱。但是对蜜姐来说，最主要不是赚了钱，是人生又锤炼了一回。汉正街是武汉市最早复苏的小商品市场，做生意的尽是些绝望而敏感的劳改释放犯和被社会抛弃的闲杂人等，与他们竞争和拼搏，那是要心眼要胆量要本事的。蜜姐就这样炼成了：她是眼观六路、耳听八方、胆大心细、遇事不慌、见人说人话、见鬼说鬼话，活活一个人精。所以蜜姐脸面上自然就是一副见惯尘世的神情，大有与这个世界两不找的撇脱与不屑，做小生意好像也很大，不求人的。在汉口最繁华闹市区，只开这巴掌大一擦鞋店，怎的过日子？蜜姐自是每一天都过下来了，分分秒秒都有掂量有分寸，不是一般人能够晓得的，也没可说。

## 四

蜜姐又瞟了一眼收银台上的钟：二十分钟过去了！

逢春还撅着屁股，陀螺一样勤奋旋转，擦着那双已经被她擦干净了的皮鞋。

“他妈的！”这三个字，无声却狠狠掀动了一下蜜姐的嘴唇。许多时刻，人总得有一句解恨的口语。不代表什么，就代表解恨。武汉人惯说“个巴妈！”或者“个婊子养的！”蜜姐十六岁就当兵了，在部队就惯说了国骂“他妈的”。

就逢春擦的皮鞋来说，的确，是一双顶尖好皮鞋，蜜姐看得出来这货色不是意大利原产就是英国原产，可那又怎么样？他妈的，这单生意也还是做得时间太长了！

“时间是检验真理的唯一标准。”——这是蜜姐的警句格言之一。警句格言与粗口国骂，都是军队培养出来的，蜜姐很喜欢。时间的确就是检验真理的唯一标准：比如爱情。又比如擦鞋。擦鞋比爱情更容易说明问题：五年以前擦皮鞋，都要替顾客解鞋带的，角角落落和缝缝隙隙，都是要一一擦到的，手脚再麻利也得七八上十分钟。随着物价飞涨，前进一路批发的鞋油，最普通的，三角钱涨到了三块钱，分分秒秒地，市面万物都在涨价，没道理的是，擦鞋店却不能涨。六渡桥那边的瀚皇店擦鞋店想涨到五元，人们就愤愤地，说：“你不是那个沈阳一元擦鞋服务公司的连锁店吗？连锁来武汉，本来就两元了，还涨！”好像擦皮鞋就该尽义务似的。他妈的，这就是民意。民意在许多事情上就是刁蛮但它就是很难违抗。那么就凭你刁蛮好了，蜜姐顺应就是，蜜姐不涨价，坚持两元不动摇。她傻呀？她不傻。人们怎么就不明白，天底下只有买错的没有卖错的。蜜姐可以明不涨暗涨啊。也可以擦皮鞋不涨，擦其他任何鞋都涨啊。还可以用文字游戏涨啊。顿时，不叫擦皮鞋了，叫“美容你的第二张脸”。休闲鞋旅游鞋类也不叫擦了，叫“养护你的立足之本”。就一双简单到几乎是拖鞋的凉鞋，蜜姐一见就可以拍案惊奇，夸道：“哇，好精彩的鞋，好个性化！你这鞋需要个性化美容，必须的哦！”就这一句，肯定搞定。一番“个性化美容”之后，你说五元她也付，你说八元她也付。若不付，那她自己都要面孔涨红下不来台的。流行时尚就是一个店大欺客的东西，大凡喜欢在繁华闹市逛街的人，不怕多付三五块钱，就怕别人看自己老土。现在做生意绝不再是什么“质量是生命，信用是根本，顾客是上帝”，是玩概念、玩时间、玩顾客了。把以前擦三双的时间变成擦六双，把以前的一盒鞋油变成六盒鞋油，不就是赚了？并且眼见得进出店子的人多了，人气就高起来。人都是人来疯，把人搞疯就赚钱，这一点绝对。

蜜姐唯一的问题在于：她是老板，她不亲手擦鞋的，时间不掌握在她手里，要靠全体工人的灵活机动。

“嘿，都给我听好了：必须时时刻刻掌握时间！”每天开门之前，蜜姐都要凶一句，再一笑俩酒窝：“拜托了姐妹们！”蜜姐又会打又会摸，几个擦鞋女，被她盘得熟熟的，要怎么捏怎么捏。蜜姐什么人？是在汉正街做成了百万富翁的人！

今天逢春在一双皮鞋上耗费了二十分钟了，她太过了！恨得蜜姐眼珠子都鼓出来了。

## 五

逢春不是真正的擦鞋女。蜜姐没有和她签劳务合同。擦鞋女都是农民工的家眷，城市女人再不肯做这种苦力活了，除非有特别的原因，逢春自然是有特别的原因，只是她不说。她不说，蜜姐也知道。

逢春是汉口水塔街联保里超级帅哥周源的妻子，婚前是汉口最豪华新世界国贸写字楼的白领丽人。周源逢春这一对小两口子，郎貌女才，又会生儿子，在水塔街一带人人羡慕，很是引人注目。他们两家的老人出出进进，总是脸盘子笑成一朵花，光彩得很。这一切，都在蜜姐眼里。蜜姐祖宗三代都居住在联保里，家家户户什么状态都了如指掌。那天逢春跑来说要打工，蜜姐说："你吓我？你和我开国际玩笑？！"

哪里知道逢春蛮认真的。她梗着脖子说："我哪里开玩笑！"

蜜姐毫不客气一针见血："和你老公赌气还不是开玩笑？"

逢春就大吃了一惊："你怎么知道我赌气？"

蜜姐不屑地把眉梢一挑，就算回答了。

逢春被揭穿，吭哧吭哧了好一会儿，老实回答："好吧我承认我是赌气。周源太懒了！大事做不来，小事又不做，在前进一路电器公司做事都嫌低贱。我就是想出来做做事情，让周源看看。"

蜜姐打了一个"哈哈"，说："是啊，你蛮会挑地方的，再没有比我这里更低贱的了。"

逢春连忙说："蜜姐蜜姐，我不是这个意思啊！我我我我——"

“不用解释！我是夸你呢！好吧，看在都是街坊邻居的面子上，我就让你在我这里做个秀场，在这里装模作样闲呆几天，羞辱羞辱周源和他父母长辈，等他们臊得来求你了，你就赶紧跟他们回家。玩玩就行啊，见好就收啊。”

当然，其实蜜姐是很不愿意的。蜜姐把自己店子看得很郑重的。但是蜜姐懂得什么叫做“兔子不吃窝边草”，联保里的街坊邻居，蜜姐总是有求必应，不仅不赚他们的，还总是给优惠。军队管“兔子不吃窝边草”叫做“军民共建”，这是非常重要的人际关系，就算亏本也得要人情。

“闲呆几天？不！蜜姐啊，我又不脑残，知道你这里是庙小神仙大啊，开店做生意，生意就是头等大事。我保证和其他人一样，踏踏实实干活，该怎样就怎样，我也要看看自己是不是有毅力有能力把这份工做好。”

蜜姐把逢春这话一听，不免对逢春刮目相看，退开一步，抱起双臂，上下仔细打量逢春一番，说：“咦——在这街上也算看着你长大，原以为是一没口没嘴闷葫芦女孩，想不到说话还蛮靠谱的。难怪那么多女孩追源源，源源却跑去追你，现在我知道了。”

逢春只把脸一低，笑笑，也没有个花言巧语，只说：“我也要和她们一样，签个劳务合同。”

蜜姐说：“我才不和你签。你做三天了不起了，做一天我也给你按工计酬，如果你真做，那就放心好了我不会少你一个子儿。”

逢春委屈地说：“不是啊，是我必须尊重你呀蜜姐，你对我这么好，肯帮我，又不嫌我嘴巴笨说话得罪你，那么我得按合同要求做工啊！再说了，三天肯定是不止的嘛。”

这一番话，把蜜姐说得心头滚烫滚烫，热乎乎地暖。做生意许多年了，见过的人们无计其数了，肯定都没有谁给蜜姐这种感觉。原来逢春竟是这么一个乖巧懂事到少有的呢！倒是再看逢春穿着打扮，素面素颜，头发只隐约几缕小麦色挑染，牛仔裤，黑毛衣，学生球鞋，三十多岁人看上去也就二十五六，很像在校女大学生。蜜姐从来都没有细看过逢春，这一定睛，真是蛮顺眼蛮好看的，心里就已经有几分喜欢，便允了。

既然允了，蜜姐的风格还是要摆出来，她明人不说暗话：“好吧逢春啊，那我可把丑话说在前头了啊！这一，擦鞋可比你想象的要低贱和苦累得多，世人的目光，联保里街坊邻居的眼睛，都会刮骨的寒，你心理上要充分准备好。这二，咱是开店铺做生意不是尽义务，你眼水要亮，手脚要快，石头缝里也给我挤点水出来。这三，生意上的赚钱多少坚决不许出去和街坊邻里多嘴多舌。懂么？”

逢春说：“懂了！”

结果，不幸。三天过去了。一星期过去了。一个月过去了。周源没有出现。周源家父母上辈们，也没有出现，活活把个白领丽人逢春，生生晾在蜜姐擦鞋店了。街坊邻居个个震惊，新闻传播得跟长了翅膀一般，连原来新世界逢春的同事，也有人找来店里瞅瞅。周源家老人们的脸，顿时就被人家打了耳光一般，出出进进再也不得自在，绕弯走远路尽量避开蜜姐擦鞋店，但就是不过来接走逢春。

这倒是大大出乎蜜姐意料：僵局了！

当初其实蜜姐与逢春两人心里都有数，都以为逢春也就是做个三五天，最多一个星期吧，哪怕周源发了牛劲，再不情愿来找逢春求和求和，周源家父母拿鞭子抽也是要把周源抽到店里来，接走逢春。再不成，周源父母还会亲自过来，老人只要往擦鞋店门口一站，叫声逢春，做媳妇的，当然再没有任何理由不跟着走的。可是！居然！周源和他们家父母，坚决地一直都不露面。逢春呢，居然也就一直硬抗着坚决不妥协。

这个局面一僵持，就是三个多月了。逢春搞得还真像一个擦鞋女了。逢春竟也不怨天尤人，也不责怪咒骂周源，也不求谁调解，就是每天按时上下班积极做工往死里吃苦，这样的城市女孩，蜜姐还真没有见过。

“我信了这两个人的邪！”——蜜姐暗说。蜜姐又只好独自暗暗地痛骂周源：“他妈的这个臭小子！明摆着老婆都做到这种地步了还不赶紧来接走她！赌气几天就也罢了，还装不知道，把这种窝心苦给自己老婆吃，算什么男人？”

蜜姐实在不能不骂周源了，其实早在逢春来的第一个星期，蜜姐就给周源发了短信。周源竟然一直没有回音。如果宋江涛活着，这种离谱的事情，看周源他敢？宋江涛不在世了，蜜姐也总还是联保里的一辈老大，还是有自己派头的，周源居然不买她账，也太没大没小了！去他妈的！蜜姐一愤怒，不理睬周源了。她也就任由逢春做下去了。不管别人怎么小看蜜姐擦鞋店，蜜姐自己还是非常昂首挺胸做生意的。逢春一个大学生出身就不可以擦鞋了？人家北大清华毕业生当街卖猪肉的也有呢。周源竟是这么臭不懂事，那就活该他们家老人脸面受不了！活该！

相处三个多月，蜜姐更对逢春另眼相看了。逢春这小女子不是一般的乖，是真乖。凭她身份，硬是就在家门口，熟人熟眼地看着给别人擦皮鞋，虽说赌一时之气，可说起来容易做起来难，逢春倒说话算话，真敢放下面子，硬撑着做了下来。说逢春真乖，是她不似现在一般女子，只嘴头子上抹点蜜，眼头子放点电。逢春眼睛不放电，目光平平的，像太阳温和的大晴日；却这晴日里有眼水明亮，四周动静都映在她心里。那些档次高一些的鞋，几个擦鞋女做三五年了还是畏惧，到底是农村女人，进城十年八载也对皮鞋没个把握。逢春就会主动迎上去把活接下来。一般皮鞋，逢春打理得飞快，就两三分钟：掸灰，上油，抛光。给钱。走人。她懂得现在快节奏是两厢愿意。顾客进店只顾一坐，脚只顾一跷，拿出手机只顾发短信，擦鞋女只顾擦鞋就是，眨眼之间就“扮靓了人的第二张脸”。其他擦鞋女受了一点职业培训，说要尊重顾客，她们就鹦鹉学舌死搬硬套，不管什么顾客，一律都机械地说：“拜拜！欢迎光临欢迎下次光临！”逢春会看人，许多顾客她就把“拜拜”免了，值得说的人才说。这使蜜姐加倍赞赏，本来嘛，擦皮鞋是多大一点生意，无须自作多情。那些根本不懂尊重人，只管高高跷起鞋子，眼睛望天上，随便把钱一甩的主儿，的确也用不着把他当人。利利索索做自己的活，眼皮都不撩起，逢春擦鞋，还真擦得出来一份自己的冷艳。看来三百六十行，确实行行出状元。世上的确没有下贱的事，只有下贱的人。

只因逢春是这般真乖，人又几分憨气，又默默受着老公和婆家的冷落羞辱。蜜姐逐渐生出了一份真心的疼爱来。

## 六

问题是：麻烦来了！

蜜姐原本急流勇退，撤离汉正街窗帘大世界，回到联保里，坐镇自家小小店铺，生意红火，安安逸逸，心如古井，这是多好的日子！蜜姐真的知道这是多好的日子！她失去过，所以懂得什么叫做拥有，懂得珍惜和享受。就是这样的日子，波澜不惊的时时刻刻，分分秒秒，真舒服。就算来了一个逢春，就算是为邻居排忧解难，都是日常事，依旧无风无浪。更有运气的这逢春又是一个真乖的女子，看着都舒服。够了！蜜姐只锁定自己舒服的感觉，不作他想。够了！她愿意这样的日子，天复一天过下去。

不料，突然，今天，逢春出毛病了！

二十五分钟过去了，逢春当然还是在擦鞋。逢春与被擦鞋的顾客，都十分投入。一个愿打一个愿挨，默契地无限延长着时间。初期两人都不说话，后来逐渐逐渐偷偷四目相接，悄悄说话，不时还会意笑笑，最后完全如入无人之境。

把个蜜姐气得！居然，她心里陡然激荡，五味翻涌，又酸又涩，怎么啦？！蜜姐不懂自己了。蜜姐生气逢春的同时，更是生气自己。蜜姐是老板啊，她直接呵斥一声，不就结了，就像她无数次呵斥其他擦鞋女那样。她们躲懒、走神、犯傻、出毛病，蜜姐发现了就直接呵斥直接骂，一声出口，擦鞋女一惊，不再敢，事情就过去了，如风掠过，如电闪过，如蜜姐她吐出的香烟烟雾，一吹即散，都在面子上，从来不往心里去的，从来！可是，今天，蜜姐好为难，她的心，不听她的，连她自己也不知道出了什么问题。

蜜姐考虑了一会儿，她断然决定：必须强迫自己停止考虑。必须不再追究自己纷乱心思。必须把逢春的行为，定位于眼前发生的男女调情上面来，务必遵循街坊邻居之间的和睦相处规则，来了断此事。蜜姐要让自己的日子，沿着以往的道路前行。

蜜姐在不停抽烟的漫长的二十五分钟时间里，调整好了自己，藏匿好了自己。于是，现在，蜜姐开始针对逢春，考虑了断办法。蜜姐就那样在烟雾里觑着眼睛看逢春，又恼又恨又感慨：逢春怎么可以这样啊！逢春怎么是这样的人啊！难道现在年轻人用情，都是这样肆无忌惮的吗？难道世上独独这男女之情，说来就来就像失火，完全没有一个预兆，也完全不管一个常理吗？

小夫妻别扭，本来事情不大。但是这桩公案涉及到蜜姐这里，却有一个底线：逢春不能在蜜姐擦鞋店搞绯闻！就算周源再不靠谱，就算蜜姐再心疼逢春，也不表示逢春就能在蜜姐擦鞋店搞红杏出墙。逢春到哪里搞，都与蜜姐无干。现在逢春在蜜姐擦鞋店做工，蜜姐就得管住她。蜜姐擦鞋店就开在自己家里，整个水塔街都是几代人的老街坊，近邻胜远亲，大家整日里抬头不见低头见。万一真的闹出什么腥不腥臭不臭的状况，逢春的公婆骂到店铺来，蜜姐脸皮往哪里搁？蜜姐在水塔街树立起来的威信，好容易？！街坊邻居人人信赖她，好容易？就算事情可以捂过去，蜜姐还是没法交代：对自己八十六岁高龄人人敬重的婆婆，蜜姐对她没法交代，尤其这擦鞋店就是老人的房子，尤其老人就住在擦鞋店楼上！周源那里，蜜姐也没个交代。周源不懂事可以，蜜姐不可以让自己不懂事！

逢春究竟怎么回事呢？蜜姐观察着眼皮底下发生的情况，百思不得其解。

要说逢春，蜜姐也算知道根底：她父母不都是市油脂的么？一家三口不都住油脂宿舍么？男技术员女会计，一对老实夫妻，现都退休了，养个女儿也老实，就会读书，自小在前进五路来来去去，总是一身松垮校服一只行囊大的书包。待几年大学毕业后在新世界国贸写字楼做了文员，这个时候走在前进五路的逢春，就很时尚了。一身紧腰小西服，高跟鞋，彩妆，身材有了曲线。逢春带同事来联保里大门口吃炭火烧烤，周源就从联保里跑出来，抢着请客买单。说周源是超级帅哥一点不掺水，谁看了谁服气。水塔街多少男孩子，多是普通模样，歪瓜裂枣也不少，独独就是周源生得不凡，那身条子活生生就是玉树临风，又会玩，有本事从狭窄坎坷的联保里穿旱冰鞋溜出来，在前五大街上一个飘逸急拐弯，戛然而止在烧烤摊前，掏出钞票大包大揽付款，也不管逢春连声说不。逢春的同事看得眼睛发直，没有不惊叹和艳羡的。一来二去两个人也就好了。儿女好了就是两家父母的事了，都是汉口人，都懂汉口规矩：请媒，求亲，下聘，择日子。周源父母为儿子腾出耕辛里住房做新房，逢春父母准备一点床上用品小家电。日子到了，水塔街老街坊们都收到大红请柬，都纷纷揣上红包去吃喜酒。蜜姐宋江涛夫妇自然是贵宾了。八年前正是蜜姐夫妇的人生巅峰，吃街坊邻居的喜酒，送的红包都厚得像砖头。新郎新娘频频来敬蜜姐宋江涛。周源敬宋江涛酒，感激得眼含热泪，杯杯自己都先干满饮。蜜姐只见两个新人牵线木偶一般，又似鹦鹉学舌，乖乖地不停歇地说“谢谢，谢谢”。那时候蜜姐看逢春，只不是陌生人，其他一点特别印象也没有。

蜜姐更了解周源。周源就是联保里长大的孩子。前进五路街道两边的里弄，周源经常混吃混睡在宋江涛家或别的男孩子家，连他家里父母都无须问的。周源漂亮天生，儿时就唇红齿白的，街坊邻居无人不喜欢，他打小就被东家抱来西家抱去，个个都要他叫爸爸。他也就个个都叫爸爸。个个就都夸赞他小宝贝真漂亮真听话。他也就成了一个喜听众人好话的人，只小有脾气，最多犟半天，宋江涛出面一讲就顺，他看朋友面子比天大。周源念书一般般，就是酷爱玩，玩东西上手就会，高中以后就一直在前进四路电子街打工做事。

话说喜酒吃过，转眼就是逢春生了儿子。周源家三代单传，老人是朝思暮想要男丁。这孙子一得，老人们高兴得不得了，又张罗了孙子的满月喜酒遍请街坊邻居。这一次蜜姐夫妇不可能赴宴了。宋江涛在医院检查出了肺癌，确诊以后人就倒下了。蜜姐带丈夫北京上海到处大医院治病，花钱如流水，可是半年以后宋江涛还是去世了。蜜姐自己出了天大变故，每天镜子里头都是放大的自己，眼睁睁看着脸上生出皱纹，每时每刻都感觉有泪如倾又再哭不出来了。世上所有别人的故事，顿时也就远了，淡了，模糊了，市声也稀薄了。

就是这会儿，逢春忽然闯进蜜姐擦鞋店。蜜姐一个恍惚过来，定睛一看，这才发觉世界并没有走远，大街上一切，也都还是在她眼睛里。原来心死了只要人悠悠一口气还在，心还是要活过来的。蜜姐居然就是知道逢春和周源在赌气，是气周源的懒惰好玩不养家。这不就是在眼睛里的光景么：最初是小两口一道推童车，争给儿子拍照，一家三口往璇宫麦当劳店吃东西。逐渐地，周源出现得少了，逢春牵着儿子的时候多了。再后来，基本都是逢春一个人了。什么叫做时间是检验真理的唯一标准？这就是！蜜姐不会说错。若是从前，这种普通平常人家故事，蜜姐肯定不管。从前蜜姐数钱都数得手发酸，忙不过来呢。肯拿出时间应酬交际的，都是有用场的人物。现在蜜姐就不一样了。蜜姐现在看人家夫妻心里都是爱惜，觉得世上男男女女满大街的人偏就你俩做了夫妻，这就是不易！别看天天平常日子过得生厌，其实聚散都在眨眼间，一个散伙就是永远。因此蜜姐唯愿逢春周源小两口和好。逢春要来蜜姐擦鞋店演个苦肉计激将周源，蜜姐也答应。年纪慢慢长起来，又经历种种世故变化，蜜姐逐渐变成了一个刀子嘴豆腐心。不过心再软，蜜姐都不可能放弃她的底线。蜜姐做事情，绝对有谱。否则她就不是今天的蜜姐。在水塔街多年如一日立于不败之地的蜜姐。有史以来，谁不说蜜姐公道，正派，人品好，有魄力，慷慨大气？

蜜姐必须为自己的良好形象而战。

别的呢？不想了！想多了，还活不活？

蜜姐嚓地再次点燃一颗烟。

三十分钟过去了！逢春还撅着她的小屁股，陀螺一样勤奋旋转，那双戴着医用橡胶手套的手，围绕那双精致的黑皮鞋这么摩挲那么摩挲，是像花朵那样看得见的盛开。逢春中了邪。

## 七

没错，逢春今天确是中邪了。

只逢春的中邪，她自己都无办法，既无预料，也无可猜想，是命中注定。

今天早晨。逢春在睡懒觉。周源已经是夜不归家。他们出了感情状况儿子就交给逢春父母去带了。逢春的早晨就是睡懒觉。因大城市没有早晨。早晨人马都拥挤在路上，无数车辆的烟尘气与无数早点摊子的烟尘气交织在一起，把晨时的轻雾变得浑浊滞重，太阳在高楼大厦之间是如此模糊和虚弱。不像早晨。没有早晨。在汉口最繁华的中山大道水塔街这一带，没有早晨。人们注意不到清晨的微风，注意不到清晨的太阳，务必要注意的是公共厕所。每天早晨，前进五路路边一座公厕，肯定比太阳重要。附近几个老房子里面，多少人起床就奔过来，盯着它，排队，拥挤，要解决早晨十万火急的排泄问题。这座公厕历史悠久有好几十年了，在好几十年里水塔街早晨的太阳就硬是没有这座厕所重要。待人上过了厕所，魂魄才回来。才回家洗漱。再去路边早点摊子吃热干面。热干面配鸡蛋米酒；热干面配清米酒；热干面加一只面窝配鸡蛋米酒；热干面加一根油条再配清米酒；这是武汉人围绕热干面的种种绝配。不是武汉人吃着热干面也轻易吃不出好来，美食这个东西同样也是环肥燕瘦各有所爱的。睡懒觉，吃热干面，这就很爽了。够了。

逢春懒觉起床之后，正要去吃热干面，眼皮跳了。眼皮的一阵乱跳，跳得逢春心烦意乱。她认为这是应在热干面上头：她今天肯定吃不到那家最好吃的热干面了。后来果然，她想要的热干面已经收摊。眼皮阵阵乱跳，逢春立在巷子口，发了牛劲：我就不信这个邪！逢春头一埋，目不斜视，就一直往前走，一家摊子一家摊子地找她中意的热干面，竟然跑过了中山大道，直直地跑到了江边，终于，逢春吃到她比较中意的热干面。逢春吃完热干面回来，已经快到中午了。

逢春是中午十二点的班。中午十二点是城市兴奋的起点。午后开始，无数行人从城市各个角楼每条道路汇聚到大街，之后就是川流不息川流不息川流不息。随着太阳一点点偏西，阳光一点点通透起来，晚霞铺排得恣肆汪洋艳丽娇蛮，夕阳也就借势横刀立马，把那明净煌亮的光线射向城市，穿透所有玻璃，大商厦小商铺，一律平添洋洋喜气。即便陌生的人脸对人脸，也皆有光：繁华大街的黄金时段这才到来。

凡被蜜姐要求十二点上班的，都是能干人。逢春上工才三个月，一跃成为专业骨干，逢春自己想想都要苦笑。是逢春自己一气之下来求蜜姐做擦鞋女的，蜜姐给面子一口答应她，也把丑话都说前头，逢春就没有什么退路了。逢春打掉了牙得往自己肚里吞了。周源不要脸，逢春要！

好在逢春硬着头皮做着做着，倒是逐渐做出感情来，也逐渐做出感觉来了。看来真就是没有卑贱的工作只有卑贱的人。

热干面吃到了，逢春还是眼皮跳。用热毛巾敷了，还是胡乱地跳。逢春剪了一点创可贴贴在眼皮上，在走进蜜姐擦鞋店之前，她又抹掉了。擦皮鞋也是上班。上班就要像模像样。逢春本来想问问蜜姐是左眼跳财右眼跳祸？还是左眼跳祸右眼跳福？话到口边又一个转念：不可以问的！逢春觉得：问清楚了都添心病。其实就这么几个转念，逢春今天已经添了心病。人的感觉不能随便来，一旦来了就丢不开。今天究竟要出什么事呢？莫非周源要来？如果真的周源来了，当面就要逢春跟他回家，逢春怎么办？逢春觉得今天眼皮跳大约就应在周源的扯皮上头了。逢春心事重重这么想来想去，眼睛就不自觉地四处看，在别人看上去，只是觉得逢春今天眼神格外水灵流盼。

骆良骥带着一身的偶然性，大摇大摆晃进蜜姐擦鞋店。一眼就对上了逢春这双水灵流盼的眼睛，就再也离不开。

蜜姐擦鞋店位于中山大道最繁华的水塔街片区，联保里打头第一家，舰头门面，分开两边的大街，横街是江汉一路，纵街是前进五路，两条街道都热闹非凡。江汉一路上有璇宫饭店和中心百货商场，都是解放前过来的老建筑，老建筑总是有一副贵族气派的。前进五路路口就是大汉口，大汉口院子里，清朝光绪十二年聘英国人设计修筑的水塔，一袭紫红，稳稳矗立，地基五六层，六楼顶上有钟楼，真是怎么看怎么好看。中山大道另一边是近年崛起的幢幢商厦，玻璃幕墙巨幅广告，光怪陆离，赶尽时尚。蜜姐擦鞋店，就占在这块最好的地方。可是，虽好却小。蜜姐擦鞋店小到只是大门里面的一个踏步，厅堂门外的一片出场。出场通天，一方小天井。天井里凌空搭建了一个吊脚阁楼，楼上住着蜜姐的婆婆，楼下就开着蜜姐擦鞋店。实在是又无规矩又无方圆的巴掌大地方。硬是蜜姐精明能干，一一地把缺点转变为优势：老旧的砖瓦墙壁，故意不贴砖，也不粉刷；板壁鼓皮部分，故意不油漆；不装修的部分朝古色古香靠，必须装修的部分靠欧美情调。除了五六个擦鞋女坐在地上擦皮鞋之外，店子墙壁与所有拐角与角落，都尽其所能设置了挂杆和搁板，把布衣、椅垫、泥捏、烛台、盘盏、陶罐与里面插的大蓬狗尾巴草，泡菜坛子与带苞的棉花秆子，酒瓶与蒲公英，都作装饰品放上去，又都是商品可以卖，都随口开价，就地还钱。蜜姐故意与全国连锁擦鞋店不同风格，她走文化品位的偏锋，随手捡来的东西，偏都搞成文化。蜜姐擦鞋店很快就口口相传了，尤其在高校，名气不胫而走，大学生们不擦鞋，蜜姐也都一律欢迎。一般搞文化情调的小店铺，都要端架子，好像端架子就是文化的一部分，所以都是要谢绝顾客拍照的。蜜姐却由大家随意拍照。不就是搞搞文化么，搞文化不就是噱头么，不也还是为了生意么，蜜姐深谙生意要旨，她要的就是人气，大学生们进来，随便玩，随便拍。蜜姐本来就是汉口人，她不怕汉口繁华压头，再小店子她也庙小神仙大。开初逢春之所以下得了决心拉得下脸面来蜜姐擦鞋店做工，其实首先也还是看上蜜姐擦鞋店的文化品位。有文化品位，逢春就不算太掉价。不就是赌口气么？不就是激将法么？擦鞋谁不会？摊上周源这么个中看不中吃的老公，逢春只能剑走偏锋啊。想不到的是，三个多月下来，逢春真心再也不愿意跟周源回家了！

问题是，周源并没有出现，出现了骆良骥，是另外一个陌生男青年。

一桩意外故事就这样突然发生了。就在午后的黄金时刻，就在蜜姐擦鞋店正迎着西边射来的阳光，小店铺被照得通透明亮，所有饰品都镀金焕彩，两扇老旧的木板大门，黑漆的斑驳都变成了熠熠生辉的细碎花朵。青年男子骆良骥，一步跨进了蜜姐擦鞋店。他在光灿灿的背景里出现，逢春水灵流盼的眼睛正好迎上这道光辉。目光交接处霹雳闪电，逢春只觉得一股热辣径直冲到心口。诡异的是：逢春与骆良骥一对上眼神，她的眼皮就不跳了，平静了，舒坦了，波澜却是跑到心里头激荡，狂涛乱卷不由人。逢春自己都好生奇怪，她睁大眼睛看着骆良骥和自己：不理解！完全不理解！但理解不理解都没有关系，事情本身的发展不由人。逢春来了好感觉：老公不看重你，自有别的帅哥看重你！自己是白领丽人的时候，被周源追求，自己是擦鞋女的时候，也还是有帅哥追求啊！破碎的心，太受安慰了。就是这一刻，迎面冲来好味道，毒品一样诱人，身不由己要吸上一口，何况眼皮跳跳已有预示，管他三七二十几！

人生有时候就是这样乱七八糟的没有道理的。

## 八

骆良骥带着一身的偶然性，大摇大摆晃进蜜姐擦鞋店。

骆良骥是在严格的计划生育年代偶然出生的人；他原本是被要求学好数理化走遍天下都不怕的，又偶然做起了生意；有一单生意发展到武汉，他又偶然来到了武汉。所有这些偶然性集中在骆良骥身上造成的是一种漂萍般的随意感。他又很随大流地喜欢名牌喜欢奢华喜欢虚荣，也很随意地轻率糟蹋：一身原产意大利的杰尼亚西装根本不知爱惜，肘子弯里皱褶已经过深，袖扣处油渍斑斑，骆良骥无所谓。一双意大利皮鞋玷污了呕吐物，骆良骥也无所谓。一般人见惯的前辈商人们那种时刻注意夹着尾巴做人的谨慎拘谨，那种总还是担心投机倒把罪名卷土重来的紧张害怕，骆良骥身上已不再有。因此，青年男子骆良骥的随意感又是充满轻松浅薄的，就披洒在外表。这种感觉在逢春看来，就是一种难得的潇洒了。男人的潇洒，再不管是哪一种，对于女人，永远有着致命魅力。尤其没有什么阅历的年轻女子，比如此刻的逢春。

骆良骥从明亮大街跨进蜜姐擦鞋店，仿佛熟门熟路，面孔充满初生牛犊不怕虎的自信，这种自信有着无知的大胆气势，活像是电影大片里的主角忽然走出了屏幕，逢春在瞬间就不知不觉把自己移位到女主角的角色里。逢春此刻的年纪，就是容易被电影暗示和支配的，越是烂片，越容易给她白板一块的头脑深刻影响。

蜜姐就坐在大门边，客人先都是她看在眼里她心里有盘算的。先是有司机过来，在门口就给蜜姐歪了一个嘴，大拇指朝身后做了一个手势，蜜姐立刻会意。这是骆良骥在汉口雇请的司机，以前开过出租车，熟悉蜜姐擦鞋店的。紧接着，司机闪开，骆良骥进来。蜜姐拿眼睛指挥逢春。蜜姐早就给逢春以及所有擦鞋女都发过手机段子，用段子给她们上课，教导她们辨认顾客身份。有道是："裹西装勒领带，一天到晚不叫苦，哥们肯定在政府；勒领带裹西装，一天三餐都不脱，肯定是个商哥哥。"骆良骥显然就是一个商哥哥，浑身上下一看，本身就是一钱包，太便宜了都会被他笑话，不宰他宰谁！

就在逢春迎候骆良骥坐下的时候，蜜姐笑着朗声道："这位先生，你这么好一双皮鞋，我们一定要好生养护的，不好生养护都对不起这双鞋。"

这是蜜姐在暗示逢春注意宰客。哪知棋逢敌手将遇良才，骆良骥也是生意场上的人，他看透蜜姐这点小诡计，给了司机一个眼色。司机立刻过去，递给蜜姐一张十元钞票。骆良骥不怕宰，但也不让你宰出血，就十元而已。蜜姐接到这张钞票好比接到暗号，懂了，这是一个精明小子。蜜姐心照不宣地又打了个哈哈，只说声谢谢了，便钞票往银包一塞，抖落笑意，只顾招呼新顾客去了。

可是逢春倒是为蜜姐抱不平了。尽管第一眼，两人意思都在那里了。逢春却还是没有忘记袒护蜜姐。又心里只想与骆良骥逗一逗玩儿：要看他到底有多潇洒，又要看他手面到底是不是大方，又要看他是否真的对自己另眼相看。

问题是骆良骥的皮鞋太脏了！一双鞋呈喷射状地沾满了酒席呕

吐物，实在是污秽不堪！逢春首先庆幸自己母亲曾在市油脂工作，从前市油脂的深蓝色大褂，现在派上了大用场。逢春也庆幸自己坚持戴口罩和手套。她知道蜜姐最初有点嫌她小题大作，逢春解释说她这样注意卫生是为了儿子，儿子年幼，体质又弱，风吹草动都感冒发烧。蜜姐自己是有儿子的人，听罢手一挥，慷慨地过了。逢春私心里觉得，到底蜜姐中年人了，也就知道涂脂抹粉，不知道更要紧的是护肤，而且眼孔小就是有点时代局限，汉正街瞎赚乡巴佬钱的时代已经过去了，现在是以“高端豪华上档次”的名义，对所有人走过路过绝不放过的新时代了。给蜜姐十元钞票，她就满足了，怎么可以？！就凭皮鞋脏到这种程度，至少二十元钱。逢春很自豪自己不是那种为情所困的女人。现在女孩子，是情也要钱也要的。

逢春正想着，骆良骥俯身下来，在逢春耳边低声道了一个歉，说：“不好意思啊确实太脏了！由你打理，那点钱是不是少了呢？”

逢春大惊。怎么骆良骥恰好与她的心思对上了话？啊哈，原来是知音！逢春缓缓撩起眼帘，含笑看了骆良骥一眼。这是何等年轻光滑线条优美的眼帘，骆良骥痴痴地盯着看，逢春又赶紧把眼帘垂下。这一垂帘，逢春又觉得自己不妥，太早露出慌张来了！顿时她就对自己有了一种说不清的恼，那般娇娇的恼，带一点羞，浮上脸颊，脸颊就泛起了一片飞逝而过的绯红。

这样一种貌若天仙之美，简直让骆良骥的心里扑通扑通一阵猛跳。他喜欢地看着逢春发恼，故意要搭讪，故意要表现自己的好，接着就解释说：“你以为是我喝醉了吧？不是啊。是朋友喝多了，吐我一脚。”

逢春只点点头，也不再抬眼，手里勤奋擦鞋，心里却还是不由得应答：未必我会管你的鞋是谁吐的？告诉我做什么？

骆良骥就好像她的心思是透明，又答："我啰里啰嗦的，是想告诉你，是因为，我不想让你误认为我是一喝就醉的人。你这样女孩子肯定是只喜欢干净男人的。"

句句都是逢春要的话。逢春不由得暗暗吃惊世上竟有这样一种知心。她不由得就要比较自己老公周源。周源与她说话，那都是简单没逻辑，说了上句没下句，从来都没可能知心知意的。

骆良骥这句话说得磕磕巴巴，一边说一边都已经发觉自己说的都是笨拙的讨好话，他希望自己说话更为俏皮一点潇洒一点。骆良骥越是对自己有了发觉，脸也就愈发热了起来，络腮那一带都是红赤赤的。

骆良骥的不自然，让逢春更加情不自禁。她又带着娇嗔的恼，又向上睃了骆良骥一眼。两人目光再一次接通，二人身上都电闪雷鸣地悚然。骆良骥只觉得逢春眼波一横，潋滟得无比艳。逢春看到的是骆良骥单单给她一个人的全神贯注与如火如荼。寂静忽然排山倒海降临笼罩他俩。蜜姐擦鞋店都不再存在，外面热闹大街也不见了，就只他们两人被封闭在一个真空里，不存在擦鞋与被擦鞋，却又分明看得见逢春在擦鞋。两人都有点害怕了，都在挣扎。片刻，挣扎刺破梦魇。两人前后出来了：现在又市声汹涌，店铺里人来客往，手机声此起彼伏，擦鞋女们双手翻飞，呼吸里是浓烈的皮鞋油气味，蜜姐在柜台边，一手香烟，一手茶杯，在招呼顾客的同时，老练又阴险地暗中盯着他们。

感觉顿时长出了翅膀。依然埋头擦鞋的逢春，十分清晰地知道了骆良骥的穿戴，表情，肤色与口音。知道了骆良骥头发干净爽利，浓密到额头仿佛要压住眉毛，眉毛宽宽的，眼睛却秀气。骆良骥倒是第一眼就见到逢春的与众不同，逢春工作服工作帽大口罩，全副武装把自己包裹严实，搞得像高科技流水线的操作工，是全中国任何地方都没有见到过的擦鞋女。肯定是个伪擦鞋女。多半是女大学生搞社会实践。在擦皮鞋的过程中，骆良骥已经透过严实的包裹看见了逢春的身体，正如她那一抹眼帘，处处都是饱满、光滑、匀称和优美。骆良骥怎么就从来没有见过让他如此心动的身体线条呢？骆良骥也三十多岁了，也娶妻生子了，全国各地大城市几乎也跑遍了，饭店酒楼餐馆洗脚屋几乎是他做生意的一部分，经常进出着，各种漂亮女孩子，他见得多了，也常与她们一起K歌喊麦，还可以随意搂进怀里。怎么他就是人走茶凉，再也很难记得她们模样。怎么唯有这一刻，在这个擦鞋店，骆良骥的眼睛自动变成了放大镜，连逢春额头几缕发丝都是电影里的特写镜头，每一根都纤毫毕露，结实圆润，闪闪发亮。逢春让骆良骥顷刻之间比照出此前他见过的所有线条都不完美，都有许多生硬处，都划伤或者划痛过他，唯有此时此刻，如此柔顺和美花好月圆，让他无法控制自己要说出许多可笑的话。骆良骥搞不懂自己了。不也就是萍水相逢吗？骆良骥不觉也对自己有了一种恼。一般动情男子内心一恼，面子上看不出是恼，竟是平添深沉。

两个陌生的青年男女，此一时此一刻，竟然一模一样发生了别样的心思。这种心思也简直是老房子失火。一时间完全不受人控制，火势蔓延很快，又情况都迷蒙不清，也都不知道这是为什么，就是心里头温暖舒服小火苗兴兴头头地煽动，还有头小鹿活泼乱撞，随时都叫你心要惊。两个本该无多余对话的人，都管不住自己，有一搭没一搭地说话挑逗。还不约而同都把声音压低低的假装不是在说话，默契地要把世界上别人都从他们之间排除出去。

骆良骥说：“看你做得这样细致和辛苦，十块钱哪里够？我司机不懂事，手面小气，得罪你了啊。应该付多少，你说了算。”

逢春道：“一百！”

骆良骥说：“没问题！”

逢春笑道：“擦个鞋就一百，那我得替你擦出一朵花来。”

骆良骥说：“看看，这不，你已经擦出来了。”

逢春问：“哪里？”

骆良骥说：“我眼里啊。”

逢春噗嗤笑道：“你就这样习惯性泡妞啊？”

骆良骥喊冤枉，说：“我泡了吗？我又没有叫你美女，我连你人都只看见一双眼睛，也没问你名字，又没找你要QQ号，也没有要手机。算泡吗？”

逢春说：“有没有泡你自己心里知道。”

骆良骥说：“我不知道。你知道。”

一双意大利的巴利牌皮鞋，在逢春手下眉清目秀地出来了：皮光，型正，缝制严谨，端庄典雅，好鞋就是惹人爱。逢春歪着头打量，颇有成就感，说：“哎呀好鞋就是惹人爱！”先头逢春在新世界国贸大楼上班，午休就要和同事去隔壁逛百货商场。好鞋的知识积累了一箩筐。逢春周源小两口都渴望穿好鞋。特别是周源，不管有钱没钱，也不管家里柴米油盐，断然在新世界百货买了一双英国其乐牌皮鞋，这是他出去和朋友玩的脸面，他必须拥有一双！那一次小两口是恶吵一顿，因为逢春就是顾家，就是舍不得钱，她自己最多只买了莱尔斯丹或者百丽。没有那么多钱，逢春隔三岔五逛商场那还是要跑到进口大品牌专柜去挂挂眼科，看看人家的款式与设计，感受感受，也是养眼的。逢春真是喜欢好皮鞋！

逢春由衷地说："喂，这么好的皮鞋我看得真的、用真的好油养护一下。"

骆良骥说："我巴不得！"

可是像意大利巴利这样好的牛皮，一般鞋油是不能用的，前进一路进货的最低廉鞋油那根本就碰都不能碰。唯一一盒正宗进口养护鞋油巴西棕榈油，由蜜姐专管，仅供重要顾客：那都是水塔街地面上的街办领导、片警、协警、工商税务和城管，他们才是蜜姐擦鞋店的VIP，其他人休想。

逢春叹了一息，说："可惜好油不在我手里。"

骆良骥看出逢春怕蜜姐了。他忍不住要表现自己男子汉气魄了。他说："你想做什么你就做！不要怕！有我！我会付她钱！"

有钱人大多数小气，这是肯定的。以前逢春认为这就是定律。有钱人谈到钱，脸就寒了，就躲闪，就逃避。就是周源，完全凭的他爹妈那点积蓄，那也是对逢春寒冷嘴脸。

现在骆良骥的话，是每一个字，逢春都无法抵挡了，多少日子以来她心底里那三尺冰冻的寒冷，瞬间被融化，逢春心里已是水汪汪荡漾着柔情蜜意，她泪水都要涌出来了。逢春终于下定决心，去找蜜姐要鞋油。她站了起来。因为蹲久了猛一站立，逢春一阵眩晕。骆良骥及时扶住了逢春，他的一只手，在逢春身后的腰间扶了一把。逢春装作那手并不存在，却瞒不住自己的惊心动魄。

# 九

逢春走到蜜姐跟前，找蜜姐要那盒巴西棕榈油。

蜜姐就等着逢春找上门来。蜜姐已经忍耐够了。从毛毛细雨到惊心动魄，都在蜜姐眼里。她隔岸观火，分外洞明，已经随时随地准备好灭火。

蜜姐故意用极其淡漠的眼神对着逢春流光溢彩的眼睛，假装不懂，说："什么？"

逢春说："你知道。"

蜜姐说："我知道什么？"

逢春说："你知道那皮鞋值得做保养。"

蜜姐朝逢春喷了一口烟雾，说："我什么都不知道。"

逢春说："那么好的皮面被烈酒烧了，真的需要保养。"

蜜姐说："你说需要就需要吗？！"

逢春叫道："蜜姐啊！"

蜜姐压低声音说："喂！这里可是我说了算啊！我说需要才是需要！你迷糊个什么！醒醒啊！你已经为一双鞋花费太长时间了！十块钱我已经没赚头！好了！赶紧过去让他走人！"

逢春叫道："蜜姐蜜姐！"

蜜姐的香烟停顿在嘴唇间，双手抱肩："叫什么叫？叫个鬼！你没听见我的话？！"

逢春说："你怎么能这样？！怎么能赶顾客？！你怎么知道保养了人家不加钱？"

蜜姐说：“你有能耐你先让他加钱！他再拍出二十块钱，我立马给油。”

蜜姐话刚说完，骆良骥的司机过来了，给蜜姐递上了一张百元钞票，说：“老板说不用找零了。”

百元大钞！保养一下皮鞋就付百元大钞？！蜜姐怎么能够拒绝！蜜姐立刻换作笑脸连声道谢，但，她一转身塞给逢春鞋油的时候，脸子复又拉了下来，什么不再说，只冷冷挖了逢春一眼。

逢春胜利了，她得到的已经够了。她闪电般瞥一下骆良骥，热泪再也抑制不住。逢春拿过鞋油，返回骆良骥跟前。蹲下。不吭不哈。全神贯注地，涂油，抛光，一双手像春天燕子，欢快灵巧地上下翻飞。逢春的倔劲上来了。她一不做二不休，用手指指骆良骥袜子上面的污迹，骆良骥问：“脱掉？”逢春肯定地一点头，把站在门口的司机招来，连她都不敢相信自己会吩咐司机：“快去买双新袜子回来。”又追一句，“出门一拐弯两边都是卖袜子的。”

司机倒是有一点发懵，骆良骥连忙呵斥司机：“听见了？去！赶紧照办啊！”

司机跑出跑进很快就买来了一双新袜子。骆良骥忽然有点羞涩，他背过身子，脱掉自己脏袜子，掏出口袋的餐巾纸包好了，要司机到外面找一垃圾桶扔掉。从来没有这么细致的男人，忽然就是这么细致了。骆良骥穿好新袜子，逢春给他穿上皮鞋并扣好鞋带，放好裤管，一双脚整整齐齐，干干净净，漂漂亮亮。这情形忽然又把蜜姐擦鞋店远远推开与隔绝，一个空间里只有两个人，两个人前一刻都是陌生人，后一刻却同时都有感觉正如他们是人家夫妇一般，日常里女人正给要出门的男人收拾，也不说什么，就是有一种你知我知，从心里头贯通到指尖，到处都是暖融融。

但是这两个人，并非无家无口的单身男女，是连孩子都读书了，才忽然邂逅在一个擦鞋店里，被唤醒早该有却没有的感觉。这些话，逢春好想说给骆良骥听，骆良骥也好想说给逢春听。待要说，蜜姐擦鞋店又回来了。二人又都很明白他们说这些鸡零狗碎没有必要，甚至他们都没有互相倾诉的可能性。他们在蜜姐擦鞋店呢！又二人都知道皮鞋擦好了，骆良骥该离开了，才相见又分离，仓促得心里生生难受，两人都躲闪，都不看对方，都把动作放得无限慢腾腾也挽回不了事物本身的规律：一个顾客的皮鞋擦好了。他该离店了。

蜜姐猎手一般，有耐心又犀利，就在不远处盯着他俩，一见这般光景，立即大声送客："谢谢先生慷慨，欢迎下次光临！"

逢春也只好公事公办地说："谢谢光临，欢迎下次光临。"

骆良骥顿时手足无措，摆摆双脚，踩踩地面，拿手撸撸头发，有一瞬间似乎要崩溃。到底他也不是毛头小子，还是竭力稳住了自己。拿出皮夹子，从里头取出一张百元钞票，递给逢春。

逢春说："给老板。"

骆良骥说："老板的给过了。这是给你的。"

逢春忽然不知道从哪里又冒出了一阵恼。噢，他真以为她是擦鞋女啊？付过一百元了再付一百元，他可真喜欢炫耀自己有钱啊！他到底姓甚名谁从哪里来到哪里去是个什么样的人怎么今天就是与她冤家路窄啊！逢春不接骆良骥的钞票。就那样木呆呆站了一刻，突然就去脱自己手套。医用橡胶手套时间戴长了，手又发热出汗，紧紧吸附在皮肤上不易脱，逢春就用力乱扯，扯着扯着就一句一句用力说话，说得辣辣的呛呛的："知道你有钱！知道你是有钱人！不用这么显摆！本人不收小费！”

骆良骥连忙说：“哪里是小费？我们刚才说好擦出一朵花来就是一百嘛。”

我们？！逢春心口一记钝痛：她与谁是我们？她与周源是我们可惜周源连她做了擦鞋女都不管不顾啊！逢春想着泪就又要往外奔涌，她拼命地忍，忍得心疼疼地难受。

蜜姐适时过来救场。她大大方方地，用两根指头，轻轻拈过那张百元大钞，再一板一眼有理有节地对骆良骥说：“真是非常感谢这位先生！把您这双皮鞋打理养护出来，说实话真的不容易，我这员工的确付出了太多辛苦。本店当然收小费。做服务生意哪里有不收小费的道理？不收小费简直对顾客都是不尊重。给小费是先生自己表现的绅士风度嘛。她年轻不懂事，也是好心生怕顾客太破费了，又不会说话，还请先生多包涵。这钱我就先替她收下了。”

骆良骥五心烦乱地胡乱点头，就是脚步不肯移动。逢春在一旁已经把手套扯破了，脱下来丢进垃圾篓，只见一双因为手套戴得久了而格外苍白潮湿的手，毕现的青筋在她手背上画了水墨一般，却也有一种惹人怜惜的好看。骆良骥眼睛落在上面直直地看着：今天世间就是一切都格外不同格外迷人！

蜜姐见状，只好加大灭火强度，一把拉过逢春在自己身边，说：“好了！这位先生您放心，回头就算她真不好意思收这钱，我也绝对不会让您人情落空。她儿子最喜欢吃麦当劳，我带小孩子去吃就是。我当兵出身，当兵人就是豪爽，有什么说什么，我要说小兄弟您够爽的，我祝您好人有好报，生意成功！我也看出您不是本地人，再祝您回家旅途顺利，阖家幸福。拜拜！”

蜜姐说到“她的儿子”，还顺手在逢春身上比划了一下她儿子的高矮，甚是强调逢春为人妻母的身份。强调孩子强调家庭强调现实，蜜姐懂得这就是重拳与法宝。现实，只有现实，是粉碎任何空想的铜墙铁壁：这女子是为人妻为人母的人啦，你就不要太过分了，再过分就是破坏人家庭啦。蜜姐这一手很厉害，是一石二鸟，把一时间忘乎所以的逢春和骆良骥，当场震醒了。青年男子骆良骥，在人情世故方面那显然远不是蜜姐的对手。一时刻尴尬、狼狈、羞愧、歉意、难为情，种种颜色都从面上过了一回，搞得脸红脖子粗，他别无选择地回应一个“拜拜”，转身就出门了。

这里逢春一愣，脸无处放也无处搁，双手把面捂住，掉头冲进里屋。

蜜姐擦鞋店就只巴掌大，里屋与店铺，只挂一张蜡染印花帘子相隔，平时工人们不可以随便进去，只开饭时间可以进去一个人把几个盒饭端出来。里屋太狭小了，是做饭的地方，堆满了锅盆碗盏，到处都是百年来烟熏火燎的黑与暗。又还是蜜姐私家地方，蜜姐的婆婆就居住这楼上。一道楼梯从洗碗池上腾空架起来，也简陋狭窄得仅容一个身体上下。里屋没有光亮，日常只有老人家下楼做饭，才会开灯。最关键的还是规矩，这里屋再不管狭小逼仄，也都是私人住所，不是擦鞋女大家的公共场所。老板就是老板，伙计就是伙计，人家就是人家不是你家。

只逢春一急，不管不顾平日的规矩，就一掀帘子跑了里屋，眼睛一黑，撞上楼梯，顺势一屁股坐在楼梯口，摘下口罩，大口大口深呼吸，又捂住嘴巴又揉搓胸脯，不知道是何等地难受疼痛，分明在痛哭，却也是无声地嚎啕。

# 十

蜜姐连眼珠子都没有转过。

不理睬！憋死她！蜜姐就是这么干脆利索地处理逢春。小孩子是越哄越撒娇的。蜜姐不想哄逢春。逢春虽说年轻，但是已经不是小孩子是小孩子他妈了！哪个女人没有年轻过？哪个女人年轻时候没有被爱慕过？一生如此漫长，哪个女人可以保证从来不昏头？男人的穷追猛打，蜜姐又不是没有见过，九百九十九朵玫瑰，蜜姐又不是没有人装模作样地送过。逢春今天遇到的这一下子，简直是蜻蜓点水毛毛雨啦，也值得大犯其晕？如此未经世面，逢春的确应该交点学费了！那就哭吧哭吧！那就思量思量吧！

有好事的擦鞋女过来，到蜜姐跟前，满脸同情与忧戚，她知道蜜姐平日总要宠一点逢春，以为自己可以替蜜姐排忧解难。蜜姐也根本都不正眼看工人的脸，只挥挥手，示意工人赶紧去做自己的活儿，少管闲事！蜜姐什么人？多大年纪？多少经历？还值得针尖麦芒地与逢春计较？这个不知好歹的小丫头，蜜姐收拾她，那是早晚的事！逢春跑到人家里屋去干什么？真没有规矩！人家的里屋可以躲藏一辈子吗？就今天都是憋不过去的，逢春终会自己怎么跑进去，自己怎么走出来。待她自己自动走出来，事情就已经过去，伤口的鲜血就已经凝固：正常的世界会重新开始！蜜姐自己有自己的世界。蜜姐得继续做生意。蜜姐最重要的事情是做生意。不错，蜜姐生意很小。再小生意，只要红火，就有意思。现在蜜姐要的就是意思。一个人活的就是要生出一点意思来。口张开了，笑不出来，那就没有意思了。不是钱的问题。钱对于生意来说它就是一个铁的规矩，一个硬的道理，一个吉祥的物，那是一定要喜欢它要尊重它的，那是绝对不可以对它说不的。其实蜜姐不缺钱。蜜姐是瘦死的骆驼比马大。汉正街做的那些年不可能白做，维持一家老少三口人的日常小康生活，供儿子上中学，还是有这个经济实力还是没有问题。再说宋江涛再生病住院，他这个人还是死都要顾家，一坛子金银首饰早就被他偷偷埋在家里，现在根本还不需要动用。蜜姐现在都懒得再戴那种金光闪闪的黄金板戒了。现在蜜姐主要是想要自己感觉活着是有趣的。蜜姐得靠自己的能力让自己觉得有趣，容易吗？蜜姐这个小小擦鞋店，她容易吗？

谁容易？全世界就她逢春一个人委屈？蜜姐简直好笑！

晚霞渐渐收了去，大街渐渐亮开了。擦鞋店生意又来了一波高潮。因逛街大半天的男男女女们，皮鞋都蒙了一层灰，在路边吃烧烤或者餐馆晚饭时候，又溅了一些油点子，这就有必要擦皮鞋了。皮鞋干净了铮亮了，才好意思去泡酒吧。酒吧在中国重新开张，也有二十多年了，是随改革开放复苏的。终究是国外文化，并不是人们都适应，早先许多店子也是惨淡经营，关闭的并不比开张的少。洋人做生意顽强，没有一口吃成胖子的急切，也不怕赔本赚吆喝。硬是挺到这十来年里新一代人长成。这一代人从儿时的麦当劳肯德基披萨饼过渡到酒吧，顺理成章，无须做广告拉他们。武汉市大街上活跃的这些年轻人，现在就是好个时尚讲究个品位，夜生活首先地方多是酒吧。男女朋友，成双成对，夜间谈情说爱，再没有比酒吧更合适的了。洋人开店没有旁门左道，就是把店子搞得窗明几净，音乐低回，烛光花草，香氛氤氲，再加上咖啡这个东西，煮开了飘出的气味，就是好闻，面包烤熟了的气味，也就是好闻，这是没有办法的事情。要叫你如果一双邋遢皮鞋走进去，是连自己都没脸。

更加上武汉眼下正是大搞建设，几千个工程同时做，昼夜不息地灰尘飞扬，蜜姐的生意不红火才怪。是现在人又懒，鞋又多，连球鞋都不愿意自己洗。附近市一中的学生，把球鞋、旅行鞋乃至凉鞋，都送到蜜姐擦鞋店来。像这种著名的重点中学，但凡能够进来读书，家里父母就是把裤带子勒断，也要供孩子花钱。孩子却是没有不撒谎的。孩子们在外面，一个泡网吧一个送洗鞋子，铁定不会对父母说真话，都说是吃不饱买东西吃了，搞得父母还牵肠挂肚。现在中学生的时尚把戏是家长万想不到的，男生好名牌，女生更妖精，要涂红指甲的，要偷穿高跟鞋的，就干脆连指甲油和时装鞋，都寄存在蜜姐擦鞋店，需要时候就跑到这里换鞋。蜜姐生意真是不好才怪。

在这个夜幕初降华灯溢彩的初刻，顾客成群结队涌进来，个个抢着要自己皮鞋先干净漂亮。有许多顾客认识蜜姐，一口一个“蜜姐”地叫，都希望自己皮鞋尽快得到打理。蜜姐“好好好”地答应着、安排着、抚慰着：马上马上！马上保证你漂漂亮亮！

被人迫切需要，这真是很开心的事情，这就是活得有趣了。

开心就是凝聚力。是个人，就眼睛都乐意见到一张开心的脸。开心时刻的蜜姐那一心扑在生意上头的热情，谁见了谁都像看见家乡父老一般亲，不擦皮鞋都想进店铺。这是多么好啊，蜜姐喜欢死了。真开心与假装开心是绝对不一样的，假开心只是你自己挂一笑脸招揽生意而已，人见了就会捂住钱包躲远点。真开心是热络人眼睛里有人，真开心才可以真正吸引人。这个诀窍蜜姐是太懂了。就在逢春痛哭流涕的时候，蜜姐把哗哗作响的钞票不停地往银包里塞，眼睛对谁都笑眯眯，脸蛋子像朵春天的花。

随着人气高涨，蜜姐兴致也越发高起来。她亢奋得脸发红，印堂亮亮的，索性坐到了大门外，大街似乎都成了她们家的。蜜姐与顾客招呼寒暄，与街坊邻居招呼寒暄，与隔壁左右店铺的人招呼寒暄，大开玩笑，左右逢源，如鱼得水。一个熟识的出租车司机驾车从门口经过，渐渐慢下来，胳膊肘搁在车窗上，蜜姐就递过去一支香烟。

司机说："没点火啊！"

蜜姐说："自己点！"

司机说："自己点那我还要吃你香烟做什么？不如我把烟你吃。"

蜜姐连笑都不与他笑，只是面上有暗喜，只是再从香烟盒子抽出来一支新的，叼在自己唇上，低头点火，吸得火星一冒，再送过去，塞进司机嘴里。

司机说："香！"

蜜姐说："呸！"

司机说："我要是不给你拉生意来我就不是一个人了！"

蜜姐说："我又不是青楼妓馆天上人间，要你拉生意？我帮你点个烟是学雷锋做好事，怕你自己点烟不当心撞了人。"

司机说："咒我啊。"

蜜姐说："我这个人喜欢说穿话。说了就穿了。穿了就没了。说穿说穿，说穿了平安——小孩子啊还年轻啊跟蜜姐学着点儿。"

司机的车子是开着的，不得停，慢慢地也不得不走远，脸却一直朝蜜姐扭着，眼睛里最后一抹光亮都还映照着蜜姐的影子。蜜姐却早已经收回自己眼神，去满腔热情应酬自己跟前的人。

可是，蜜姐这个黄昏为什么倍加热情地逢场作戏？只有她自己心里明白：她是在和逢春较劲。逢春不肯自己走出来，蜜姐今天就要憋死她。逢春自己犯了错，跑进里屋是错上加错，天黑了都不出来更是错错错。蜜姐只是以为逢春乖巧温顺，却这才发现，原来逢春可不是一般般的倔脾气。

这可怎么办？

## 十一

逢春在里屋的确是憋得太久了，到后来泪水自然干涸了，情绪也渐渐平复了。奇怪的是，到后来，她发现自己并不知道那男子的名字。这个没有名字的男子，好比渐行渐远的影子，在悄然消退。逐渐笼罩逢春的，还是蜜姐。蜜姐平时那么疼她，又那么豁达，今天怎么可能让在里屋呆这么久呢？逢春也没有做出什么太不得体的举动吧？和一个男的眉来眼去激动了一下下，连手都没有碰，姓名电话都没有留，值得蜜姐这么严重生气？何况逢春还替蜜姐赚了两张红票子，蜜姐应该高兴才是呢。逢春还以为，蜜姐很快就会把她喊出里屋，或者她自己进来，冲两张红票子，给她一个拥抱。可是显然，蜜姐不肯饶人。

为什么？逢春悄悄掀开帘子的一丝缝，暗暗观察蜜姐动态。蜜姐的话，她都听见了。蜜姐的举止表情，她也都看见了。似蜜姐与大街上的士司机这样的一些日常戏谑，村言俗语，无伤大雅的打情骂俏，往日逢春根本视而不见听而不闻，从小长在这闹市里，都是一个耳朵进一个耳朵出，不从心上过。今天在里屋窥视外面的逢春，却句句都听到心跳，处处都发现了男女，原来蜜姐也有着多少男人的爱慕渴求。而蜜姐的热面冷心，不扫男人的脸面人情，却无有一丝一毫拖泥带水私情，绝对是骨子里头的冷漠冰凉。蜜姐好狠！蜜姐眼睛绝对不跟任何人走，单单只是自己的，就只罩着自己店铺，全心全意自我陶醉地做自己的事情：蜜姐这个女人真是有狠啊！

今天的波折，对逢春震撼太大了。尤其是躲进里屋一段时间里的万千思绪，是她有生以来都没有过的。与其说她是因为陌生男子的爱慕而震撼，还不如说是因为蜜姐处理这件事情的做法和态度。以前人生三十来年，逢春一直都是小姑娘都是人云亦云被动做人的，直至来到蜜姐擦鞋店以后，她才发觉自己开始主动做人了。而今天跑进里屋以后，有长久的时间这样独自面壁，不得不敏感，不得不思与想，在逢春，也是人生第一次。

最开始，逢春生怕蜜姐跟进来看见她哭。哭了好一会儿，泪就慢慢没有了，逢春又纳闷蜜姐为什么不管她，也不要她出去做活儿。逢春到洗碗池子那边，冷水拍拍眼睛，护手霜从口袋里掏出来，手和脸都擦了一遍。倾听阁楼上，没有人要下楼的动静。又坐在楼梯口，托腮想心思。一面暗暗期待蜜姐进来找她。呆在暗处时间长了，暗处慢慢就变亮了。逢春才第一次把里屋看个清楚。一楼原是厅堂，被分割后，剩下一个不规则的小块，是从地上到墙壁与天花板，都堆满家具用品老旧东西，到处烟尘吊吊的，看着都糟心。逢春对联保里老房子并不陌生，但她们家一直居住单位宿舍，房子虽小，也还是一个四四方方的空间啊。据说宋江涛家从前还是大户人家，自家房屋居然被侵占和分割成这样了！这样了她们婆媳也坚决不肯离开。现在的人，尤其蜜姐赚过大钱的本城人，很容易就会去买新房，搬离老城区这种老旧腐败透顶摇摇欲坠的老屋，是人都更容易接受现代化新生活，是人都好个虚荣脸面怕人家笑话你一穷二抠。蜜姐不。蜜姐还不是简单说不。蜜姐还不是简单就这样住着，迁就着，勉强着，敷衍着，不是！从前做街坊邻居的时候以为是，现在逢春深入到擦鞋店才发现：不是！

太不是了！

蜜姐明显是在坚守这座老屋。逢春坐不住了，开始在这间不成形状的狭小里屋到处细看和摸索。处处都是蜜姐维护老屋的修缮痕迹。阁楼窗户下面还钉了一只花槽，原来倒挂在擦鞋店空中的一丛羊齿状蕨类植物，不是天生的，是蜜姐刻意种植的。另外还有一支云南黄馨，原来也不是天生的。它酷似迎春，却要比迎春粗放泼辣，哪里都肯生长，又花期长，初春就开出朵朵小黄花来，要错错落落不慌不忙开到暮春去，现在秋天还是满枝条的叶，郁绿的叶，褐色的齿边。逢春一直以为擦鞋店悬挂的这些植物，是天不管地不收自生自灭的，却原来都是刻意与匠心，是废墟里特别艰苦的建树。逢春爬上楼梯半中央，从门帘缝隙里，瞥见了蜜姐八十六岁的婆婆。老人家坐在窗口喝茶，再把喝剩的凉茶，往花槽慢慢浇。她尽力地伸长着胳膊，很不容易地浇灌着这些植物。老人每天都会很长时间坐在窗口看大街，喝茶，此前逢春却不知道她还负责浇花。蜜姐，带着她的婆婆，她们就是这样认真的皮实的顽强的啊！如果换了自己，逢春早就放弃这种老屋，怎么也要折腾到新社区去。

此前的逢春怎么可能注意到别人的居住和生活呢？怎么会觉得别人的居住和生活与自己有关系呢？青春得意马蹄疾，一日看尽长安花。年轻人眼睛都长在额头上，哪里会去看花朵的根部和泥土？懂也不懂的。今天是个极大偶然，逢春情急之中跑进里屋，万料不到蜜姐不肯进来劝慰她，倒是让她睁大眼睛看见了蜜姐的笑哈哈背后的真实生活。看着看着，蜜姐这个人在逢春眼中放大着，放大着，而且发出光芒来。蜜姐实在是一个不可思议的女人。过去逢春不明白，这会儿忽然就有点开窍了。逢春的确正是一个乖的女子。她一番将心比心，好生佩服蜜姐。逢春的委屈和苦楚再大，还大过了蜜姐不成？周源再不靠谱，毕竟他活在人世，逢春的儿子毕竟还有亲爹存在。蜜姐的丈夫宋江涛，早就没了！蜜姐上有老下有小都靠她一个人养活和照顾。擦鞋店再红火也就是一个小店！老屋子位置再是在繁华市中心，也就是日益颓废的老屋。年复一年，日复一日，蜜姐居然一直坚持下来了，真的是有骨气！逢春太佩服蜜姐了！佩服到她回过头来想想自己今天的事，觉得还是自己理亏：先撇开她今天的故事，只说蜜姐，逢春在人家店子里打工，又不是人家得罪了你，你自己倒赌气跑开不干活了，这算什么事？

本来蜜姐在店子里，当面打人脸，辣口辣嘴对付逢春与顾客，又干晾了逢春两个多小时，逢春原本是非常悲愤，非常委屈，非常难受，非常不肯服气的。却不料在这漆黑的里屋，面壁坐坐，倒是因祸得福了：一个女人在生活中经历着、见识着、顿悟着与成熟着。

末了，逢春自己走出去了。以她一股脾气上来比牛还倔犟的个性，原本从后门跑掉也不会自己走出去的。逢春是要蜜姐明白她知好歹了，她懂事了，她认输了。

也就在逢春撩起门帘正要出去的时候，手机响了，吓她一大跳，她连忙去看，是蜜姐给她发来的一条信息："我姆妈要下楼做晚饭了。"

这就是蜜姐，她甚至都不直接命令逢春出去做工。她就要逢春自己怎么进来就怎么出去。逢春觉得蜜姐就是有狠，就是强大，自己就是胳膊拗不过大腿。这也就是蜜姐，如此洞悉她的心思，又还是先发来了信息，算是给了逢春一步台阶。

逢春掀开帘子走出去，擦鞋店已经是个光明新世界，蜜姐是她怎么都服气，怎么都崇拜，怎么都不愿意离开的人。蜜姐正欢天喜地张罗生意，也不看逢春。店铺里人声鼎沸，人手不够，都没有谁看逢春。逢春也不管那么多，就迎上顾客，带到自己的位置，埋头干活起来。

夜是更加亮了起来，华灯大放，霓虹闪烁，大街上电车的两条辫子刺啦啦碰出电光火花，各种流行歌曲在各种小店小铺里哇哇混唱一气，几条大街一片噪音轰鸣，人们感觉这是热闹。蜜姐擦鞋店开夜饭了。里屋的盒饭是老人家料理好了，蜜姐去里头拎出几盒来，擦鞋女们轮流吃饭。照旧是大家都吃完之后，蜜姐与逢春一拨，并肩坐在柜台后面。逢春的饭盒一打开，醒目地又一条红烧带鱼。

蜜姐就嚷："怎么你有带鱼我没有？"又嚷她婆婆："姆妈，怎么逢春有带鱼我没有？你好偏心啊！"

老人家还以为自己忘记给带鱼蜜姐了，从里屋出来，夹一块带鱼放进蜜姐饭盒，却发现蜜姐饭盒里分明有着一块带鱼。蜜姐哈哈大笑："骗你的啊！人家就想多吃一块嘛。"乐得老人家拿筷子头直打蜜姐。逢春忍不住也就跟着笑了。一笑泯恩仇。蜜姐就是厉害：她这就算是与逢春说话了。起和了。今天一番恩怨就算烟消云散了。

一切恢复正常。只把个逢春佩服得一塌糊涂。心里拥塞了好多话，要与蜜姐说。都是全新的话，全新的感觉。

笑归笑。蜜姐却还是一直不对逢春另眼相看，与所有擦鞋女一样，都是一样的老板对员工的那种客气。到了下班时间，蜜姐响亮地拍拍手宣布：下班下班了，大家辛苦了。赶快回家吧，拜拜啊。

擦鞋女们就赶紧收拾自己，往镜子跟前照一照头脸，各自取包包，成群结队往外走。逢春被裹挟其中。逢春无可奈何。逢春想蜜姐肯定会留她下来，她们应该有好多话要说，可是蜜姐绝对没有这个意思。逢春仓皇失措。逢春委屈死了，心酸得要命，脚步还不能不随大家一起走出店外。

蜜姐擦鞋店挂出打烊的牌子，大门缓缓合拢。

## 十二

其实，蜜姐还是忍不住留了一条门缝，她躲在门缝后面看。

今天蜜姐擦鞋店生意兴隆，大家都很开心。工人下班散去，个个笑着与蜜姐说拜拜。乡下少妇或女孩进城，立马改换头面：一是纹眉，二是染黄发，三是穿吊带，四是说拜拜。蜜姐只不收穿吊带的工人。说她们投错了门子，那应该是去休闲屋或者洗脚屋。其他三样，蜜姐理解。一群土不土洋不洋的擦鞋女，走出蜜姐擦鞋店，走上大街。唯独逢春这个汉口本市女子，是一双自然眉毛，但修去了杂乱，溜溜地顺，头发也只打理得熟滑，最重要的是她皮肤保护得紧，洁净细白，瓷一样有光。就这么几个女子少妇在大街上，唯逢春鹤立鸡群，果然有一种质地晶莹的动人。蜜姐愈发发现：原来逢春竟有这样一份与众不同的纯与美！

就在人人都与蜜姐大声说拜拜时刻，逢春没有说，她只无声地出了一个口型，目光却是牢牢看着蜜姐。蜜姐硬着心肠，冷眼对逢春，随口呼应其他人，按部就班地打烊关门。不睬逢春！就是不睬！坚决不理睬，坚持下去纠葛就过去了，问题就解决了，心就会回到从前。坚决不睬！

就这么做着日常的一切，但已经不是日常的一切，蜜姐心都碎了。现在哪里找得到像逢春这么乖的女孩子？没人劝，没人说，没人拉，最后到底是自己主动走出里屋，出来神情已经没有一点别扭和怨恨，一句不得体的话也没有，就只是坐下来做事情，擦鞋飞快，不讨好任何顾客，不搭讪，高贵冷艳，好可爱好惹人疼的女子！也难怪有男人对她一眼情动了。蜜姐多想把逢春一把搂进怀里，好好表扬和抚慰。但是，一个“搂”字，让蜜姐自己肉体和灵魂都阵阵地发抖：不可以的！蜜姐无声地呵斥自己：不可以不可以绝对不可以！绝对，不可以有任何肢体接触！不可以让逢春觉察，不可以让逢春惊醒，蜜姐年纪大阅历多，有责任维持良好现状，有责任首先约束好自己，同时约束好逢春。蜜姐不可以崩溃，不可以泛滥，不可以决堤，不可以让人知道被人发现给自己祖辈父辈丢脸，让自己儿子和老人不能正常做人！男婚女嫁，人之大伦，生儿育女，顺天应地，一代代人，在联保里，都是这样过来，都以此为德，以此为荣，以此为道德律条，街坊邻里相处生活在一起，都是人家过日子，脸面上的尊严与光彩就是命根子。蜜姐又不是十八九岁无知青年，也不是二三十岁懵懂少妇，就算她咬碎牙，也得吞进肚子里。

蜜姐在大门后面，默默目送逢春，脸面上是纹丝不动，内地里心如刀绞，多少念头已经是千回百转，百转千回。

接下来，不管周源是否来接走逢春，也不管逢春是有多么乐意在蜜姐擦鞋店上班，逢春这样的女子，也是不能多留她了。

蜜姐终于重重地关上了擦鞋店大门。她让自己加倍忙碌：清算当天收入，登记入册，钞票进保险柜，盘账。再上楼，与婆婆说了说话，没话也要找话说。再照顾婆婆睡下。再下楼收拾里屋灶台。再看钟点：儿子下晚自习了。再一会儿，蜜姐披了件外套，开门外出，来到门首，一手打儿子手机，一手夹香烟，引颈遥望，直至她儿子出现在大街那头。儿子在一群中学生里头，蜜姐一看走路的姿态就认出儿子，和她死去的丈夫宋江涛一模一样，走路大摇大摆的。儿子儿子儿子！儿子就是一切，就是光彩脸面，就是后继有人，就是比没有儿子的所有人都幸福有牛气都不容小觑的。你有儿子，还有什么不满足的？！蜜姐眼睛不眨地看着儿子走近，她强烈要求自己涌现母爱，上去就拍拍儿子肩膀，又挽了儿子手臂，说："哥们，今天上课累不累？现在你饿不饿？我陪你吃点夜宵好不好？"

儿子大惊，脸也红了，很不好意思地挣脱蜜姐亲热的手臂，说："喂喂，今天太阳从西边出了吗？！你别这样啊，别吓唬我啊！"

蜜姐烦了，说："怎么啦？母爱都不要吗？我平时没有这么贤惠吗？"

儿子更惊奇，说："老妈你是不是病了？"

蜜姐说："你才有病！"

儿子反过来哄哄蜜姐，说我好饿好饿呢！儿子答应蜜姐现在就一起去吃宵夜，不过蜜姐一定不要对他搞勾肩搭背亲密无间那一套，万一被同学看见，他在学校就惨了。为什么？蜜姐很不理解。但蜜姐是个干脆人，不理解也同意：好吧好吧少啰嗦了。

母子二人大马路上各人走各人的，洋洋地摆手迈步，走得跟兄弟一样。母子俩买了两根精武鸭颈，再跑到麦当劳坐着吃，儿子不好意思白坐麦当劳，还是去买了两根甜筒。甜筒就精武鸭颈，中西结合，就这么怪怪地吃。宵夜完毕，蜜姐让儿子先回联保里对面耕辛里，在家里写作业。蜜姐自己又回到蜜姐擦鞋店。这里摸摸，那里整整，灰尘擦擦，物品摆摆，至少她可以把满腹心思排解在劳动上，蜜姐擦鞋店明天就会更加光鲜洁净地开门见人。今天这个夜，蜜姐实在太难熬了。

常年里，蜜姐已经找到了这样一种自我解忧的好办法，就是独自在擦鞋店消耗时间和精力，有时候甚至是通宵。宋江涛去世两年以后，蜜姐开始了这样的生活，天天复天天，年年复年年。在街坊邻居眼里，蜜姐是烹小鲜如治大国，把男人缺失的日子过得勤勤恳恳踏踏实实。当然，也是。但是，也不仅仅是。疯狂劳动是缓解心灵折磨的法宝。所有心思，唯有蜜姐自己知道，只是无可说而已。

凌晨了。蜜姐惦记儿子，准备还是要回一下耕辛里的家。她悄悄开门，悄悄碰上门锁，不能吵醒楼上的老人家。这时刻，大街静了，静如原初，真好。水塔街的夜是她独自的夜。蜜姐听着自己的脚步声，格达格达，一步步坚实有力地在汉口回荡。这是她祖孙三代的街道，她熟悉得没有一点点怕，只有亲。更舍不得离开，除非死。

蜜姐走出了老远，忽然感觉身后异样。她一惊，回头看：逢春坐在联保里牌坊附近的一只废弃沙发上，垂着脑袋，手里握着一支矿泉水。

这一下，蜜姐傻了。她根本来不及想什么，本能地就奔了回去。蜜姐奔到逢春面前，理智恢复，她厉声喝道："小姐啊，深更半夜了啊，一个人呆坐这里干什么啊！哎呀我的老天爷，真是一个没有见过的倔的！你要干什么呀你！"

逢春说："你到底和我说话了。"

蜜姐张口结舌。她双手一摊，唯有仰望夜空，张口结舌。

逢春站起来，拍拍屁股的灰，满脸期待面对蜜姐。

简直太出人意料了：蜜姐满以为自己已经把问题处理掉了。看来，问题不仅没有处理掉，显然比她以为的更麻烦。

逢春说："蜜姐，我不信你就这么对我。"

蜜姐说："我怎么对你？！"

逢春的委屈大爆发，她说："今天发生好多事，你总得教教我啊。为什么死活不理睬我啊？我到底做错了什么？有那么严重的错误吗？周源对我这样，难道别的男人安慰我一下就不可以吗？也就是精神安慰而已啊，手都没碰啊，你是道德法庭法官吗？你一个这么新潮的人满脑袋腐朽封建思想吗？又没有耽误你的生意，又没有少赚钱，你想打想骂随便，怎么可以睬都不睬我啊？我究竟哪里得罪你，让你见不得我呢！"

逢春说着说着就哭了，泣不成声，抽抽搭搭。蜜姐把她的话一听，反倒冷静下来了，因为逢春还是想着男女的事情。蜜姐倒是好解决。蜜姐等逢春说完，抽了几口烟，说："教教你什么？这种事情还需要我教教？今天这算什么事儿啊？今天的事哪里就够得上男女啊？我说小姐，这不就是一个小小的激情相撞么？不就是一个刹那间的灵魂出窍么？半个小时，萍水相逢，手都没有碰碰，姓甚名谁也不知，风吹过，水流过，都是不再复还的东西。还值得你这等痴情，不过是鬼迷心窍罢了。回去！睡觉！明天早上起来去吃热干面米酒！好了！解决了！”

蜜姐再一次当机立断，把心一横，说完话就毅然下了人行道，大步过马路，奔回对面的耕辛里。蜜姐一直走到要进耕辛里社区大门了，心就横不下去了，她还是要回头看一眼，以为逢春会跟在她后面回家。夜已经如此深深，两三逛荡出来的人，不是醉鬼就是瘾虫，逢春一个年轻女子，就这样呆在大街上很不安全的。这一回头看，蜜姐又被治住了。逢春坚决地不跟上来。逢春又坐下了。还是坐回那只废弃的肮脏的沙发，还是垂着脑袋，手里还是握着那半瓶水。蜜姐站在耕辛里大门口，看着街对面的逢春，叫她也不是，不叫也不是，又知道叫不叫她都是没有用的，逢春就是一副不回家的样子。蜜姐气得就这样直眼睛看着逢春，直到烟头烧到手指。蜜姐恼火地掼掉烟头，用脚尖碾得火星直冒，又大步横过马路，返回联保里牌坊，冲上来就拽住逢春胳膊，把逢春拖进了蜜姐擦鞋店。进去一拉开关，忽地大灯亮刺刺的，把两人眼睛都刺花了，蜜姐急急地又关掉了灯。关掉灯，两人都接连绊脚碰掉好多东西，逢春又叫：“把我胳膊拽痛死了！”这一下，蜜姐是真的烦了，她只好把逢春拖进里屋，从热水瓶里，给自己倒了一杯温水，一仰脖子喝干了。坐在楼梯上，抱住膝盖，声音压得低低的，问：“我的姑奶奶！这么晚了你到底要干什么啊？！”

逢春动了动嘴巴，千言万语都堵在嗓子眼，说不出来，忍不住又是泪珠子先扑簌扑簌流下来，她知道这是深更半夜，知道楼上老人家在睡觉，她知道要强烈抑制自己不哭，便是更加难受，喉咙哽咽得厉害，肩头激烈抽耸。

蜜姐说："好吧好吧。我想起来了我想起来了：我忘记了给你钱！"

蜜姐从自己包里拿出一张百元钞票，递给逢春：这是骆良骥下午给逢春的小费。

逢春不接，哭腔哭调地说："我又不是这个意思！我不是要这个钱！这钱我不要！"

"错！"蜜姐把弄着钞票，说，"如果今天你一定要我教教你什么，我只有一句忠告给你：钞票就像婴儿一样无辜，你任何时候都不要拒绝它。"

蜜姐再一次把钞票递过去，严厉地说："拿去！这是你的劳动所得。难道还真的要我去带你儿子吃麦当劳？我哪有这个时间。拿去拿去！"

逢春迟疑半天，还是接过了钞票。在接过钞票的那一刻，哀求地叫了一声"蜜姐"，便抓住蜜姐的手。

蜜姐一下子崩溃：逢春的手，融化了她。

## 十三

罢罢罢！蜜姐没有退路了。蜜姐只好一不做二不休了。蜜姐想：那就索性不睡了，今夜索性就把问题彻底解决算了！要不然似逢春性情这样痴又这等倔的，还不知道以后会闹到哪步田地。

蜜姐轻轻地但是坚决地，拿开了逢春的手，说：“别闹了。”

因此眼下的事情，蜜姐是必须拿出决断与魄力，快刀斩乱麻了。主意一定，坐在楼梯上的蜜姐就伸直了腰背，摆出居高临下之势，声音压低仿佛耳语，出语却有雷霆之威，她对逢春说：“从明天开始，你就不用来上班了！”

这是逢春的晴天霹雳，逢春失声道：“为什么？”

“不为什么。”

“我又没有做错什么？”

“等你做错就来不及了！”

“什么意思？”

“你心里明白。”

“我不明白！”

“只要你明白你被炒鱿鱼了就行了。”

“蜜姐啊——”

“别求我。没用的。我这巴掌大店铺里的事情我说了算，没有改！反正你也是演个戏又不可能长做。走吧，回去吧，得睡觉了。以后一样还是好街坊，你常来玩玩坐坐就是。”

蜜姐说着扶了扶手站起来，打了一个大呵欠，拿巴掌直拍嘴巴，是完全不想再说话的样子，她今天的确是累极了。

逢春怎么也想不到蜜姐心肠硬到这种程度。她接受不了。逢春伸手挡住了楼梯口，气得浑身发抖，说：“你！你凭什么这么不讲道理？是的，是我先求你的，可是我也样样都照你说的做了。你待我很好，姐妹一样，奶奶也待我像自家人，我从心里感激你们。可我又做错什么呢？我又哪点对不起你呢？我尊重你，处处维护你，完全和其他工人一样地做，我还比她们做得更好，这段时间我的回头客最多这是你知道的。今天我让你有损失吗？没有！分明还让你多赚了钱！你刚才不是说了你的人生格言：钞票就像婴儿一样无辜吗？可是你怎么能够这个样子？翻脸比翻书还快，到底为什么也不肯说就要我立马滚蛋。那我也告诉你：我就是不滚！打工也有个劳动法来保护的。”

逢春的发泄，蜜姐自然是料到的。让她发泄罢。蜜姐疲倦地托着自己下巴，冷冷瞅着逢春。逢春稀里哗啦一大通倾泻出来，忽然也就说完了。止住。天地却似一阵眩晕。昏暗迷蒙中一片静。只闻洗碗池上水龙头一滴一滴漏水声都敲打到有气无力。

蜜姐这才说：“发泄完了？”

逢春无言以对，只是恨恨的。

蜜姐说：“好了。你有狠。你有法律。随便你怎样。我可说的话就是算话。你给我回家去睡觉！拜拜！”

逢春绝望的眼泪大颗大颗地滚了出来，她也不去擦，任泪珠子在脸颊上骨碌骨碌地落下来，嗓子也嘶哑了，一边她说：“蜜姐，你再狠我也不服的。明天你就是拿棍子打我出去，我抱着大门也不离开就让你打，除非你告诉我真实原因。就是法院杀犯人也要让犯人死个明白吧！”

蜜姐一听，大叹一口气，只好又去摸香烟抽，她想：真正是冤家路窄！原以为逢春温顺，哪里晓得是一个更倔的，比蜜姐自己还要倔。早知如此，她怎么会答应逢春做工呢？这种倔脾气，蜜姐惹不起还躲不起啊！

蜜姐没有办法了，她说："好好好！我就让你死个明白。"

蜜姐长长吸了一口香烟，再长长吐出去，酝酿了一个破釜沉舟的语气，说："很简单：我不能让你在我店子里搞红杏出墙！为什么？道理也很简单：我没脸面对源源和你们两家的父母还有所有水塔街的街坊邻居——这是你逼我说出来的！我本想给你脸，是你自己不要脸！"

"红杏出墙？"逢春说，"我做什么了？就叫红杏出墙了？"

逢春居然不认账！

蜜姐是个吃软不吃硬的人，她被激怒了。蜜姐把香烟一摔，道："嘿，你还给我之乎者也？他妈的！今天你身子没有红杏出墙，你敢说你的心没有吗？你两个人眉来眼去忘乎所以当我不存在？他平白无故一张张百元大钞送给你就为你擦了一双皮鞋他傻逼了？你这样深更半夜不让我睡觉纠缠不休是因为你太热爱蜜姐擦鞋店？不就是害怕我让滚蛋了你就再没有机会见到那人——你在盼他来，你觉得他会再来，你在给自己编故事，你在为自己拍电影呢：你心里那点小暧昧小情调小酸词，还以为瞒得过我？你们没有留下任何联络，就只有蜜姐擦鞋店是你们唯一能够再见的地方，难道不是吗？逢春，我告诉你：我让你死个明白，你也就应该懂得咱俩必须直截了当点到即止。我把你当人，你还做鬼吓人呢。他妈的给我来之乎者也这一套，也不看看自己才几大年纪？才吃过几斤盐？走过几座桥？吃过几次亏？见过几个男女？"

其实逢春的心思都是朦胧的，她自己的确不明了，一下子被蜜姐揭穿，逢春不免又吃惊又羞恼，一时间脸面火辣辣受不了，奋起护短，急煎煎口不择言，书生意气也出来了，说："关关雎鸠，在河之洲，窈窕淑女，君子好逑。几千年前古人就很分明，你懂不懂男女爱慕是一种自然的健康的正常的感情呀！有你这么臭人的感情的么？难怪别人说最毒莫过妇人心，你自己没有爱情，就硬是见不得人家有。我还一直认为你是一个好女人，原来你的心这么毒啊！”

蜜姐没有想到兔急还真咬人。逢春这一下子也戳伤蜜姐心了。蜜姐狠狠一拍楼梯，说：“这就稀奇了，你怎么知道我没有爱情？你被宋江涛睡过？你在我们家做小？”

“蜜姐你侮辱人干什么？宋江涛谁不知道他？水塔街谁不知道他？我又不是聋子瞎子！宋江涛对于朋友来说一个大好人，可是对于你呢？他好吃好喝好赌好嫖，谁不知道？他在窗帘大世界，与那些小嫂子大姑娘公开打情骂俏，摸这个屁股捏那个奶子，你当大家都没有长眼睛啊！”

“够了！”蜜姐喝住了逢春。

蜜姐闭上眼睛，喘匀了气息，摸着楼梯慢慢站起来，披发立在黑暗陡峭的楼梯上，说道：“够了。看你大学生模样，想不到说话也够粗的。我真是小看你了。周源为什么死活不睬你？现在我终于明白了。你把我臭够了没有？这下你我总该两清了吧？走人哪！”

蜜姐说着一掌推开面前的逢春。逢春猝不及防跌倒在楼梯口。蜜姐毫不犹豫从楼梯下来，跨过逢春的身体，兀自往外走。说：“你不走，我走！我怕你好不好？！”逢春受了欺负的孩童般哇哇地大哭出来。

阁楼上的房门打开了。蜜姐的婆婆出现在门口，她叫了一声：“蜜丫！”

蜜姐立刻站住，回身叫道：“姆妈。”

蜜姐说："姆妈不好意思把你吵醒了。"

蜜姐的婆婆说："把春扶起来。"

蜜姐迟疑了一下，还是听了婆婆的话，俯身去扶。蜜姐手指刚碰到逢春，逢春自己就顺势爬起来了，口里忙说："谢谢！"是愧悔的意思，也不再哭，只忍不住抽泣搭搭。

蜜姐听从她婆婆的，带逢春上楼。八十多岁老人也没有什么多的话语，她就是有一种慈祥是颜面素到没有表情的老人。却原来老人家早就被蜜姐逢春闹醒，早就在为她们作安排，在地板上为蜜姐逢春打好了一个地铺，垫的厚厚两床棉絮，盖的两床薄薄被子，都已放好，房间走路地方都没有了。进得房来，老人家先自去睡觉，上床，脱衣服，躺下，也不肯要她蜜姐逢春的帮助，就自己不慌不忙地睡下了。蜜姐与逢春面面相觑，再无话可说，也不再敢说，只依照老人的意思：睡觉。两人默默呆了呆，坐在地铺上，各人拿手机飞快发了短信，又各人打开一床被子，躺下。两人都躺得心神慌乱，战战兢兢，却又充满意外之喜。

这一天，已经够长。连这个夜，也已经被她们人生漏掉。她们躺下的时候，黎明曙色，已现窗帷，好比她们深藏的心思，在渐渐明朗。

## 十四

居然，突然，竟然，世事难料，亲密来得如此容易和简单。蜜姐和逢春，就睡到了一张地铺上。逢春是小孩子一样，似乎也还不知道那渐渐明朗的心思是什么，把手往蜜姐身边一搭，哭过的眼睛犯困得不行，又实在累，立刻就睡着，呼吸变得轻柔又均匀。蜜姐今天也是累极了，却无法入睡。逢春就睡在她身边，一张年轻脸庞就如此可爱地侧对着她，蜜姐简直难以相信这是真的。蜜姐既甜蜜又惶恐。生怕老人家识破她的心思。生怕逢春不懂她的心思，也生怕逢春完全明了。生怕自己一不当心，管束不了自己，要把自己的手，也伸过去。老人家也就睡在这里，近在咫尺啊，蜜姐哪怕胡思乱想也都算是辜负了婆婆的信任啊。蜜姐的婆婆啊，这位老人家，总是这样好，总是宽厚得无边无际。对蜜姐从来不计较不猜测不挑鼻子挑眼，硬是要叫蜜姐自己做不出对不起她老人家的事。蜜姐正是个吃软不吃硬的人，这次真是为难死她了。

问题在于，蜜姐不是自己单个人在生活中，不是自己单个人在历史中，蜜姐和她的婆婆，是拥有她们共同的历史来历，他们子孙三代的来历与生活，是如此紧密交织在一起。也正因为如此，她们才生活得没有嫌隙，不似别的婆媳，一种天敌关系。蜜姐的日子里充满敬重与和美。她知道何等不易，她警钟长鸣地提醒自己要珍惜。

到底逢春也还是一个混沌无知的年轻人，说出来真是怕吓着了她。逢春父母所在单位市油脂公司，哪来的？蜜姐家的！上个世纪二十年代初，蜜姐家祖辈就在汉口做桐油，那时候就与外商做生意，那都是英国怡和，美国福中，法国福来德，日本三井与三菱一些正经老牌大公司。抗战胜利以后，蜜姐的父辈又接着做，把储炼厂都开到汉口江边租界的六合路去了，厉景文经理这个名字，汉口桐油业谁不知道？！是新中国成立以后搞公私合营，政府不断派进来干部，油脂公司不断改制分解，这才慢慢变成了公家的。

变成了公家的又怎样？油脂是有技术含量的生意，还是离不开厉家。开玩笑，几代人，都学储炼油，都做储炼油，这是谁能够替代的？！直到“文化大革命”的到来，厉家才被油脂公司的造反派彻底拉下历史舞台。造反派发誓要把走资本主义道路当权派和反动技术权威打倒在地，再踏上一只脚，永世不得翻身，蜜姐父亲被造反派红卫兵批斗得脊梁打断口鼻喷血确再也爬不起来，那时候蜜姐才两岁。然而又怎样？十年的“文化大革命”又能把厉家怎样？二十年后蜜姐不还是一条好汉？蜜姐与宋江涛结为夫妇齐心合力闯到汉正街东山再起，不还是成了油脂公司这一片水塔街这一带个体经营第一户百万富翁！

宋江涛呢，他们宋家的曾祖父，就是汉口第一家既济水电公司股东之一。宋江涛的父亲，解放前老早就是江汉路邮政局局长。那是什么分量的邮政局？谦虚一点不说全中国第一，也敢说全中国没有第二。那是做着对面整条交通路的邮发，还开辟一柜台专供全中国最牛的书报杂志宣传册。汉口交通路那都是什么名号的书馆书局杂志社？商务、中华、大东、世界、开明、生活、全民抗战、新学识，都是哪些人在交通路办刊物杂志？随便哪一个都是文豪或者名人，像沈钧儒、李公仆、邹韬奋，连瞿秋白毛泽东都是后起之秀。

汉口之所以成为汉口，水塔之所以在湖荡子之中拔地而起，是宋家厉家以及许多家有识之士，拿出自己祖祖辈辈积累的财富，开办水电厂，油脂公司，建筑水塔，建筑了中西合璧的楼房民居联保里、永康里、永寿里和耕辛里，就这样形成了城市。宋江涛和蜜姐的祖辈父辈，开创了汉口这个城市和最先进的城市文化。居民们的深深的信任，就是这样来的。宋家厉家两家的友好亲密，就是这样来的。蜜姐的婆婆对蜜姐的好，以及蜜姐不能够辜负老人家的好，就是这样来的，事事有因，因因都是深深的根，牢牢扎进这个城市的一砖一瓦。

这也就是真正的门当户对。婚姻也好，婆媳也好，最坚实的基础就是门当户对。门当户对哪里只是人们以为的物质条件呢？是家族家门有着同样的来历。

尽管后来一次又一次的战乱，革命，分割，改建，导致了城市的创伤与腐烂，城市中心现在是差不多要烂透了。联保里每一处危墙颓壁每一处破残雕栏，剥剥落落，污水油烟，处处都是难管难收的无可奈何花落去。但是，人不是物！人是会一代代传下来的，一辈辈人的感觉与感情是断不了的。只要水塔街的街巷还在，只要联保里最后一根柱子还在，城市居民之间那种因袭了几代人的无条件信赖就在。那是一种面对面的大义与慷慨，一种连借了一勺子细盐都要归还一碟子咸菜的相互惦记与诚信，是人与人之间的心灵与情感联盟。就凭这份人间义气，将来楼房可以重建，街道可以重修。蜜姐她们坚守市中心老城区，就是相信联保里会重建。就是相信城市必定是城市。为了不让老城区被民工出身的小商贩一点点蚕食损毁，她们不走。她们也变成小商人。她们宁愿苦熬与等待。怕就怕在人间义气彻底散失，街坊邻居可以不负责任，不懂人情，不顾大义。在这里，在水塔街，在联保里，在蜜姐祖祖辈辈创造出来的城市里，蜜姐和婆婆就是守着这样一份人情和大义，就是过得有滋有味有志气，就是邻居街坊没有人不信赖她们，就是连“文化大革命”打砸抢过她们的人，现在路过她们，也总要低头不好意思的。于是蜜姐怎么可以做事情不负责？怎么可以只顾自己不顾他人？不顾她的婆婆以及所有街坊邻居？

这是逢春不懂的。就凭逢春在学校课堂埋头一口气读书十几年然后穿一紧腰小西装，在办公室颠来跑去复印、接电话、发传真发电邮，就能够懂么？逢春不懂，就痛苦少，困扰少，睡得熟。辗转难眠和内心挣扎，就都是蜜姐的了。

待到蜜姐好不容易入睡。逢春睡过一觉，醒了，终究是有心思，睡不沉。

逢春醒了就偷偷看蜜姐，这么近，这么真切，她越看心里越崇拜。怕老人家发现，逢春闭眼假寐。心里决定：她再也不离开蜜姐擦鞋店了。将来她还可以与蜜姐一起，把左邻右舍门面盘下来，扩大生意，做出真正的文化创意来，说不定还很赚钱呢！逢春是越想越美了。

逢春觉得也把自己没有办法了。她无法不跟着感觉走。蜜姐就是有气场，就是有吸引力。逢春虽说是赌气来的，虽说是演苦肉计的，但是生活就是要改变人，生活就是有它的力量。想想逢春的第一天，第一个星期，多难熬。看见熟人要躲眼睛的。头一个月过去，慢慢地，不知不觉，情形发生了变化。逢春手头活儿做得越是利索，蜜姐对她的满意和赞赏愈发溢于言表，逢春心下竟逐渐喜悦萌生。蜜姐想让逢春做重要钟点，逢春心里竟然也生出大喜悦来。逢春让自己父母下午替她去小学门口接儿子，她开始做中午十二点到晚八点的工。逢春的父母一百个怨恨周源和周源父母，也没有什么办法，又怕在逢春面前说多了加深小两口的矛盾。逢春的父母是一对老实人。逢春也无法对父母多说话。只因从小他们家父母孩子之间都是不多说话的。逢春结婚之前，她母亲对她说话也就是说个功课如何，考试多少分，在班级与同学要搞好团结，不要单独和男生一起出去，念书就好好念书不要早恋，晚上出门早点回家路上当心坏人。逢春与同学在一起，也有打闹也有几句俏皮话，与她父母在一起，就是一个没有嘴巴的闷葫芦。连逢春出嫁，她妈妈也只当女儿多过了几条马路去睡觉而已。逢春生儿育女，她父母自然也高兴，可也都当一般人间常事，与她还是没有多的话可以说。是逢春来到蜜姐擦鞋店以后，才慢慢感觉到，家庭不一定必须有父母，没有父母的家庭也可以比有父母还知冷知热的。比如蜜姐没有父母，只有婆婆。蜜姐的儿子没有父亲，只有奶奶和妈妈。他们这一家人就是像对方是世上唯一宝贝那般地稀罕。就连逢春来到擦鞋店以后，逐渐也被他们一家人当做宝贝，就是稀罕，就是重要。饥饿冷暖，就是要问，就是要说，就是要知道，知道了才妥帖。这感觉真的是亲啊！

做十二点到晚八点的工，蜜姐要提供两顿饭，晚饭要比较正餐一点。饭菜是蜜姐的婆婆现做现炒。他们只请了一个厨房帮工，老人就可以每顿做好热腾腾的饭菜，按人份一盒盒装好，工人们都说好吃。蜜姐擦鞋店的工作餐盒饭的确特别地好。蜜姐从来不叫外卖的。前五一条街的商铺都叫外卖盒饭，简单方便，吃完把一次性塑料盒子往垃圾桶一扔，不用洗碗水费都节省很多，加上盒饭本身价格便宜得惊人，味道也都是大辣大鲜要人吃得刺激。蜜姐绝对不动心。她坚信只有买错的没有卖错的，越廉价越是地沟油，无论她儿子和婆婆，无论蜜姐擦鞋店几个工人，蜜姐都视为一个大家庭，不是说说漂亮话的，就是实打实每天自己掏钱买菜。蜜姐已经深知健康是世上最重要的东西。奶奶是老寿星了，能够吃到她亲手做的菜肴，那就口口都是吃的福气！蜜姐煽情的本领十分了得。大实话从她口里出来也煽情。人听了就是要感动。蜜姐给擦鞋女的报酬并不多，可是就凭她家的工作餐，就凭蜜姐对她家工作餐的不断阐释、演讲和夸赞，几个擦鞋女都是死心塌地给蜜姐做事。逢春就是喜欢听蜜姐说话。蜜姐就是这么会说话啊。

蜜姐自然享有自家特权，她的婆婆是要给她加菜的，她也单独使用自己的保温饭盒。工人都是先吃饭，工人吃过了，蜜姐再从容吃饭。当逢春来店差不多个把月的时候，蜜姐也给了逢春一只专用的保温饭盒。她俩饭盒一模一样，两层的，只是颜色不同，一个浅蓝，一个浅粉。从逢春有了浅粉色饭盒之后，她的菜也和蜜姐一样，两荤一素里头，有时候会多加一两样私房菜，比如一勺子香椿尖子炒鸡蛋，或者一块红烧臭鳜鱼，这都是蜜姐婆婆自己吃的，都不是大众口味，都是小炒的，老人家也不说多么甜蜜的话，她就是把逢春当了自家孩子，叫她“春”，让她和蜜姐一起吃饭。蜜姐要叫水塔街的街坊邻居，要叫逢春和周源两家的老人都看着：蜜姐并没有轻视逢春。自然也首先是逢春性格乖，做事情用心用力，没口没嘴不搬弄是非，很讨蜜姐的婆婆喜欢。蜜姐当然也喜欢，连蜜姐的儿子也喜欢。蜜姐一家三代三口人，是齐齐地一致。

在蜜姐擦鞋店，蜜姐叫自己婆婆是姆妈，逢春依着蜜姐的儿子叫老人奶奶，又叫蜜姐是蜜姐，是平辈相称；蜜姐的儿子刚满十六岁，唇周围已经隐约有青森森的胡茬子，不肯让面嫩的逢春占便宜做长辈，又不好意思叫姐姐，就什么称呼都没有，却进出也是平辈的意思，贪玩的时候还央求逢春帮他写作业，二人也会去打个羽毛球认真争一个输赢高低的。逐渐地，逢春与蜜姐一家三口，都不见外，不生分，十分自在起来。连逢春搞点特殊性，蜜姐也能够理解与接受。逢春到底是城市女孩大学毕业出身到底不能与其他擦鞋女平等，逢春干活是必须要口罩帽子工作服的，其他擦鞋女从来没有这个概念。几辈子的城市人与几辈子的农村人，终究有隔。几个擦鞋女总是唧唧喳喳说笑，逢春从不参与的。蜜姐也不怪逢春清高，倒是很有几分赞赏她的。逢春当初是万万想不到，自己在蜜姐擦鞋店倒是得到了好日子和大自在。

不知不觉地，逢春可以大大方方地进店上班了，街坊邻居再过来看她，她眼睛也不躲闪了。周源来不来接走逢春，逢春已经不在乎了。生活就是力量这么强大，周源给逢春的痛苦，就是被逢春的新生活减弱了，这种减弱还在进行，在加速进行，这就是逢春的希望。她在蜜姐擦鞋店过得比此前所有日子都要好。

逢春怎么可以就这样被蜜姐轻易赶走？

怎么可能？

蜜姐是这么喜欢逢春，今天为什么突然发作，坚决要赶走她？就因为一个偶然撞进门来的小白脸？到这里逢春纠结住了，死活就想不通了。想着想着，又要哭。想着想着，又睡着了。

天大亮的时候，蜜姐逢春两个人，都在沉沉梦乡中。

蜜姐的婆婆轻手轻脚起床，她端详了蜜姐和逢春一会儿。这对孩子，昨夜吵架吵死了。老人家也许什么都明白，也许什么都无需明白。只是又是新的一天了，蜜姐擦鞋店需要正常开门营业，需要老人家去撑一回了。老人家当然，她会去做的。她慢慢地来，还是做得动的，这样的特殊情况，也不是第一回了。老人家没有叫醒蜜姐和逢春。她自己慢慢下楼，慢慢打开店铺大门，工人们陆续来上班，老人家在柜台里头坐店，衣裳整洁，白发梳理齐整，颜面也白净，如果说繁华市中心的早晨要有太阳，那就是在自家升起的一张有光有亮和颜悦色的脸庞。

这一天也还是人间日子，没有什么过不去的，没什么两样。

## 十五

翌日，蜜姐和逢春二人，都睡得起不来床。待蜜姐逢春真正清醒过来，已近午饭时刻。二人先是互相看着，迷迷瞪瞪，既不敢相信现实，又不能不相信现实；既不能够说什么，也不知道说什么才好。继而拥被坐起，蜜姐睁大眼睛看逢春，逢春也睁大眼睛看蜜姐。两人都眼睛鼻子还是懒怠无劲，嘴唇干涩，肤色因血气未动又是没有暖意的姜黄，都蓬头乱发草草，乍一看令人吃惊，再一看又被真实吓住，这吓住过后又有些私密的亲近，觉得两人都见了真人真相，便有了一个无言的共同秘密，就不免都笑了。一笑之间，蜜姐已经觉得这就是好时光啊，这好时光分分秒秒正在逝去啊。她冒出了一个主意：为珍惜这一夜，得好好享受和延长现在这一刻。无论如何，别的都不说了，她要善待她们自己一次。

所以蜜姐似乎没心没肺到完全忘记了昨夜的不快，她大大咧咧笑笑呵呵说："今天我们出去吃个饭吧。"

逢春喜出望外，一副受宠若惊小模样，立刻抢着说："我请我请啊。"

蜜姐说："你不要和我争，我昨夜就说了要请你吃饭，我先说的。”

逢春说：“你昨夜说了请我吃饭吗？”

蜜姐霸道地说：“说了！”

逢春嚷道：“我怎么不记得？我只记得你都在骂我。”

蜜姐说：“少提不痛快啊！”

逢春说：“好呀好呀，不过真的让我请吧，我要谢谢你收留我，谢谢你对我这么好，我想今天大吃大喝一顿，和你拜个干姐妹，好不好？”

蜜姐说：“拜姐妹没有问题啊。只是别以为我对你有多好，你以后别骂我别恨我，就不错了。”

最后自然还是蜜姐请客，蜜姐说逢春你算了吧你胳膊拗不过大腿的。

逢春笑嘻嘻认了，她觉得自己在蜜姐这里，的确是胳膊拗不过大腿。

二人就开始起床。逢春撒娇，在地铺上伸手要蜜姐拉她起来，蜜姐也就去拉了她，只低垂眼睛不暴露心思。两人一起收拾地铺，棉絮被子都一层层为老人放进柜子，把房间拾掇整齐，再各自梳洗一番，整理头脸，化妆打扮。

蜜姐拿过手机，用手机屏幕当镜子照，说：“我像个鬼。”

逢春也说：“我更像鬼，眼泡肿得像金鱼。”

蜜姐说：“是啊，女人夜里不能伤心流泪，只能快活流泪。”

逢春赶紧问：“啊，还有快活流泪的？”

蜜姐意味深长地看了逢春一眼，说：“说你年轻没经历还不服气，还给我上课，还给我背什么古诗。”

“好了好了，别说了啦！”逢春怪不好意思的，拿枕头去捂蜜姐的嘴巴。蜜姐把枕头推过来，逢春又推过去。两人吃吃笑了，这就闹了一会儿，把昨夜的争吵尴尬，都遮盖过去了。又二人各自打手机：找父母的，问儿子的，问楼下生意的，种种不一，都是家常的呼应打点，琐细庸常，但这就是正常生活的维系，每一天，人都需要来操持，只有时刻操持，一个家庭才能安安妥妥。逢春已经对蜜姐没有任何遮掩，就当面打电话给自己父母，让他们把电话给孩子，与孩子说几句亲热话。逢春的父母是无奈有怨的口气，问周源在哪里怎么不来管孩子？逢春简单说她也不知道。逢春假装不知道父母的烦。周源甚至连自己孩子都不管了，他们小夫妻间，连这种日常维系都没有了，问题真是够严重了。男人冷漠到了这种地步，逢春也不对他人絮叨诉说，也不对任何人抱怨责骂周源，让蜜姐从旁看着，愈发怜惜和喜欢逢春。逢春年纪这么轻，做人其实还真是够大气的。蜜姐对逢春的喜爱，偏是琐碎生活里都有强劲生发，这真是没有办法了。

但蜜姐并没有失去最后的理智。

收拾打扮完毕，蜜姐逢春出来街上，两人面貌焕然一新，都眉毛黑，唇膏亮，头发漂亮。天气是由凉渐至冷的秋了，是夜里下过霜的萧瑟，在城市繁华街区，霜留不下痕迹，只是教人感受到更严肃的冷。蜜姐逢春出门就凭空受到一个冷的刺激，人一收紧，身体就挺拔起来。蜜姐黄的脸颊也透出红来，逢春眼睛一亮，昨夜的红丝彻底遁去，涌出清澈秋水一层，眼眸黑亮如点漆。逢春是牛仔裤，短夹克，特长大围巾。蜜姐是皮靴，长裙，低领毛衫，外罩风衣，当过兵的人，步伐是那样遒劲有力，咯噔咯噔地有精神。两人走在大街上，并肩联袂的样子，抖擞又飘逸，恰就是那些时尚杂志上的一对都市丽人。一路上都有人看她俩，她俩分明知道，就当是不知道的那一种骄傲。她们已经省了早点，要去街上直接吃午饭。

二人一边大街上走一边商议走去哪里？吃什么？

蜜姐做东，逢春是客。蜜姐要由逢春选择饭馆。逢春说："麦当劳。"蜜姐喷出笑来，嘲弄道："麦当劳又不能算饭馆。"

逢春说："麦当劳近啊，环境好啊，这边有一家，那边一家民众乐园还有一家，都包围我们了，又好边吃边说话。"

蜜姐继续嘲弄说："就吃吃这种小女生的快餐，能够拜中国干姐妹？"

逢春自嘲道："是有点不对劲啊。"

蜜姐说快餐到底算不上正经请客吃饭，也到底还是没有饭菜好吃。蜜姐说算了不搞民主了就我带你去吃点好饭菜吧。

逢春兴奋得不得了，欢呼："好哇好哇！"

蜜姐扬手招来一辆红色出租车，她俩坐了进去，司机照着蜜姐指的饭馆去。她们串街走巷，越过无数人，无数市声，高架地铁无数工地，水泥柱子高大得人渺小，马路边有人拉拉扯扯，因电摩托车与小汽车冲突，摩托司机用手摸了自己额上的擦痕，有血举到自己面前看，刹时眼睛瞪得像牛卵子。两个女子怀了一副昨夜风雨昨夜寒的心肠，是这样在城市穿越与观望，就别有滋味细细丛生：想要叹气，想要摇头，觉得这一城市的人都这样活着啊真是无聊、委琐和不值得，更觉得自己要好好珍惜自己，豁达一点，都不计较，要比车窗外面种种人种种地方都漂亮都大方都值得。

待到下车，进了蜜姐熟知的一家餐馆，认识蜜姐的领班热情洋溢地迎上来，领到一个面临山水风景的窗前小台。待到两个女子坐定，平视，目光里满是欢愉和欣悦，万水千山艰难险阻谈笑间已然越过：以前的不好，见不到了。只为今天好。今天必须仔仔细细地过，认认真真地吃。

菜谱自然先给逢春，蜜姐说她想吃什么只管点。

逢春说："随便吧。"

蜜姐嗤道："莫瞎说，哪里有随便这道菜？吃是大事，要点最爱的。"

逢春把一本菜谱阅读完毕，抬头说："好像都爱，又好像都不爱，菜名看上去都好吃，就不敢相信菜端出来好不好吃。"

蜜姐说："那还是我来？"

逢春说："你来你来。平常我都是随便的，不会点菜。你带我吃吧。只是不要点太多了吃不完。"

蜜姐听也不再听逢春客气话，啪地合上菜谱，往餐桌边上一推，招来领班，自己吩咐厨房做菜。蜜姐要了一份泥巴封口文火煨的瓦罐老鸭雪梨汤，秋燥么，这是秋天最滋润的甜蜜蜜的汤；冬季里才适合喝排骨藕汤，莲藕要呆在塘泥里经霜覆雪以后才真正粉嫩。再一份干烧大白鮰，如今在大城市吃淡水鱼，也只有武汉鮰子鱼是野生的了！野生鱼就是野生鱼，臭腐了都比刚出水养殖鱼好吃千百倍，那完全就不是一个质量！蔬菜来一份清炒菜薹：要铁锅爆炒，切忌大油锅过油的那腻死个人还把菜薹原本的清香去了；也不要辣椒，只起锅时候洒一把蒜花。下饭菜呢，是炒三丝。肉丝、酸包菜丝、苕粉丝，佐料一定要干红椒丝、泡姜片和蒜片。一定，生活就是这样，好味道一定要好原料，假不得的。

蜜姐软硬兼施对领班说："一定告诉厨师是水塔街蜜姐的菜啊，真正汉口人啊！可别一忙就瞎打发，以为是外地游客。"蜜姐边说边塞了一张五元的小费在领班口袋里，"菜真好呢，还有酬谢的；菜不好呢，我可要掀台子的啊。"

领班唯唯诺诺地说：蜜姐放心放心！

逢春在餐桌对面，捧着茶杯，已经惊呆，吃个餐馆，蜜姐都是这般好手段啊！逢春和广大青年一样早就自称吃货，可相比之下，什么吃货？纯粹瞎吃而已。逢春说："哇，好厉害啊！光是听着就口水直流！又没见你做饭，怎么这么有学问啊！难怪大家都说你阿庆嫂，今天果然让我见识了，天啦天啦，你真是一个阿庆嫂啊！"

"阿庆嫂什么意思你懂个屁！"蜜姐看着逢春，被逢春的甜言蜜语吹捧得喜滋滋的，尽管蜜姐就知道逢春的确不懂得阿庆嫂究竟什么意思。"文化大革命"结束了才出生的人，哪里懂得特定历史语言的含义？蜜姐只说："我的小姐啊，武汉菜多好吃啊！每个季节都有时鲜啊！我今天点的这几样，绝对是深秋经典，只是菜薹还不够正点，下雪了才真好吃，不过也算是一盘头道抢新菜吧。哎呀看来你对吃一无所知，把你生在武汉真是浪费资源。"

逢春就琢磨开了：她想是啊是啊，以前怎么就会瞎吃啊？

及至菜肴一份一份端上来，逢春扑上去就吃，每一筷子都情不自禁要哇哇叫好。她叫道我的妈啊好好吃啊好好吃啊！她在餐桌下面的一双脚，也忍不住要跟着直跺。逢春还原成了一个活蹦乱跳的小姑娘。把蜜姐乐得合不拢嘴。二人吃得这般放松又贪馋，就无酒不成欢了。蜜姐说：上酒！

逢春说："我不会喝酒。"

蜜姐说："尽说些没志气的话，酒有什么会不会的！"

逢春说："我真不会喝。"

蜜姐说："喝！酒这个东西，就不存在会不会喝，只有喜欢不喜欢喝，敢喝不敢喝。今天你还不敢吗？"

逢春胆子也被鼓励起来，说："那就——敢！"

一瓶百威啤酒，两只玻璃杯倒了出来，蜜姐逢春一人一杯。干烧大白鲷是鲜辣的，把逢春吃得一双嘴唇红彤彤满口热气，她也不知道深浅，端起啤酒，咕嘟喝一大口，贪图凉爽，接着又一口把一杯都喝干了。然后拍着自己胸脯，看着蜜姐，觉得自己头不昏来眼不花，自语道：原来啤酒没有问题的。接着主动为自己倒酒，又把一杯一饮而尽，蜜姐连夺她杯子都没有来得及。

逢春说："感觉很好呢。看来我其实有酒量。"接着又吃菜，又喝酒，拍手叫好，说是出娘胎就没有吃得这么痛快这么好，她那一双眼睛，愈发是水亮盈盈地动人。年轻就是在一双眼睛上头。蜜姐对着手机看看自己眼睛，心里涌出沧桑感，把手机反过来，按在桌子上了。蜜姐吃得不多，几筷子菜吃过，就一手酒杯与香烟，只喝酒抽烟，就看着逢春吃。看着逢春欢天喜地，蜜姐享受知音之乐。乐得蜜姐时不时要笑出来。啤酒又上了一瓶。蜜姐要逢春慢慢吃慢慢喝。逢春也不再那么饥饿饕餮，却更兴奋，语调都不觉得提高了一倍，节奏也快了许多，用远比平常悦耳动听的声音嚷嚷："是的是的，我要慢慢吃慢慢喝，我要学会享受人生！我要向你学习好多好多东西！"

蜜姐摇摇头说肉麻。现在年轻人，就是这么说话，港台语气加网络语气，一股装嫩感，真肉麻。逢春说装老感也肉麻的啦。于是她们就笑就闹。就在欢天喜地中，二人喝了个交杯酒，正式结拜为干姐妹。不过蜜姐不喜欢“姐姐妹妹”这些个词，嫌酸，一切都在心里比较好。逢春也大有同感，又大呼：“严重同意严重同意！”逢春乐得都腾云驾雾了。

女人要谈人生了。女人一旦做了好朋友，一旦喝到一定程度，总归要谈人生这个话题。蜜姐没有犯晕，没有腾云驾雾，蜜姐要借人生话题，把握好她们俩关系的那个度。逢春还年轻，对自己个人感情还是迷糊的，也许还是男欢女爱更适合她呢？总之，蜜姐得把握这一切。

## 十六

酒过三巡，蜜姐开始给逢春讲故事。她讲三个影响她一生的人：一个是宋江涛，一个是宋江涛的母亲，蜜姐的婆婆她老人家，一个是某人。

逢春问：“某人是什么人？”

蜜姐说：“另一个男人。我不想说他名字。他名字不重要，也不再存在。我只告诉你：他就是我人生的某人。”

逢春说：“好吧那就某人。”

逢春就蛮有兴趣了。逢春以为：噢！噢！噢！蜜姐也有情况呢！

宋江涛是水塔街最豪爽的男人，他的豪爽不是一般的豪爽，那气派就简直水塔街是他们家的，只要朋友需要都可以赠人，从街道到住房，无不可以。那时候，水塔街一街的男孩子，有多少在他家吃饭和睡觉。他妈总是用大蒸笼蒸饭。周源就是其中一个。宋家在水塔街那威望，那相当于中国的毛主席。宋家当年在联保里有整整三栋大房子，最后被剥夺到只剩下零落的三间了。就这三间房，朋友结婚没地方，宋江涛挥手就让出一间。这就是宋江涛的无敌魅力。蜜姐与宋江涛在水塔街是青梅竹马一起玩大，两人之间也没有说过是在谈恋爱。就只是水塔街大人小孩都认为他们必然是夫妻。蜜姐十六岁被部队招去做文艺兵，消息传开，巷子口顽童就朝蜜姐喊："宋江涛老婆要当兵了！"宋江涛在家里大摆酒宴为蜜姐送行，当着几大桌子的朋友，宋江涛举杯讲话，说："现在搞反了：解放前是妹送情郎去当兵，解放后是哥送情妹去当兵。蜜丫，站起来，我告诉你，就算你这一去千万里，就算你十年八载才回来，我都等你，回来结婚。"就是这样，一诺千金，宋江涛足足等了八年整，三十岁才结婚。宋江涛就是这样一个男人，他不容得蜜姐以为自己不是他的老婆，水塔街街坊也都不承认还有什么别人家的女儿比蜜姐配宋江涛更合适，他们就这样是佳偶天成。

不错，后来大家也都知道宋江涛的德行，在汉正街窗帘大世界喜欢摸女人屁股捏女人奶子，对蜜姐不忠。没错，宋江涛就是这样一个人，嘻嘻哈哈，大大咧咧，没心没肺，要身边一天到晚有朋友打围，没有人就心慌，招都要招一大堆人，请别人吃了喝了还不晓得那些人姓甚名谁。窗帘大世界的大姑娘小嫂子都喜欢宋江涛。她们需要帮忙，宋江涛是随叫随到，他死都不要让女人没面子的。问题是蜜姐早就了解宋江涛这德行，早就把什么都看在眼里，早就什么都知道。蜜姐也会不高兴也会烦恼也会寂寞也会吵闹，但她更知道，如果宋江涛哪一天发现自己在女人堆里没有了魅力，他宁可一头撞死。蜜姐完全理解。于是蜜姐可以默认。他们夫妇相知到都无需用嘴巴说的。名义上说是夫妻，最后做成的是知音。

知音到蜜姐也被某人追求的时候，宋江涛除了爆炸一通，痛苦一阵，后来他居然跑去找到某人，与某人一番推心置腹喝酒谈心，成了哥们。后来宋江涛生了癌症，第一个打电话就给某人，要某人答应他照顾蜜姐一辈子。临终之前，宋江涛再一次要求某人答应他，某人说："我答应。"宋江涛才放心咽气。这就是宋江涛。他没有更好的机会继承父辈在水塔街的宏业，也算不辱家门是做了一个豪气冲天的人。这个人就是蜜姐的老公宋江涛。如果时光倒流，一切从头开始，宋江涛肯定还是蜜姐的老公。宋江涛蜜姐就夫妻一场，竟从来没有说过"爱"字。他们就是夫妇。夫妇就是夫妇，不可解释，就好比水就叫水，雨就叫雨，冰就叫冰，不能混淆，名称就是本命。夫妻也不见得就是男女。蜜姐和宋江涛，早已不存在男女关系，但他们是夫妻，有共同的儿子和母亲。宋江涛去世了，蜜姐独自也一定要抚养他们的儿子，赡养他们的母亲。原来在中国，夫妻就是这样的，不离婚的，不谈男女的，不顾个人的，就是大家，所有有缘的人，得一起生活下去。

听到这里，好哭的逢春，已潸然泪下。她握住了蜜姐的手，求蜜姐原谅她昨晚臭不懂事的胡说八道。蜜姐淡然一笑，哪里还会计较。

女人的话一多起来，就像放鸽子一样开敞了鸽子笼，一群群鸽子，高高飞出去，又在空中忽地一个回转，飞来飞去，来回旋舞，总是围绕人生这个主题。

宋江涛的母亲，蜜姐的婆婆，被蜜姐在故事中称为“这个女人”。这个女人啊！只能用我们从前在巷子里唱的儿歌来形容她：这个女人不是人，她是神仙下凡尘。她自然也是从大姑娘女学生做过来的，可是对于水塔街街坊邻居来说，她是从嫁到宋家才有的女人，似那董永从天而降的七仙女，又似那许仙的深山蛇精白娘子。汉口市立女中毕业，就在汉口平安医院做病案管理员做了一辈子。若干年里，宋家住房一再被挤占分割；“文化大革命”中，宋江涛父亲跳楼自杀，她都顺其自然，她没有发疯没有发狂，没有哭天抢地，没有自暴自弃。她孤儿寡母不觉得恓惶单薄，她也把儿子养得体面豪爽潇洒就像家中男人还在。儿子拿所剩无几的房子送给朋友结婚一送就再没有归还，她也无一个字的怨天尤人。几十年来是再大再小的事情，这个女人都安静面对，就没有人看见她的惊天动地或者地覆天翻，总是事情该怎样就怎样地顺了过去，不觉得自己有天大委屈。蜜姐有了某人，相好七年够漫长的外遇，这女人分明知道，硬是可以当作不知道一样，连一点脸色都不给蜜姐看，也一句夹枪带棒的话没有。不假装不知道，也不说自己知道。让蜜姐一点尴尬也没有。

蜜姐讲宋江涛，没有眼泪。讲她婆婆到这里，倒眼睛潮红，水花花碎在睫毛上了。逢春泪水就更多了，从宋江涛那里就开始一路流淌过来。

这个女人啊！她不仅不说蜜姐坏话，还尽管把好都放在蜜姐身上。随便给儿子买什么，都是说你妈妈买的。儿子八岁生日，某人陪蜜姐去广东进货，一对情侣就在广州游山玩水，蜜姐完全把儿子那天生日忘记了。晚上忽然接到儿子电话，儿子接通电话就啧啧亲蜜姐，说：“妈妈我今天全班最酷，穿上了正宗耐克鞋！谢谢妈妈！妈妈辛苦了！”原来又是这女人背地里做好事，她自己给孙子买耐克鞋说是你妈妈买的，硬是能够把违心的好事做到心甘情愿，不由人不欠她的情！后来宋江涛病逝，只头七一过，这女人就关上房门与蜜姐谈了，说话是极其平和简单，只说：“蜜丫你还年轻，有合适的人就不要有顾虑，可以再走一步了。”这可是她自己儿子宋江涛的头七啊，尸骨未寒啊，她就可以这样成全别人。蜜姐把这话一听，就扑通给婆婆跪下了。当时连蜜姐自己都吓一跳：怎么给人下跪了？眼前蜜姐怎么能够离开婆婆去嫁人？！把耕辛里房子带走？！把儿子带走？！就剩下她一个老人一间联保里破旧老房子？在婚姻上，蜜姐是不可以再走一步了！

蜜姐对逢春感叹：“你不晓得这从前的人啊，旧社会过来的老人啊，真是仁义道德！真会做人啊！你再硬的心肠，在她面前都只能化成水。”

蜜姐擦鞋店，原来是这个女人整出来的。是后来一年年过去，这个女人见蜜姐并无再嫁之意，终日躲在耕辛里小家看韩剧日剧，抽上了烟，又胃病重了，瘦得只剩一把骨头，走路随风飘。这个女人，啥也不多问，当时已经八十岁，却看世界清晰如面，知道怎么挽救蜜姐。就把她自己居住的联保里的一小块地方，请人重新改建了，自己住上阁楼去，硬是挤出来一个小门面。那两扇面对大街封闭了三十八年的大门，由一个八十岁的老人把它朝着大街打开了！从此蜜姐重新开始做生意。

逢春大开眼界了。许多她苦思苦想猜不透的问题她得到答案了。此一刻，她再想想水塔街联保里和蜜姐擦鞋店，都觉得与昨天完全不同了。逢春再看蜜姐，也觉得与以往完全不同。

蜜姐问：“我有什么不同？”

逢春答：“哇，你好有内涵好有气魄啊！”

蜜姐说：“少肉麻少肉麻，我就是一当兵的人，粗人而已。”

逢春望着蜜姐，两肘子支在餐桌上，两手托腮，目不转睛，似小学生渴求知识，蜜姐的话她一句都怕错过。第二瓶百威啤酒又喝完了。二人都轮流上过两回洗手间了。菜也送回厨房回火了。却稀里糊涂又开了第三瓶酒，两个人频频干杯，碰得脆响，又轻声细语诉说。有男人到窗外假山假水的景点抽烟，都被她们惊动，频频看她们，她们毫不顾忌，也不看别人，眼里都只有她们彼此。

逢春强烈要求听爱情故事。蜜姐回答：“我又没有瞒你，已经夹在里头讲了。”

逢春说：“不是三个人吗？这第三个人就只讲了两个字啊：某人。”

蜜姐说：“就是‘某人’。故事也就是‘某人’两个字。这两个字我一生抹不掉，可我把其他情节都抹掉了。”

逢春的追问有一大串：某人怎么追你的？怎么爱你的？你们怎么好上的？某人英俊吗？做什么的？有没有钱？有没有情趣呢？

蜜姐说得简单：“就像电影和小说，啥都有一点。但是时间会最后告诉你你真的需要什么。某人最伟大的意义是：当一个青梅竹马的婚姻无法证明婚姻的无须，那就需要另外一个男人再给予一次证明。”

“我没有听懂。”逢春说。

蜜姐问：“太绕了？”

逢春说："嗯，又太文学了，不是平时你的说话。"

蜜姐说："那你就以后慢慢想吧。我就不再解释了。"

蜜姐稳稳地掌控着全局，她很快就把话题转移到逢春身上了。现在轮到逢春讲她自己的故事了。

逢春嘻嘻笑，说："我白开水，没有什么经历，你都知道的。"

蜜姐说："那你给我说个实话：你和源源到底怎么回事？"

逢春愣住了。逢春越是发愣不说，蜜姐越发觉得蹊跷。最后逢春拿不准地问蜜姐："如果我说出来，算不算损害他的名誉？"

蜜姐说："这怎么能算？这是咱们姐妹俩说私房话！绝对不能对任何第三个人说的！"

逢春点头同意，想了想，又傻笑，借着酒喝得高，把从来没有勇气对任何人说的话，就说出来了。逢春伏在蜜姐耳朵边，悄悄说："他不喜欢女的！"

蜜姐立刻坐直了。蜜姐大拍脑袋：这可是蜜姐从来没有想到的。可蜜姐又觉得正是这么回事。这个从小就唇红齿白的男孩儿，多年来一直都那么粘糊宋江涛。只不过大家从来都以为那是哥们义气啊！逢春又伏了过来，添了一句："自从儿子出生，他就没再和我一起。"说到这里逢春不好意思地把脸捂住，半晌才从指缝里露出眼睛看蜜姐。

蜜姐不敢与逢春对视。她狠狠捶了几下自己额头，说："对不起，逢春！我哪里想得到这个啊！昨天那小白脸的事，是我对你太狠了！"

"没事啊！我不怪你啊！就在联保里，街坊邻居都盯着，流言蜚语随时会有，你是对的啊！"逢春说。

逢春就是这样乖巧温顺，蜜姐真是受不了。至少蜜姐也得让逢春多一点经历，多一些经验，来证明自己的感情啊，这不正与她自己一样么？蜜姐歉疚地拿手去摩挲一下逢春的脸颊，逢春闭上眼睛承受，又按住蜜姐的手，不让这手离开，久久地捧住她的脸。逢春好像在说梦话，那样轻，那样虚，几乎是没有声音地说："没事啊。主要是我们不想要任何人知道，外面知道了，孩子将来怎么做人？我不怪周源的，他自己好像也是从前糊涂慢慢才明白的。我只怪他瞎混混不好好上班工作挣钱。我们说好了都尽全力抚养孩子，他还发誓他要好好上班赚钱养家。他却说话不算话，我只生气这个。爱不爱都无所谓了。"

蜜姐说："傻丫头，你太幼稚了，这可不是没事的啊！活着么，爱总是要的！只是你得设法找到属于你自己的爱。也许昨天的故事你还是应该经历一番。否则你永远以为爱是无所谓的。"

逢春说："昨天我觉得只是一个恍惚啊，似乎已经没有什么感觉了，各种因素造成的吧？蜜姐你认为是爱？"

"不！我只是认为你需要经历。没有经历是无法鉴别的。"

"蜜姐你真好！"

逢春热泪涌出，濡湿了蜜姐的手指，也濡湿了自己的手指。蜜姐将自己的手慢慢抽了出来，望着别处，用沾满逢春泪水的手，去点香烟。借着吸烟，蜜姐不让逢春看见地舔了舔手指上的泪水，咸的，生命之味。

餐馆电灯亮了。外面挂的红灯笼也亮了。这是下午走向黄昏时分，阴天里十分缺少光亮。恰是这温温的灯光最合适两个女子心情，两人就像失散了多年的亲人，在某个深夜里重逢。两人渐渐注意到她们的手，是这样亲密无间地缠在一起，忽然就害臊了，又赶紧散开，心里都觉出一种颤抖。两人都无话了，都腼腆起来。

逢春说出了憋着心里的话，畅快了，捧起酒瓶咕咕地就把剩下的啤酒当水喝了。逢春喝了她有生以来最多的一次酒。她把自己喝倒了。逢春终于歪在火车座上，脑袋靠着窗框，竟睡了过去，还打起小小呼噜。蜜姐就这样一直看着逢春。又让领班找来一件工作服，盖在逢春身上怕她着凉。餐桌收拾了。重上一壶热茶。蜜姐一杯杯喝茶，对着手机屏幕，涂了口红，发现自己涂口红真是白涂，紫色的嘴唇是口红遮盖不住的。她兀自苦笑笑，手指抹掉了口红。

两个女人的一顿饭，口口吃的都是心思，是好生漫长。

## 十七

翌日中午十二点，逢春一如往常，按时到蜜姐擦鞋店上班。从耕辛里出来，横过前五大街，就到联保里。逢春看见老人家在窗口，端一杯茶，面对大街，瘦小身子，白白净净的脸，也没有特意笑，就是慈祥。经过了昨天，逢春今天看老人家就是凡间的观音菩萨，凡人有生老病死，但也是菩萨。逢春看着心里头就得到安逸。

蜜姐坐在店内，一如往常做生意。逢春进店，二人相视一笑，面子上都轻描淡写，却只她俩觉出她们有一份深情厚谊。

下午才三点钟，蜜姐站起来，响亮拍拍巴掌要大家注意，她忽然宣布，说是她家里今天有点事情，要提前收工了：马上打烊。蜜姐就是细心，她要大家放心：底薪还是按照全天发给。这是突如其来的喜讯，擦鞋女个个喜出望外，便赶紧收拾工具盒。

逢春纳闷了。她们昨天还在一起吃饭。今天上午还互通短信，笑问对方酒醒了没有。似乎蜜姐家里没有发生任何事情啊。只因过去两天，生活里猛的一个跌宕，大悲大喜大吃大喝大哭大笑，都是她人生的第一次，逢春还是个懵的。这下更懵了。直到蜜姐过来提醒她说：喂喂，大家都走了，还不赶快脱下你这身包装？！

逢春说："我能不能知道你家有什么事啊？"

蜜姐说："脱脱脱，到里屋去，换身正经衣服。出来我就告诉你。"

逢春正在里屋脱掉工作服口罩和手套，就听见店铺里一阵人声响动是有客来了。忽然又觉得耳熟，便赶紧跑出来，跑出来就一阵浓郁花香扑鼻，只见蜜姐在应酬骆良骥，正看着骆良骥递上来的名片，骆良骥正给蜜姐点香烟。蜜姐眼皮都不抬，只努起嘴唇，香烟头子自会接火。一只巨大鲜花花篮，放在柜台边，是多头香水百合、红玫瑰和康乃馨什么的，其中几只红掌，朱红到了极致反而红得呆滞像塑料，一篮鲜花显得土。

逢春突然收住自己脚步，人就静在了那里，一双眼睛惊奇万分又似小女孩清简无邪。这里骆良骥也是猛地抬头见到逢春真人真面，一下子不相信是她，分明也知道就是她，却她又这样超过他的印象与想象。前天逢春一直蹲着不觉得，现在忽然站起来是这样高挑，短短的夹克掐得腰部细细只盈盈一握，夹克是黑，里头毛衫也是黑，脸就是分外明丽光华，叫人感觉皎月当空，却不知道怎么赞才是好。

蜜姐出来打破僵局，她说："我来介绍一下吧，这是逢春，这是骆良骥。”

从此大家就都知道了姓名。

逢春这才会说话了。她说：“你怎么来了？”

骆良骥说：“我昨天下午就来过，说是你休息。老板她昨天也不在店里，是她要我今天来啊。”

逢春还是懵的，说：“她怎么会要你今天来？”

蜜姐笑吟吟插嘴道：“我怎么就不能请他今天来一来？”

骆良骥也笑了，好像与蜜姐是同谋。只逢春觉得笑不出来。逢春就那样地呆着，面孔静静的，不能适应这样的突然见面。

逢春显然就不是一个什么擦鞋女了。显然就是一个靓丽时尚的城市女孩了。骆良骥经不住面前女色是这样出乎意料的美，本来事先预备好要伶牙俐齿的也一下子拘束口拙，左右都不是，没有一个自在。他今天还特意穿了一套更加大牌子的西装，出门照镜子，觉得自己帅，肩膀是肩膀的平阔，腿是腿的笔直，为此他还去做了一个美发来匹配。此时站在逢春面前一发拙，他西装也觉得穿错了，身子发紧，发型也耸得过分，又太油亮会显脏，哪里哪里都有破绽，哪里哪里都是不对。骆良骥怎么就觉得逢春一定看自己不如她的气质好，要不屑的。原来男人在自己喜欢的女子面前一自卑就紧张，一紧张首先也是要怪自己衣服不对。

蜜姐不管他们。蜜姐自己要做磊落人，要做明亮事。她安排骆良骥先坐一坐喝喝茶，要逢春跟她去里屋单独说个话。逢春跟着蜜姐走进里屋，蜜姐脚步没有停下。屋子小，里屋说话不关风，蜜姐带逢春径直穿出后门。后门一出，她们劈面见到长长的弄堂，是联保里最糟糕的部分：路面到处开裂，污水横流，窗户防盗窗上糊满黑色油腻还在突突冒出油烟，也不知是多少年的灰尘蛛网包裹着电线沉沉下坠，丢弃的马桶痰盂和竹床都坏在门前路边，几只盆花也早已经枯死无人收管，二楼横拉竖扯的绳子上挂满各种晾晒的衣服，此处滴水彼处滴水，厚厚鼓鼓的海绵胸罩完全不顾个人隐私地当空挂下来，一下一下蹭着骑自行车人们的头顶上，那是一些收购旧电视机洗衣机电脑的男人灰尘仆仆的头顶。蜜姐和逢春都赶紧收回自己的目光，表情依然是司空见惯的表情，心里却总还是一阵刺痛，谁愿意自己居住的城市是这般模样？谁在这里坚守不需要百倍勇气？蜜姐毅然挥挥手，仿佛要将眼前挥了开去，好定心说话。

蜜姐把事情来龙去脉简单交代给了逢春。骆良骥昨天下午来过店里，当时蜜姐儿子给蜜姐发了信息，那是逢春喝高了正睡着餐馆椅子上的时候。蜜姐让儿子告诉骆良骥今天下午三点半再来。蜜姐今天对逢春是耐心和周到的了。

“该经历的，你躲不开。”蜜姐说，“这个人一眼迷上你，天天来店里找，在我们水塔街家门口这样子，很快就会被发现和传开，对大家都不好。你两个人这样子是不对劲的。躲躲闪闪鬼鬼祟祟更不利于互相了解，不如干脆正常交个朋友。人有时候一旦认识了，了解了，就发现其实两人啥关系都没有。逢春啊，你也阅历太少，人际交往经验太少，被欺负和欺骗了都懵懂无知，也不会处理，也是应该多有些经历才好。今天，我给你们当做普通朋友互相介绍了。从今以后就全靠你自己把握了。我可把丑话说在前头：别一上来就上床，就是男女那一套，先做普通朋友。听清楚了吗？”

逢春立即答：“嗯！”

逢春哪里还有别的话？蜜姐为了她，这一番绞尽脑汁的高瞻远瞩，安排得合情合理，是逢春做梦也做不到的。她昨夜还沉醉酒中什么想法都没有只是甜蜜酣睡，她以为蜜姐也与她一样呢，哪里知道蜜姐暗中设计布置好这一切，蜜姐这个女人，真是有狠。

蜜姐说："那你还发愣干什么？去吧。"

逢春说："蜜姐！"

蜜姐赶紧用一根手指按住逢春的嘴巴，说："拜托！千万别谢我！你这一谢搞得我好像在拉皮条了。告诉你，我之所以这么处理，首先是在保护我自己。我得在水塔街做人啦。"

逢春不动，又叫一声："蜜姐！"

蜜姐说："去吧去吧，人家等着你呢。交朋结友做事情不能太离谱，互相要有个基本的守时应答。对这个人你还一无所知呢，也就是交个朋友而已，喝喝茶，说说话，吃吃饭。不要以为一个男人爱慕你一下他就是王子你就是公主了，世上没有那么多童话，社会很复杂的。好了，去吧。"

逢春还不动，说："蜜姐，怎么我就觉得已经没有什么感觉了呢？我们昨天不是把这件事情处理掉了吗？为什么在你面前，我觉得我真的很傻。"

蜜姐说："是傻！"蜜姐见逢春不动，自己先就返身进了屋里。

逢春追上蜜姐，急切地告诉她：她的感觉真的是完全变了！刚才一见骆良骥，逢春忽然非常异样，和前天下午擦皮鞋的时候完全不一样。骆良骥前天坐着很高大，现在站着倒矮小了许多。现在一身华丽的笔挺西装，让逢春看到的是他好喜欢显摆。又是油头粉面的，不如前天头发干净爽利的好。就这前后两天，时空一个转换，逢春已经觉出自己前天的梦幻入迷是幼稚得可笑。

“蜜姐，不如你替我把他打发走好不好？”逢春说。

蜜姐坚决地摇头。蜜姐问逢春：“别的都是废话，你自己事情自己处理。你只说就你现状而言，假如你和周源离婚，带这么小一孩子，自己又没有稳定工作和收入，你需要不需要再嫁人？如果是一个各方面不错的高富帅，又主动追你，你会不会动心？不用想，你直接把心里感觉告诉我。”

逢春只得承认：“可能会的。”

“那不结了？！那就去吧。”蜜姐冷笑就忍不住流露出来了。是啊，逢春这单薄的双肩，怎么挑得动自己的真情真爱？还是要先随俗的好。现实中的孩子要养，家庭要建设，父母要交代，街坊邻居要面子，自己要一个男财女貌，现在社会就流行这个。

逢春犹豫了。是啊，也许呢。也许骆良骥果真是一个好男人呢？也许他们的交往会有好结果呢？那么她孩子不就有一个称职的爸爸了？以骆良骥对一个擦鞋女的一见钟情，他应该是够真情的够浪漫的。骆良骥的事业有成身家不菲，现在社会哪里不是一大群靓女追？逢春又觉得骆良骥这个男人也算是难能可贵，只从前不信有这样的男子，以为只是影视剧在胡编乱造，眼前也还是不信，既然蜜姐又支持，那么就试试看？逢春的亲朋好友都是普通人都在默默无闻地上班下班口袋永远缺钱，尤其老公周源又是这样一个说不出去的男人，逢春内心深处，的确渴望有一个崭新世界为她徐徐打开。可是这个崭新世界究竟是什么？在哪里？逢春又实在拿不准。对于逢春来说，她人生中出现了一种全新的状况，全新的情绪，新到她自己都如此生疏，模糊不清，犹豫不定，踌躇不前。

蜜姐索性推了逢春一把。说：“又不是去赴汤蹈火，不就是交个朋友么？”

蜜姐看逢春一身都是怜惜，那是她自己年轻的影子：三十来岁的女子，最是苦闷人生阶段——六七年的婚姻，刚够发现老公不是恋爱中那个人，却膝下已经拖了一不知母苦的童孩。爱情究竟在哪里？不知道。机会是否真的来了？不知道。别人说，又还不信。都必须靠自己去经历去摸索。只是对于逢春判断骆良骥“事业有成身家不菲”，蜜姐提出最直接的一点忠告：别让男人给骗了钱。

现在社会很可笑的是许多男人其实是在骗女人的钱，利用女人对爱情的信赖。所以逢春你给我记住，任何时候，你都绝对不可以倒贴钱的！

蜜姐说：“我请你认真记住我的一个警句格言：钞票不会表示爱你，但是爱你的人一定会用钞票表示。钞票也不会表示不爱你，但不给你钞票反而使劲拿你钞票的人，一定爱的不是你。”蜜姐从自己银包里拿出一叠钞票和一张收据，说：“比如，你在我这里打工，我们亲如姐妹，我就可以不发你薪水么？有规矩的！不可以的！男女关系同样！”蜜姐似乎顺便提起来的那样轻松，说：“来来来，这是你的薪水，到今天为止全部结清。你数一数，签个字。以后就不用再来上什么班了。”

逢春心头一震，终于她彻底懂了。蜜姐还是辞退她了。蜜姐压根儿就没有改变她的决定。只是蜜姐的方式改变了。结局拐了一个弯，还是来了。看来要来的结局总归是要来。蜜姐这个女人啊！真的好狠！

不过现在，逢春再不会吃惊和哭闹了。也就一个昼夜，逢春也彻底改变了。她是得离开蜜姐擦鞋店了。联保里就是联保里，水塔街就是水塔街，汉口就是汉口，一个城市的居民之间，约定俗成的规矩就是规矩，违抗没有意义，会伤害很多无辜的人。蜜姐对逢春，也算够义气的了。

逢春默默接过钞票，没有去数，囫囵塞进夹克口袋，囫囵在收据上签了自己名字。蜜姐只看着，拿过收据以后，摇摇手算是再见，就兀自登上楼梯，到阁楼间去了。

逢春一直目送蜜姐进阁楼。阁楼房门一开之间白光一闪，里屋又黑了，万物归于静，仿佛鸿蒙初开，逢春见到了一个真的世面。逢春定了定神，掀开帘子，走进店铺，与骆良骥打了一个招呼。生活不由人的，逢春必须开始她新的经历。

## 十八

女人两个好朋友，与男人不一样，说是朋友真不够恰当，就只能说是闺蜜。朋友还有缝隙与距离，不管多少年距离或多大小的缝隙，都可以忽略不计依旧还是朋友。闺蜜是如胶似漆的，但又不是男女性爱的那一种，不在身体上与本能上，不会有私心羞惭，就是互相要对彼此好，要互相照顾与帮助，要互相诉说与倾听，女子力气弱，要一起协力对抗内心的苦痛与纠结，还有男人带来的种种麻烦与打击。闺蜜情谊真正有义薄云天气概，互相之间不隐藏秘密，无话不说，连她们男人，也都是她们话题，如何养好儿子管好丈夫都会互相出主意想办法，像是共同义务与责任。又会细腻到丝丝入扣，天天有信息，经常要见面，一个人吃冰淇淋都不甜。男人再亲，是她们的儿子，丈夫和父亲，她们自己就是一个整体没有外人。

蜜姐和逢春，最后就成了这样一对闺蜜。

这是初冬天高地远的一个好天气，太阳明亮如斯，城郭处处风平浪静，世界被晒得暖气洋洋。在这样的天气里，汉口江滩最是好地方了。午后时光，蜜姐逢春来到了江滩，二人并肩漫步，穿过层林尽染的秋色，坐在江边看水。太阳照着江面，波光粼粼那么华丽耀眼。一江雄浑的水缓缓流动，再各种船只从容行走，汽笛一两声拖出长长的浑圆的音，都叫人身心能够安静。园林工人正在为防浪林伐去树梢，留下一片片树干，树干又用石灰一律刷白，整齐得威威武武。

看着看着，蜜姐说："威武！"当兵出身的人总还是喜欢队伍的感觉，她拿起手机拍了两张。

逢春说："是啊威武。"却说，"我还是没有心情拍照。"说完，逢春又发出一声叹息，又说，"这段时间，我落了一个好叹气的毛病。"

蜜姐只笑笑，不说话。她知道逢春正经历着与骆良骥的交往，经历着人世间的种种曲折迂回跌宕起伏，无须问结果，都是好事情，男人女人，都需要长大和成熟。逢春交往骆良骥，蜜姐私心里也还是吃醋和难受的，只不过她死都不会表露出来。所以蜜姐从来都不问逢春他们的交往细节。逢春要说，蜜姐都不准。她真的不想听。她对男人已经没有兴趣。她只愿意和逢春，做一对完全真诚的好闺蜜。

远处传来一记一记响鞭声。那是打陀螺的人们。武汉人酷爱打陀螺。一年四季都会聚集在一起玩。周源从小到大都迷恋打陀螺。从前宋江涛也打陀螺。周源跟着宋江涛玩。都只道周源爱玩而已，其实是迷恋宋江涛。这般情谊，是都不敢说的。都有意无意瞒住自己也瞒住他人，到最后却苦了一个叫逢春的女孩子。

这一天蜜姐和逢春来到江滩，也是有心要会会周源的。周源现在几乎每天都泡在江滩，和一群男人打陀螺。逢春离婚的决心，终于下定了。蜜姐也支持她，这种不是婚姻的婚姻，到底还是早一些散了的好。没有比父母冷战、长期分居、恶语相向对孩子更糟糕的家庭环境。逢春现在终于认识到了这一点。为了孩子，也得尽快离婚。

江滩中部有一块平坦广场，人群众众，一圈一圈地，人们都在打陀螺。陀螺有各种大小，鞭子有各种长短。鞭子的抽打声霹雳闪电，声势壮阔。玩陀螺的多是壮汉，老少喜欢蹲旁边观看，都不作声，只听鞭子响，只看陀螺转，个个津津有味，乐此不疲，是他们自己觉得有说不出的意思在其中。蜜姐逢春逐个圈子寻找周源。

逢春看了半天，没情没绪说："只一个陀螺在地上转，这有什么好玩的？"

蜜姐说："好玩就是好玩，不问有什么没什么。"

逢春说："你从前也蹲在旁边看？"

蜜姐说："是啊。"

逢春说："真的那么好玩？"

蜜姐说："你看你吧？实话说，托个人身都不好玩！好玩不好玩得看是不是跟着有趣的人。我跟的是宋江涛啊。"

逢春说："啊，是的是的。你有狠！"

说话间，她们几乎同时看见了周源。逢春还没有离婚的老公周源，完全是个单身帅哥的感觉，光着上身，骨架匀称，肌肉结实，一袭低腰牛仔裤，挂在胯上，是耻骨都几乎要暴露出来的性感，又面容俊秀，神采奕奕，挥洒自如，又依旧不改儿时的唇红齿白。周源独自抽打着一个四十五斤重的大陀螺，几丈长的鞭子，紧紧握住手里，举臂挥鞭，又稳又有力道地一鞭抽过去，陀螺被抽得疯狂飞旋，疯狂飞旋，身不由己，似一个中了魔停不下来的舞者。周源提着长鞭，立在旁边，注视着它，就像主人看着自己奴隶。围观周源的观众最多。周源的自我感觉一定好极了。

蜜姐遗憾地说："说实话，源源真是风流倜傥一表人才啊！"

逢春说："是的。"逢春说话也还是眼睛一红。又把手机拿出来，要蜜姐给她拍个照，身后背景就是周源打陀螺。逢春说："这辈子与他，总要留一张真正的合影，算是告别照。"

蜜姐说："别这样啊！拍照就拍照，用不着搞得这么悲惨。你们又不是什么真夫妻，天生没有夫妻缘的，就当街坊邻居合影留念。"

逢春说："就你会想。也是，好吧。"逢春就装坦然，拍照时候，面对镜头做了一个V手势。

蜜姐拍完照，周源发现了她们。周源第一个反应是要跑过来，才跑两三步又止住了自己，只朝她们摆了摆手，算是一个会意。逢春也拿手摇摇，算是给了周源一个回答。这对夫妻，没有办法，都只好朝自己喜欢的地方走了。

蜜姐一心要冲淡这种阴郁气氛，也是一心要推动事情发展，她是不会白白与人会面的。蜜姐便兴头头跑过去，说是要玩一把。周源笑着递过鞭子，蜜姐袖子一挽，起拉开架势，也抽得像模像样，飒爽英姿的。

周源发出由衷喝彩："好！"

蜜姐说："好吧？咱看来还是好汉不减当年勇嘛。"

周源说："那是啊，蜜姐打陀螺的老祖宗哦。"

蜜姐说："宋江涛手下长大的小屁孩，现在长大了啊，能耐了啊，我短信你都不回，人也不去接，自己倒是玩得昏天黑地。"

周源一脸无辜："短信？我从来没有收到过你的短信啊！蜜姐你什么人？我敢？天打五雷轰的。"

周源别的都不提，只发誓没有收到短信。又把别在裤腰的手机拿出来，递给蜜姐。

蜜姐说："我要你手机做什么？无聊！你小子就不要躲闪了，老祖宗啥都知道，你得定个时间，你们一起去街道办事处作个了断。"

周源聪明，瞥了远处站立的逢春一眼，说："好！时间她定。"

蜜姐点点头，把鞭子丢给周源。周源没事人一样，接过鞭子乐呵呵的。

逢春过来拉拉蜜姐，说："走吧走吧，跟他有什么说头？！"

周源对逢春说："什么说头不说头啊？我答应蜜姐了，你给个时间就去办嘛。"

逢春说："那你也要来找我，专门谈谈具体事啊。哦，就在公园，碰巧遇到，一大群人在玩陀螺，你顺便说声随我便？世界上有这么草率处理家庭问题的吗？"

周源瞪着白眼，没话说。又不自在了，频频回头瞅那些等着他玩陀螺的朋友。蜜姐出面打圆场了。她推推周源，说："现在先去玩吧，回头好好想想逢春的话。再好好商量一下孩子的事。"又挽起逢春胳膊，说："我们也去玩吧。公园是玩的地方，这么严肃不合适。"

蜜姐与逢春胳膊挽胳膊，带逢春漫步江边去了。周源自然也就跑回去，继续玩他的陀螺，一干众人，也都兴兴头头看他打。这就是生活。内中有多大不幸与悲哀，面子上也就是这样的纹丝不动。好比长江，漩涡都在深水里，水面只是平静。

蜜姐和逢春沿江逛着，闻着樟树阵阵的香。江边有个妇女来放生乌龟。几个男子拢去，建议她在龟背上刻字，刻上“放生”二字，他人再次抓到了，就不会杀了吃掉。妇女想了想，说：算了，不刻，就放生。有男子就半调戏半认真说：你好不容易十几年养个好大龟，还该多刻几个字：“杀放生龟者死”。人们笑成一团。妇女也笑呵呵但不再理睬他们，自己捧着龟走上沙滩，郑重朝水边去。

蜜姐说：“呸，男人就是下流。”

逢春不懂，问：“哪里下流了？”

蜜姐嘲笑逢春道：“你呀，也算结了个婚，生了个子，真是白白结婚生子了，连‘养个好大龟’都不知道是流氓话？”

逢春忽地明白了，突然就笑了，恨恨道：“他妈的臭男人！”

一会儿过去，逢春又笑不出来了，总一副闷闷不乐的眉眼。

蜜姐带她走来走去，寻到了那一片巨大的阔叶意杨树林。这是她们的树。她们小时候常来滨江公园玩耍。蜜姐年纪大，先来玩过。逢春年纪轻，后来玩过。先前汉口的小孩子，没有不来滨江公园玩耍的。她们伏在树干上捂住眼睛，玩捉迷藏。放风筝。打陀螺。捉知了。谢天谢地，这些个大树，居然在大砍大伐大拆大建的急风暴雨中，被保留下来了一些。现在它们更是老根虬结，高大阔展，直指苍穹，顶天立地，大树下有一只靠背椅，人坐下，显得小小的弱弱的，仿佛这些大树就是要护佑人一样。蜜姐逢春坐上了靠背椅，躲进了森林一样，意杨阔大的树叶左一下右一下往她们身上落，连落叶的声音都是脆生生悦耳。两人放眼望长江，望长江大桥，望一片片树林，一艘艘轮船，天地辽阔，爽朗泰然。有心思难受，这样望望，人会觉得好许多。

许多心里话，不能深入说，说说就触痛，说说就不得不躲避。但两人又喜欢在一起说话。于是蜜姐和逢春，总是故意地一搭没一搭瞎聊。

蜜姐说："逢春你喜欢武汉吧？"

逢春说："当然。"

蜜姐说："那你说说看，武汉这个城市最大的优点是什么？"

逢春想了半天，说："大！是个真正的大城市。"

蜜姐说："对的！可是，我感觉还应该有更加精确传神的词来形容它。"

逢春说："是啊。"

蜜姐说："还真他妈找不到一个合适的词。"

逢春说："就是啊。"

两人都使劲地想。不过，其实只有蜜姐真的在使劲想。逢春老是走神。逢春正在度过一个愁肠百结茫然失措的人生时刻，周源让她伤心，骆良骥似乎逐渐让她失望，工作也很难找，她刻刻都难熬，她只想叹气，又只想哭，又觉得没有什么大不了的事情，自己应该忍着点，应该学会开心，学会享受人生。可是怎么样开心怎么样享受人生呢？她又不知道。

蜜姐终于想出来了。蜜姐拍拍巴掌，来劲了。"喂喂！"蜜姐说，

“来，逢春，我跟你打比方吧。比方在我店子里，只要顾客想买什么，我什么都卖，我就给他两个字：敞[1]——的！”

蜜姐说：“我请朋友吃饭，他们假装威胁说：瞎点菜了啊。我也就给他们两个字：敞——的！”

蜜姐说：“我对我婆婆报恩的方式，没有甜言蜜语能够说，我只说你都是八九十岁的人了，你想吃点什么，想穿点什么，想玩点什么，想都不要想钱的事：敞——的！”

蜜姐说：“我儿子，我给他也就是只能两个字：敞——的！他就是想吃我的心，我立马拿刀子挖给他，冇得二话！”

蜜姐说：“敞——的！这就是武汉大城市气派，许多城市都是没有这份气派的。我对你，也一样：敞——的！以后只要你需要，蜜姐都会给你。你的离婚，源源那边的事都包在我身上，我保证密不透风，一水塔街的街坊邻居，死都不会晓得真实情况。放心吧，没有我搞不定的，只等你开口而已。不就是离个婚么？当代社会，算什么？我还能看着你把青春都耗进去不成！”

逢春本来是忍了又忍坚决不要哭的，听蜜姐说完这番话，忽然鼻子一酸，眼泪自己就排山倒海出来了。逢春赶紧去捧住自己的脸，泪水又从指头缝里流出来。蜜姐在一旁吸烟，任逢春去哭，只拿出一包面巾纸扔给逢春。噼啪的鞭子声是愈发响亮了，十里江滩回荡有声。一只风筝起来，忽而就腾空老高。紧接着又一只风筝，又一只风筝。旱冰爱好者成群结队呼啸而过。有人在游泳池那边吹萨克斯，是初学，笨拙得可笑又可爱。长江滚滚东

---

① 敞：武汉话读音为cǎ。

流。林风飒飒作响。这是一片多么罕见的巨大的阔叶意杨，与她们一起长大，从她们儿时到现在都与长江在着，这样的树林让人感觉牢靠。两个女子坐在大树下，在江边，在汉口，在她们的城市她们的家，说话与哭泣。

写于2010年11月28日

发表于2011年第1期《中国作家》、节本

2013年10月29日还原全本